Nos vies d'abord

JAMES DE LA BOULLAYE

Couverture par Christophe Venot

TABLE DES MATIERES

« Ce n'était pas l'heure des bilans mais l'heure terrible du présent
où l'on constate l'étendue des dégâts »

(Au revoir là-haut, Pierre Lemaître, Prix Goncourt 2013)

.

1

Wilhelm Steimer est épuisé. Il marche péniblement à petits pas et n'a rien mangé depuis deux jours. Les Russes sont à ses trousses ou plus exactement à celles des restes de la 12ème armée allemande. La troupe est commandée par le général Wenck qui devait d'abord aller combattre à Berlin. Mais les Russes étaient en force et les Allemands ont dû rebrousser chemin près de Potsdam. En ce moment, ils battent en retraite direction plein Ouest. Tout sauf devenir captifs des bolchéviques ! On dit que les soldats russes violent les femmes, emmènent les soldats en Sibérie et pillent campagnes et villes. Wilhelm est déjà venu dans cette région et sait que l'Elbe, ce fleuve qui se jette quelques centaines de kilomètres plus loin dans la mer du Nord, est proche. L'Elbe, c'est leur planche de salut. De l'autre côté du cours d'eau, les armées américaines qui en général traitent bien leurs prisonniers, sont présentes, en train de les attendre.

Wilhelm est sergent dans la Wehrmacht. Il porte un sac à dos, qui, malgré sa fatigue, ne le quitte pas. Depuis trois jours, même quand il s'arrête pour se reposer, il le garde sur lui et refuse de s'en séparer. Au fond de ce sac se trouve un bien précieux qui pourrait changer son destin s'il sait l'utiliser à bon escient.

Il n'est pas le seul à marcher. Le désordre est immense. Des dizaines de milliers de réfugiés civils de tous âges, des militaires de la Wehrmacht de tous grades fuient les Russes. Ces militaires ne croient absolument plus à une victoire allemande. Le mieux pour eux serait de tomber rapidement aux mains des américains, quitte à rester captifs quelques temps car ils pensent que leurs conditions de détention seront supportables. Wilhelm, lui, a d'autres ambitions. Voici près de cinq ans qu'il a été obligé de rejoindre l'armée allemande. Jusqu'à la mi 42, il a fait partie des petits vernis qui coulaient des jours heureux à occuper la France. Quels souvenirs merveilleux, cette période d'occupation dans un village français ! Il ne fait qu'y repenser depuis deux ans. S'il pouvait y retourner ! L'horreur est ensuite arrivée, la mutation en Russie, le front russe, la bataille de Stalingrad, les rats partout, les morts par milliers chaque jour, le froid ensuite, toujours terrible. Puis un miracle s'est produit, grâce à sa connaissance des langues. Wilhelm a 29 ans. Il parle l'allemand, la langue de son père, l'anglais comme sa mère née à New-York, de nationalité américaine, et le français qu'il a appris à l'école et à l'Université, puis cultivé pendant ses années d'occupation. Heureusement, fin 43, il a été muté dans le renseignement, en Allemagne, pour aider au décodage des messages américains interceptés par son unité. Fini la Russie et toutes ses horreurs !

La route où marche Wilhelm longe un bois de sapins au feuillage dense. Les arbres sont plantés près les uns des autres. On voit mal l'intérieur du bois. Le sergent sort de sa poche quelques feuilles de papier journal, quitte la route précipitamment comme pour satisfaire à un besoin impérieux et s'enfonce dans la verdure. Dans l'armée, ils sont nombreux à souffrir de dysenterie ; la nourriture étant souvent avariée, les intoxications alimentaires sont fréquentes. Rapidement, Wilhelm se juge suffisamment à l'abri des regards et extirpe de son sac à dos un rasoir, une paire de ciseaux, un miroir de poche, un peu de savon et une bouteille d'eau. Il ne veut pas qu'on le reconnaisse et pour cela sacrifie sa moustache qu'il taille presque à ras avec les ciseaux, sans utiliser finalement le coupe-chou. Ce serait louche un individu rasé de près par les temps qui courent, alors que tous les civils allemands en train de fuir sont sur les routes, dorment dehors et ne se lavent plus. Il quitte son uniforme et sort de son sac des habits civils qu'il enfile rapidement. Une chemise bleue, un costume correctement coupé, des chaussures de ville noires, une casquette avec des oreillettes, un imperméable tâché un peu vaste qui masque le reste de son habillement Il se salit le visage avec de la terre. Métamorphosé, il coupe une branche de sapin pour se faire une canne de fortune et reprend son sac. Il dissimule son uniforme, sous des branchages. Wilhelm retourne alors rapidement dans le flot des réfugiés et marche en boitant, s'aidant de sa canne. Certains pourraient s'étonner de la présence d'un homme jeune, habillé en civil dans cette foule et le soupçonner de désertion. Mais avec son accoutrement, on ne sait pas s'il a trente ou cinquante ans. Les gens à côté de qui il marche sont trop épuisés pour s'étonner de sa présence. Certains gémissent perclus de douleurs liées aux kilomètres déjà parcourus, d'autres sont haletant et à bout de forces.

Ils se sont levés tôt. Ils sont debout depuis l'aube après seulement quelques heures de sommeil. Wilhelm est sûr que l'Elbe n'est plus très loin. Il se demande ce qu'il découvrira quand il arrivera à proximité du fleuve. Surtout ne pas se faire repérer comme soldat de la Werhmacht, mais ne pas non plus se trouver englué au milieu des réfugiés civils. Ses projets sont tout autres.

Wilhelm se sent de plus en plus faible. Il est nauséeux et terriblement assoiffé. Il économise ses réserves en eau depuis la veille mais, à ce stade, il sent qu'il doit boire un peu pour ne pas défaillir. Il pompe dans ses réserves. Après quelques gorgées, il ne lui reste plus qu'un quart de litre d'eau. Il continue à marcher, boitant de plus en plus. On perçoit, crescendo au fur et à mesure de la marche, un bruit de voix qui vient de l'avant. La végétation change. La route n'est plus entourée de bois mais de champs mal cultivés où pousse partout une herbe vert tendre. Les pommiers sont en fleurs, des mésanges chantent et les moineaux sont nombreux dans le ciel. Mais dans le convoi, les gens sont trop angoissés pour pouvoir profiter de ces douceurs colorées du printemps. Les réfugiés marchent de plus en plus lentement puis le convoi s'arrête.

Wilhelm veut savoir ce qu'il se passe. Il quitte la route sur la droite, enjambe une clôture, et continue son chemin à travers champs en décrivant une grande boucle, espérant gagner du temps pour arriver au fleuve. Plusieurs autres réfugiés le suivent. Mais Wilhelm n'engage pas la conversation et essaie de les semer afin de rester seul. Il a dissimulé dans ses sous-vêtements les papiers d'identité sur lesquels il compte, le moment venu, pour s'inventer une nouvelle vie. Il aperçoit maintenant ce qui doit être la rive de l'Elbe mais est encore trop loin pour discerner si des soldats américains sont présents et les attendent. Encore cinq minutes de marche à petite allure et il sera renseigné. Ces minutes sont longues et angoissantes. La partie difficile va bientôt commencer. Il aimerait tant arriver à réaliser son projet. Pour cela, il lui faudra dans un premier temps trouver une barque.

Wilhelm est maintenant au bord de l'Elbe. Le fleuve est déjà large à cet endroit. Sur la droite, un pont a été endommagé par des bombardements et deux arches manquent. Dans les champs, on distingue plusieurs carcasses de blindés légers allemands qui ont dû être touchés quelques semaines auparavant. Pas une embarcation en vue qui lui permettrait de franchir le fleuve. Il longe la rive droite vers le sud, là où l'Elbe fait un coude l'empêchant de distinguer ce qui se trouve plus loin. Wilhelm s'approche prudemment jusqu'à l'endroit où le fleuve commence à incurver sa trajectoire. Quelques centaines de mètres plus loin, il aperçoit une foule, soldats et réfugiés mélangés. Sur le fleuve, plusieurs barques font la navette entre les deux rives. Wilhelm rejoint un groupe surtout composé de civils comme lui. Il se fait tout petit, enfonce sa casquette et fait la queue. Chaque barque ne convoie qu'une dizaine de personnes. Un batelier remonte alors le fleuve avec sa barque puis traverse de nouveau l'Elbe pour continuer son transport. Aucun GI sur la rive droite mais une forte concentration de troupes et de véhicules blindés sur la rive gauche.

On aperçoit aussi des tentes de bonne taille vers lesquelles les nouveaux arrivants sont emmenés.

Il est près de midi quand Wilhelm peut monter dans une embarcation. Dans peu de temps, il sera interrogé sur son identité, ses activités et va devoir jouer serré. Quand il arrive sur la berge, lui et ses compagnons de traversée sont tout de suite pris en charge par deux soldats américains, un blanc et un noir, armés d'un fusil. Ils leur demandent de les suivre, après avoir mis de côté deux soldats de la Wehrmacht qui étaient montés dans la même barque. Ils marchent pendant quelques minutes et arrivent à une tente dressée au bord d'une clôture. On leur ordonne de faire la queue, assis par terre en attendant d'être interrogés. Ils peuvent, s'ils le veulent, utiliser les latrines à proximité. De l'eau et du pain sont distribués aux nouveaux arrivants qui se jettent littéralement sur ce repas frugal. Wilhelm est affolé par le nombre de personnes qui attendent. Les civils sortent ensuite au compte-gouttes et sont accompagnés vers une destination inconnue de ceux qui attendent.

Au bout d'un quart d'heure, Wilhelm entend du bruit, comme des murmures, des éclats de voix qui viennent d'un attroupement. Il est trop loin pour savoir de quoi il s'agit. Un civil allemand sort de la tente très excité et dit quelques mots à d'autres personnes assises près de l'entrée. Une rumeur se propage. Certains visages se ferment et d'autres au contraire deviennent plus détendus, comme s'ils étaient soulagés.

La rumeur arrive jusqu'à Wilhelm. Dans la nuit, une reddition sans conditions a été signée par le général allemand Jodl en présence d'Eisenhower. C'est une grande nouvelle. C'en est fini du régime nazi. L'Allemagne est totalement occupée. Wilhelm est allemand. Il a durement combattu pendant ces dernières années. Mais il est serein. Il n'appréciait pas les nazis même s'il était violemment anticommuniste. Soldat de la Wehrmacht, il a dû faire son devoir comme tous les jeunes allemands mais sans enthousiasme, d'autant plus que sa mère est américaine, donc du camp adverse. Il pense à ses parents. Il est sans nouvelles d'eux et ne sait pas s'ils sont morts ou vivants depuis le bombardement de Dresde.

La nouvelle change l'atmosphère dans le camp des réfugiés. Des soldats américains se mettent à crier et courir dans tous les sens, se congratulant et s'étreignant les uns les autres, cessant de s'occuper des civils qui attendent. Wilhelm est aux aguets et analyse la situation. Peut-être est-ce le moment pour lui de mettre son plan à exécution ?

Il en est à la phase numéro deux de son plan et n'a pas le choix, c'est maintenant ou jamais. Une chance sur dix de réussir mais il faut la tenter. Wilhelm a peur mais se ressaisit. Il regarde autour de lui, à la recherche d'un coin discret mais n'en voit pas. Il se déplace pour faire le tour de la tente. Personne ne songe à l'en empêcher. La tente a été montée contre un massif d'arbustes. S'il entre sans être vu dans ce massif, il va pouvoir être tranquille quelques instants. C'est ce qu'il fait, terrorisé à la pensée d'être découvert. Il a toujours son précieux sac à dos avec lui.

Wilhelm abandonne son imperméable, récupère des papiers d'identité cachés dans ses sous-vêtements, humidifie un chiffon avec son reste d'eau, s'essuie le visage et les mains pour paraître à peu près propre. Il enfile un brassard sur lequel est inscrit le mot « PRESS » et attrape ensuite l'appareil photographique au fond de son sac. Il sort des arbustes et se dirige vers un groupe de soldats américains en train de boire et chanter à quelques dizaines de mètres.

Quand il arrive près d'eux, son appareil à la main, il les apostrophe gaiement en américain avec un accent très typique :

— *Hey guys, how's about I take a picture of you? A souvenir of the day of victory. I'll develop the photo straight away.*

— (Eh les gars, vous voulez que je vous photographie, une photo mémorable le jour de la victoire ? Je vais développer ma pellicule tout de suite après !)

Les soldats le prennent pour un reporter envoyé par un journal américain. Wilhelm est parfaitement bilingue et n'a pas une pointe d'accent allemand. Les GIs sont ravis et posent pour Wilhelm une bouteille à la main.

Il les quitte les assurant de son retour d'ici une demi-heure ; il marche vers un autre groupe et réitère la même opération. Progressivement, il s'oriente vers des groupes d'américains de plus en plus proches de la sortie du camp, tout près de l'Elbe. Il s'attarde à l'intérieur, près de la barrière d'entrée, multipliant les prises d'images de militaires US et allemands. Très poliment, il sollicite les GIs postés à l'entrée du camp, toujours son appareil photographique autour du cou :

— *Hey guys, I'd like to take a few shots of people arriving in the boats. Will you let me back in in few minutes?*

— (Eh les amis, si je vais prendre quelques photos des gars en train d'arriver en barque, vous me laisserez rentrer dans quelques minutes ?)

— *We're letting all the Germans in, we're hardly likely to turn away one of our own journalists ! See you in a jiffy.*

— (On laisse bien rentrer tous les allemands ! On ne va pas chasser un journaliste de chez nous. A tout de suite.)

La phase deux du plan de Wilhelm, sans doute la plus délicate, a bien fonctionné. Il est dehors, en habits civils. Et on le prend pour un journaliste américain ! Mais il n'est pas au bout de ses peines. Près de mille kilomètres à parcourir pour arriver à destination. Des frontières bien gardées à traverser, avec des militaires qui font la chasse aux officiers SS affolés par l'idée de se retrouver en prison.

Pour l'instant, il n'a qu'une demi-tablette de chocolat offerte par un sergent, heureux d'avoir été pris en photo, et quelques marks et dollars en poche. Mais il a échappé aux Russes, à la hiérarchie militaire américaine et aucun soldat de la Wehrmacht ne l'a reconnu. Il éprouve maintenant le besoin de s'isoler pour bâtir la suite de son aventure. Aujourd'hui les bois lui servent de refuge.

Wilhelm fait le point dans un sous-bois de hêtres et vérifie ses papiers d'identité. Il n'est plus allemand mais est devenu journaliste américain travaillant pour le Washington Post. Correspondant de guerre ! Il y a quelques jours, il a entendu des gémissements alors qu'il était seul, en train de marcher dans un bois. Il s'est approché et a découvert un américain en civil qui avait sauté en parachute d'un avion en flammes et avait eu une mauvaise réception à son arrivée au sol. L'homme souffrait beaucoup avec une blessure très hémorragique du flanc droit. Wilhelm s'est d'abord adressé à lui en allemand puis il a compris qu'il s'agissait d'un américain et a continué dans sa langue. L'homme lui a péniblement expliqué qu'il était journaliste, chargé d'un reportage sur la chute de Berlin et l'invasion russe. Il avait perdu trop de sang et devait décéder moins d'une demi-heure après l'arrivée de Wilhelm. Ce dernier, sans vergogne, a récupéré ses papiers d'identité, les a méticuleusement maquillés rajoutant sa propre photo et imitant les impressions d'un tampon officiel. Il a aussi récupéré une partie de ses habits. Le résultat tout à fait correct a permis à Wilhelm Steimer de devenir William Clark, âgé de 32 ans.

2

MEKNES, MAROC, 7 MAI 1945

— J'en ai assez ! J'en ai marre ! Mais qu'est-ce que j'en ai marre !

Maggy ne peut s'empêcher de vociférer à voix haute bien qu'elle n'ait aucun interlocuteur en face d'elle. Hier elle a reçu de son fils Phil, lieutenant-colonel, commandant de la base de bombardiers lourds de Gaitford en Angleterre, une lettre qui l'a mise hors d'elle. Dans cette lettre, il lui explique encore une fois, que la guerre n'est pas terminée, que même si elle se termine bientôt, il ne va pas rentrer immédiatement et que eux à Meknès vont devoir attendre encore un peu avant de revenir en France. Alors que Paris est libéré depuis plus de neuf mois et qu'il n'y a plus un allemand en France depuis belle lurette, à part des prisonniers !

Voilà quatre ans qu'elle est arrivée dans ce bled avec ses petits-enfants, Paul et Claire. Au début, ça allait. Phil était présent, même s'il y avait à redire sur son comportement ! Mais depuis qu'il est parti fin 1943 pour l'Angleterre, la vie est devenue infernale. Beaucoup d'autres d'aviateurs ont quitté eux-aussi le Maroc. Parmi les européens, il n'y a plus que des épouses et des enfants. Ils sont tous plus jeunes qu'elle qui va sur ses 71 ans. La moitié du temps, il fait une chaleur horrible. Et côté nourriture, même si on ne meurt pas de faim, ce n'est pas formidable. Maggy rêve de charcuterie, telle que jambon, saucisson à l'ail, boudin noir et de côtes de porc bien grasses pour remplacer les poulets faméliques et le mouton quotidien. Certains jours, les enfants la fatiguent. Ils sont adolescents maintenant, la contredisent fréquemment. Même s'ils sont plutôt gentils, ils ne sont pas très faciles à élever. Surtout Claire, la seconde, qui a tendance à n'en faire qu'à sa tête.

Maggy est nostalgique de sa famille de Bois-Colombes, d'Asnières et autres banlieues proches de Paris. Bien sûr, elle a continué à correspondre avec eux mais le courrier est lent, si lent ! Maggy est vraiment de mauvaise humeur et ce d'autant plus qu'elle a faim. Elle s'est réveillée tôt ce matin, 5 heures et demie, s'est levée pour prendre un bol de café avec un peu de pain beurré. Elle éprouve maintenant le besoin de parler à quelqu'un et décide de faire une visite à sa copine Ginette qui tient un magasin de vêtements pas très loin de chez elle. Maggy fait très attention à sa tenue ; elle n'est pas mère de lieutenant-colonel pour rien et a un rang à tenir. Elle se maquille discrètement, enfile une jolie robe à fleurs roses, en coton. Les enfants sont à l'école et elle a un peu de temps libre devant elle. Elle s'apprête à fermer la porte de sa petite maison quand soudain des sirènes retentissent comme si l'on prévenait les habitants de l'imminence d'un danger. Mais que peut-il se passer ? Il n'y a plus d'allemands ni d'italiens depuis longtemps en Afrique du Nord. Les sirènes se font entendre déjà depuis près d'une minute quand les cloches de l'église voisine viennent ajouter leur touche plus mélodique.

Maggy réalise que ce moment béni, attendu depuis si longtemps, est peut-être arrivé ? Elle doit se renseigner et dans la rue se met à courir plus qu'à marcher, malgré son âge. Elle arrive rapidement à une plus grande artère et voit que marocains et français sont tous en train de sortir dehors, de crier l'air joyeux. Elle rencontre la femme d'un officier qui lui dit, très excitée, presque en hurlant :

— Maggy, c'est l'armistice ! les boches ont signé cette nuit. La guerre est finie. On va bientôt pouvoir rentrer au bercail ! Contente, non ?

Maggy n'y croyait plus et cette nouvelle est un choc pour elle. Elle n'arrive pas à répondre à son interlocutrice et marche jusqu'à un banc pour se reposer quelques minutes, essoufflée. Elle a envie de parler à quelqu'un mais ne sait pas à qui. Puis un nom lui vient vite à l'esprit, ou plutôt un prénom, Slimane[1], son seul ami marocain si différent d'elle. Tout les oppose, leur nationalité, leur culture, leur vie. Mais Maggy aime rester à discuter avec Slimane et, lui aussi, semble l'apprécier même si elle est notablement plus âgée que lui. Comment trouver Slimane ? Il n'est surement pas chez lui en pleine matinée. Transmission de pensée ou pur hasard, Maggy entend une voix derrière elle :

— Bonjour Madame Colonel ! Ça va bien ? Alors c'est l'armistice. Tu dois être contente ? Quatre ans n'est-ce pas que tu es chez nous ?

Slimane c'est tout un poème. Il est grand avec une belle moustache grise. Décoré en 1917 de la croix de guerre, il la tutoie. Les Marocains n'ont pas l'habitude du vouvoiement qui n'existe pas dans leur langue, mais cela ne gêne pas Maggy qui n'est pas née de la cuisse de Jupiter. Qu'importe qu'il lui dise tu ou vous. Slimane l'appelle souvent Madame Colonel d'une manière respectueuse et affectueuse. Il utilise aussi Madame Maggy et Madame Destivel, comme bon lui chante.

— Ah Slimane ! je pensais justement à toi. Je suis toute retournée. Quel bonheur de te voir ! Six ans que cette guerre a été déclarée ! Que de monde dans la rue ! Je crois que je vais bientôt pouvoir rentrer chez moi. Tu ne veux pas passer à ma maison dans une heure pour fêter ça ? J'ai fait un gâteau pour les enfants hier et il en reste. Je te ferai un café ou un thé.

---

[1] *Voir le chapitre 11 de « Un bel été à Gaitford »*

— D'accord Madame Maggy, dans une heure je serai chez toi.

Slimane s'en va et Maggy reste quelques minutes sur son banc à réfléchir. Ce qui lui importe, surtout maintenant, c'est son retour à Paris. Pour cela, elle est dépendante de l'armée qui doit lui offrir un moyen de locomotion pour revenir en France. Avion ? Bateau ? Elle ne sait pas mais qu'importe du moment qu'elle quitte ce pays au plus vite.

Pendant ce temps, Paul et Claire ses petits-enfants de 15 et 14 ans sont sortis précipitamment de leur école avec leurs camarades pour défiler dans Meknès, chacun de leur côté. Paul a retrouvé ses copains scouts. Ils ont été chercher le fanion de leur troupe qu'ils portent fièrement comme s'il s'agissait du drapeau national. Claire, elle, défile dans les rues avec ses amies. Depuis plusieurs jours, ils entendaient dire que les armées allemandes étaient très mal en point et que leur défaite était proche.

Maggy, rentrée chez elle, prépare une petite collation pour son ami de l'atlas, Slimane, qui est cantonnier. Lorsqu'elle était petite, dans sa campagne près d'Orléans, ses parents offraient toujours un coup à boire au cantonnier quand il était dans les parages et il ne disait jamais non. Elle perpétue ici cette tradition. Elle a été contente de l'avoir rencontré. Un brin d'exotisme dans cette relation. Ils sont très amis, se rendent des services et aiment discuter ensemble. Maggy le fait parler de son enfance quand il habitait avec ses parents dans un village du haut atlas. Slimane lui pose de nombreuses questions sur sa jeunesse, sur ses parents vignerons, sur son mari venu habiter près de Paris, et décédé il y a quelques années.

Le temps passe vite et Slimane sonne à la porte. Sans attendre d'être accueilli, en habitué de la maison, il rentre dans la petite maison Destivel de Meknès et trouve Maggy dans sa cuisine.

— Alors Madame Colonel, les Allemands sont vaincus ! Tu vas rentrer ou bien tu aimes tellement le Maroc que tu vas rester avec nous toute ta vie ?

Maggy ne veut en rien le vexer. Elle lui répond avec diplomatie.

— Le Maroc c'est un très beau pays mais j'ai toute ma famille qui m'attend en France. Je vais bientôt devoir rentrer mais sûrement pas tout de suite. Je dois voir ça avec mon fils.

— Et qu'est-ce que tu vas faire en France, Madame Maggy ? Tu as une maison à toi ? Ou bien tu vas vivre chez ton fils et continuer à t'occuper de tes petits enfants ?

— C'est une bonne question. Je ne connais pas encore la réponse. Je ne sais pas ce qui est le mieux.

— Madame Colonel, tu n'as pas envie de te remarier ? Les petits enfants ont grandi.

— Me remarier ! Mais tu es fou, je suis une vieille femme. Ce n'est plus de mon âge !

— Tu es encore une belle femme, élégante. Je suis sûr que tu pourrais trouver un veuf, heureux d'avoir quelqu'un qui veillera sur lui. Moi ça me manque. Tu ne veux pas rester et te marier avec moi ?

— Slimane tu te moques de moi, ce n'est pas gentil !

Ce n'est pas la première fois que Slimane lui fait cette demande, un grand sourire tendre sur le visage.

Maggy commence à préparer du thé, pas un thé à la menthe très sucré comme ici, plutôt un thé à la française. Mais subitement, elle change d'avis, débouche une bouteille de vin gris de Guerrouane et remplit les deux bols préparés pour le thé. Elle coupe plusieurs parts de la tarte aux prunes, cuite le jour précédent et retourne avec Slimane dans son salon. Elle ne lui dit pas qu'il y a du vin dans les deux bols. Ils trinquent à la victoire et commencent à boire. Slimane est surpris. Jamais de sa vie, en bon musulman, il n'a gouté de boisson alcoolisée. Maggy voit sa surprise :

— Slimane, un événement comme aujourd'hui ça se fête avec du vin. Tu es obligé d'y gouter. Tu aimes ?

Slimane déguste le vin par petites lampées, avec l'air d'apprécier. Plusieurs fois Maggy lui remplit son verre et le sien et ils trinquent à la France, au Maroc, à la fin de la guerre. L'alcool a vite fait de les rendre plus gais que de coutume. Ils s'asseyent par terre, de part et d'autre d'un plateau en cuivre récemment acheté par Maggy :

— Madame Colonel, j'ai la tête bizarre. Ton plafond, il tourne au-dessus de moi !

Tous les deux rient. Maggy se rapproche de lui et lui donne un baiser sur le front. Slimane, l'attire tout près d'elle. Maggy, surprise rit de plus belle. Elle est un peu interloquée quand elle sent son ami marocain commencer à la déshabiller. Mais elle ne proteste pas. Elle est trop pompette pour rester raisonnable et se dit un instant que c'est probablement son dernier armistice ! Doucement, elle murmure à Slimane que ce serait mieux pour eux d'aller dans sa chambre. Ils se retrouvent rapidement sur son lit. Avant de décéder son mari était resté malade plusieurs années, insuffisant cardiaque et affaibli. Ses derniers transports amoureux remontent à plusieurs années. Maggy ne croyait plus retrouver ces plaisirs si forts.

Maggy subitement entend du bruit. C'est la porte du jardin que quelqu'un ouvre. Puis c'est la porte de sa maison qui fait son crissement caractéristique. Quelqu'un est entré. Slimane lui fait signe de rester très silencieuse. Chut ! Chut ! Maggy est angoissée. Que dira-t-elle si l'un de ses petits-enfants rentre dans sa chambre, ce qu'ils font habituellement sans se gêner. Maggy retient sa respiration. Trois très longues minutes qui la font transpirer. Des minutes qui n'en finissent plus. Elle qui dans la vie ne manque pas d'aplomb est désemparée. Elle ferait mieux de se rhabiller mais cela risque de faire du bruit. La porte de la chambre n'a pas de serrure. Impossible, de fermer à clef. Maggy se sent comme prise dans une souricière. De nouveau, la porte de la maison grince et le silence revient. L'alerte est terminée. Ouf ! Maggy a cru sa dernière heure arrivée ! Elle l'a échappé belle !

Slimane en profite pour redoubler d'ardeur et Maggy ne le rejette pas. Elle prend plaisir à tenir son sexe dans sa main et à le caresser. Après leurs ébats, elle n'en revient pas de ce qui est arrivé ! Ils se quittent ensuite tout sourire une demi-heure après. Maggy reste chez elle, heureuse de plaire encore à un homme gentil, tout à fait bien de sa personne et qui doit avoir dix ou quinze ans de moins qu'elle.

Les paroles de Slimane lui donnent à réfléchir sur son retour en France. « Que va-t-elle faire de sa vie, maintenant ? C'est vrai que dans le journal qu'elle lit régulièrement, « Le chasseur français », il y a des annonces matrimoniales. Elle voit régulièrement des femmes de son âge qui cherchent à se remarier. Se remarier, c'est sans doute ce qui va arriver à son fils ? Ce serait normal, il est dans la force de l'âge et il a besoin d'une compagne. Mais ne va-t-il pas tomber sur une petite grue qui lui fera faire n'importe quoi. Il faut qu'elle veille au grain ! »

Maggy finit par s'endormir sur son lit. Elle n'est pas dérangée car ses petits-enfants restent à défiler longtemps dans Meknès.

Le soir quand Claire rentre chez elle avec son frère Paul, il est tard mais, vu les circonstances, Maggy ne les engueule pas. Claire n'a pas sommeil. Elle sait qu'elle vient de vivre une journée historique dont elle se souviendra.

C'est pour elle l'occasion de débuter un journal intime qui ne la quittera plus pendant des années. Une façon pour elle d'immortaliser les grands moments de sa vie et de réfléchir à ses joies et ses peines. Elle sent qu'écrire un journal lui fera du bien. Une de ses grandes copines en a commencé un, il y a trois mois et se voit déjà écrivaine reconnue, candidate à un fauteuil de l'Académie Française !

Début du journal de Claire Destivel, 14 ans[2]

Lundi 7 mai 1945

Enfin, enfin, enfin !!! L'armistice. Depuis six ans, j'attends ce jour béni. Le monde s'est transformé. Quelle atmosphère de joie et même de rêve. J'ai vu les gens s'embrasser et, prodige, les Meknassi (habitants de Meknès) courir ce qui n'est pourtant pas dans leurs habitudes. Qu'est-ce que cela doit être à Paris. Je ne peux pas m'empêcher de penser à Bon-Papa et Papa que j'aime tant et que je vais revoir bientôt je l'espère.

Mais je m'éloigne, revenons-en aux faits de ce jour mémorable. Depuis vendredi tout le lycée est sens dessus dessous et évidemment on ne fait rien ; tous attendent les sirènes avec impatience ; au moindre bruit, on tressaille. Je me rappellerai toujours lorsque les sirènes ont marché, la malheureuse cloche de l'église s'est mise à sonner et le pauvre canon archi centenaire, le seul de Meknès s'est mis à tonner ; tout le lycée s'est précipité dehors en trombe sous les yeux sévères du censeur qui était débordé. Nous avons fait un monôme dans toute la ville en chantant et hurlant.

En rentrant à la base aérienne, je vais faire mes adieux à ma copine Ginette, ma chère amie qui s'en va. Cela me fait de la peine. Il y a trois ans que je la connais et c'est une chic fille malgré son esprit enfantin. Heureusement que c'est aujourd'hui l'armistice car j'en serais quitte pour une crise de cafard. Je suis très sensible, trop même et sentimentale à l'extrême ; ce que j'ai pu changer moi qui était détachée et si gaie jadis. Ça doit être la guerre qui fait cela.

Le soir après le dîner, je suis descendue en ville avec des amis et nous nous sommes énormément amusés. Yvette était d'une humeur charmante et nous avons fait plus de cent fois l'avenue. On s'est fait plusieurs fois accrocher. Nous sommes rentrés vers minuit déguster du pain et du beurre chez les Benoist. Et aussi une mousse au chocolat que nous dégustons dans le jardin au clair de lune. Nous dansons « La Bohême » dite danse macabre lorsqu'elle est dansée à minuit et qu'on est environné de revenants !

---

[2] *Texte fortement inspiré d'un journal intime authentique*

Et une confidence à ce journal, dans le jardin, il y avait Etienne, le frère d'Yvette qui m'a fait les yeux doux et a essayé de m'embrasser dans la pénombre juste au moment où Yvette est arrivée. J'étais toute émue et le suis encore mais chut, personne ne doit le savoir !

3

BOUGIE, ALGERIE, 7 ET 8 MAI 1945

Il fait déjà chaud en ce milieu d'après-midi du 7 mai dans le domaine agricole dirigé par Jacques Canot, baptisé « ferme Saint Jacques ». On est à sept kilomètres de Bougie, à 230 km à l'est d'Alger, tout près de la mer. Françoise Dumaine a été invitée à venir passer trois jours dans ce havre de paix. La famille Canot l'a prise en affection et lui vient en aide depuis que son mari est décédé il y a un peu moins de deux ans. Conduite en voiture par Jacques, elle est venue avec ses trois enfants, Agnès onze ans, Michel sept ans et Romain bientôt deux. Tous les trois adorent venir dans cette campagne.

Jacques Canot partage son temps entre Bougie où il vient surveiller la gestion du domaine et Alger pour la commercialisation de ses produits : beaucoup de fruits, surtout des oranges, du raisin, des dattes. Des céréales aussi, blé, seigle, orge, avoine qui font souvent défaut en Algérie. Ici le rendement est correct car on est en Kabylie une région assez pluvieuse en automne et hiver.

La ferme est constituée de plusieurs corps de bâtiments répartis autour d'une cour intérieure très verte grâce aux arbustes et plantes qui y poussent. Plusieurs arômes sont perceptibles. Des lilas sont en fleurs. Des buissons de romarin remplissent l'atmosphère de leur senteurs provençales. Deux magnifiques figuiers aux larges feuilles compliquées se dressent de part et d'autre d'un caroubier bien taillé. Sur le côté est de la cour, on a aménagé un vaste bassin d'irrigation particulièrement utile au printemps et en été lorsqu'il ne pleut plus et qu'il faut de l'eau pour les cultures. Des bruits de fontaine donnent envie au promeneur de s'y baigner. Côté ouest, la cour intérieure se poursuit par un verger et un potager. Ils fournissent oranges et citrons, raisin noir, carottes, pommes de terre et choux fleurs. Jacques a essayé d'acclimater le mieux possible des fruits et légumes tels qu'on les trouve dans le nord de la vallée du Rhône dont il est originaire.

Jacques Canot a cinquante ans. Sa femme, Henriette, devait venir avec eux mais est finalement restée à Alger avec l'un de ses deux enfants car elle supporte de moins en moins la voiture et vomit régulièrement pendant les trajets. Son fils ainé, Georges, douze ans fait partie du voyage. Jacques n'est pas mécontent de se retrouver avec Françoise et tous les enfants. Il leur a promis une visite du domaine à cheval et à dos d'âne comme des cow-boys dans les plaines du Far West. Romain, trop petit pour être de la balade doit rester dans la ferme à jouer avec une nounou locale et d'autres enfants du personnel. Françoise apprécie le côté protecteur de son hôte et ami, très attentionné et veillant constamment à leur bien-être. Le décor intérieur de la maison est raffiné. On y trouve de nombreux objets de l'artisanat local. Des poteries peintes décorées de motifs géométriques en couleur, des bijoux en argent finement ciselés, sertis de pierres à dominante rouge avec des incrustations variées.

Tous sont majestueux quand ils partent sur leurs montures. Le mari de Françoise initialement dans la cavalerie avant d'être aviateur lui a appris à monter à cheval. Elle a apporté un pantalon pour la circonstance. Le régisseur du domaine, Pierre Hernandez, d'origine espagnole, les accompagne. Agnès, Georges et Michel ont une petite badine pour activer leur âne. Le domaine est vaste. Il faut plus d'une heure pour en faire le tour. Le régisseur signale à son patron les problèmes survenus récemment comme les obstructions de plusieurs canaux d'irrigation, les maladies de certains arbres. A mi-parcours, ils font une pause pour se désaltérer avec de l'eau restée fraiche dans une poterie poreuse et mangent quelques figues et pâtisseries bien sucrées. Françoise apprécie cette balade tranquille. Les kabyles rencontrés, la plupart des ouvriers agricoles travaillant dans le domaine, échangent des amabilités avec Jacques Canot, très cordial avec eux. Hernandez est plus autoritaire et souvent méprisant.

Les cavaliers sont fourbus quand ils rentrent à sept heures du soir. Peu après leur retour, un ami de Jacques, qui tient un domaine agricole à trois kilomètres de chez lui, arrive très excité :

— Jacques ! Jacques ! Je reviens de Bougie ! Tu sais la nouvelle ? Les Allemands ont capitulé ! Ils ont signé un acte de reddition en France dans la nuit ! On savait que ça allait venir mais ça y est ! Cette putain de guerre est terminée en Europe. Tu te rends compte ? Terminée ! Mon fils est vivant ! Il va rentrer d'Allemagne !

Tous les adultes présents sont sous le choc de la nouvelle, même si en Afrique du Nord, les alliés tiennent le terrain depuis plus de deux ans. La plus concernée est sûrement Françoise Dumaine qui va pouvoir rentrer en France. La nouvelle la réjouit mais la déconcerte aussi. Sa vie est à reconstruire totalement. Elle a quitté la France, mariée à un homme séduisant qu'elle aimait. Maintenant, à 32 ans elle est veuve avec trois enfants à élever, son petit dernier n'ayant même pas deux ans. Elle ne travaille pas, comme la plupart des femmes de la bourgeoisie. Ses deux parents sont décédés, ses grands-parents aussi. Le seul endroit où elle peut aller, c'est dans le village de Morleau en Bourgogne où elle possède une maison. Mais dans quel état va-t-elle la retrouver après cinq ans d'absence alors que le village a été occupé par les allemands jusqu'en 44 ? Elle souhaite rentrer mais son retour l'angoisse. En Algérie, elle est bien aidée par Zora, sa bonne algérienne, douce et souvent drôle. Le retour, c'est vraiment l'inconnu.

La soirée se poursuit dans la bonne humeur. Pour la

circonstance, Jacques ouvre deux bouteilles de Champagne qu'il a fait venir de France ; il a invité son régisseur et sa femme Jeanne à se joindre à eux. Exceptionnellement les enfants dinent avec les adultes. L'ambiance est joyeuse.

Mais la nuit de Françoise est agitée. Vers deux heures du matin, elle se réveille. Elle sait qu'elle doit rentrer au bercail en France, mais se rend compte qu'elle s'est attachée à l'Algérie, un beau pays où la vie est facile pour elle malgré les privations liées à la guerre. Pourquoi ne pas rester une année de plus ? Sa fille ainée Agnès pourrait aller à Alger dans un pensionnat tenu par des sœurs. Michel continuerait à aller à l'école primaire locale et Romain a sa nounou qu'il aime bien. Ici elle peut s'offrir une bonne à temps plein ce qui lui facilite grandement la vie. Elle s'est fait quelques amis parmi les colons. En fait, elle a peur de se sentir cloîtrée quand elle va retourner dans son village de Bourgogne. Elle finit par se rendormir en se disant qu'il est trop tôt pour prendre une décision.

Le lendemain matin, les enfants jouent dans la cour intérieure pendant que Françoise prépare un repas à la française. Côté nourriture, la guerre a fait des dégâts. Dans les villes, même en Afrique du Nord, c'est plutôt la disette mais dans une ferme la situation est bien meilleure. Seul le café est devenu rare ; on a dû trouver un substitut avec de l'orge torréfié. Un cochon a été tué la veille et du boudin a été préparé, peu de temps après la mise à mort de la bête. Pour l'accompagner, des pommes revenues dans de l'huile font l'affaire. Avec de la farine de maïs, Jacques prépare des pains qu'il cuit dans un four en terre ancestral, aidé par les enfants. Il ouvre une bouteille de Volnay 1938 pour fêter encore une fois la victoire.

Après le déjeuner, les enfants font une petite sieste ou restent tranquilles dans leur chambre. Françoise en profite pour lire au calme ; on lui a conseillé « L'étranger » d'Albert Camus, un écrivain qui vit à Alger. On lui en a dit du bien. Françoise vient juste de commencer le livre. Vers les 16 heures, Jacques propose une promenade avec en prévision une partie de cache-cache dans un bois de caroubiers à un kilomètre de la ferme. Les enfants sont très excités. Même Romain est de la partie, installé dans une vieille carriole trainée à toute vitesse par les autres enfants.

Après une demi-heure de jeu, ils voient débouler, l'air hagard, Farid, un jeune ouvrier qui leur demande, affolé, avec des gestes désordonnés, de ne pas faire de bruit et de rester caché. Il explique à voix basse qu'un groupe de manifestants algériens est arrivé à la ferme et demande à voir le patron :

— Ils sont armés, très agressifs ! Le régisseur Hernandez leur a dit que vous vous étiez absentés pour plusieurs heures et qu'ils ne devaient pas rester. Ils ont frappé Monsieur Hernandez quand il leur a dit qu'ils n'avaient rien à faire ici ! C'est à ce moment-là que j'ai quitté la ferme. Je savais que je vous trouverai dans ce bois. Msieur Hernandez, il leur a hurlé dessus ! N'y allez pas, patron ! Ils ont l'air complètement fous. Ils ont un drapeau algérien ; ce sont des membres du PPA ![3]

— Farid, on va attendre ici une heure. Va voir ce qui se passe et reviens discrètement me le dire. Nous, on va aller dans la caverne. D'accord ?

Farid s'en va. Françoise se met à trembler de peur, pas pour elle mais pour les enfants. Jacques essaie de l'apaiser mais ne réussit pas.

—Jacques, je veux m'en aller d'ici tout de suite ! Je veux retourner à Alger. Ces gens-là peuvent être terribles ! Ils sont capables du pire !

—Mais non ! Vous allez voir, tout va s'arranger. En attendant, on va aller un peu plus loin dans le bois. Il y a une petite caverne cachée dans la verdure.

---

[3] *Parti du Peuple Algérien*

Jacques a lui aussi très peur mais tente de faire bonne figure. Tous marchent jusqu'à la caverne, une anfractuosité dans des rochers difficile à détecter où ils se tiennent silencieux, assis par terre. Ils ont compris qu'ils ne devaient pas parler. Romain s'est endormi dans les bras de sa maman. Au bout d'un quart d'heure, ils entendent des vociférations qui se rapprochent. Visiblement, un groupe d'hommes est parti à leur recherche. Jacques jette un œil à l'extérieur, bien dissimulé par un buisson et aperçoit cinq hommes dont deux portent des fusils, les trois autres étant simplement armés de poignards. Ils ne vont pas exactement dans leur direction et s'ils continuent en ligne droite, ils devraient passer à 80 mètres à gauche de l'entrée de la caverne. Mais ils s'arrêtent, car un autre homme les a rattrapés en courant et semble leur dire de refaire rapidement le chemin en sens inverse. Tous repartent d'où ils venaient en courant. Jacques choisit de rester encore un quart d'heure dans la caverne. Puis ils rentrent tous ensemble en faisant le moins de bruit possible. Quand ils sont à trois cents mètres de la ferme, Jacques dit à Françoise :

— Restez ici derrière ce petit monticule avec les enfants. Je vais voir ce qu'il en est et je reviens vous chercher.

Jacques fait un détour, décrit un arc de cercle de manière à rejoindre la ferme par le potager et le jardin, ce qui lui permet une arrivée plus discrète. Il aperçoit Farid à coté de plusieurs autres ouvriers agricoles. L'ambiance semble tendue. Il marche jusqu'à Farid et lui demande :

—Alors, ils sont partis ?

—Oui, ils sont partis rapidement, mais venez, il y a un problème !

Farid emmène Jacques jusqu'à la maison Hernandez et le fait entrer dans une pièce donnant au rez-de-chaussée, sur le derrière de la maison. La pièce est un peu obscure. L'odeur y est nauséabonde. Jacques a besoin d'un temps d'accommodation avant de pouvoir discerner quelque chose. Mais rapidement il est horrifié par ce qu'il voit. A l'endroit où l'on pend les cochons pour les tuer, il voit son régisseur sans vie pendu par les jambes.

—Ils ont égorgé Msieur Hernandez avant de le mettre là ! Ils se sont énervés quand il leur a crié de partir. Ce sont des monstres ceux-là ! Ils ont dit qu'ils reviendraient vous chercher. Vous devez partir. Mdame Hernandez, elle n'est pas au courant. Elle est allée déjeuner dans la ferme voisine à deux kilomètres d'ici. Elle n'est pas encore revenue.

Jacques reste sans bouger quelques instants, complètement choqué. Il n'y a eu aucune violence près de la ferme depuis au moins vingt ans. Il revient rapidement à lui et ordonne aux ouvriers de détacher le cadavre, de le transporter dans la maison et de le mettre sur la grande table de leur salle à manger. A Farid, il demande d'aller chercher Madame Dumaine et les enfants sans leur raconter ce qu'il s'est passé. Il se précipite ensuite dans sa maison et récupère dans un coffre, situé dans une pièce attenante à sa chambre, deux fusils de guerre, deux revolvers et des munitions. Il se fait ouvrir le garage, charge dans son coffre deux jerricans d'essence qu'il a eu la sagesse d'entreposer malgré les pénuries.

Quand Françoise et les enfants arrivent, Jacques les fait monter directement dans sa voiture sans rien leur expliquer, sans leur laisser le temps d'aller chercher leurs affaires et demande à Françoise, qui sait conduire, de prendre le volant. Lui-même s'assied à l'avant droit, ses fusils et pistolets à côté de lui. Ils partent alors très rapidement en direction du sud pour aller rejoindre la route nationale qu'ils doivent prendre pour revenir vers Alger. Il ordonne à Françoise de ne s'arrêter sous aucun prétexte, qu'il en va de leur vie à tous. Françoise est terrorisée mais se concentre sur sa conduite

Ils roulent ainsi pendant cinq kilomètres, mais sont obligés de ralentir quand six kabyles armés, qui se tiennent sur le côté droit de la route, leur font des signes pour qu'ils s'arrêtent.

— Françoise, ralentissez ! Faîtes comme si vous alliez vous arrêter mais dès que vous êtes près d'eux accélérez à fond, même s'il y en a un au milieu de la route !

Jacques baisse sa vitre, arme son revolver qu'il tient dans sa main droite. Il ordonne aux enfants de s'allonger sur les sièges.

Françoise fait exactement ce qui lui a été demandé. Arrivée à une vingtaine de mètres du groupe, elle se dirige vers la droite en direction du bas-côté, puis subitement appuie à fond sur l'accélérateur et klaxonne de manière continue. Les insurgés sont surpris. L'un d'eux essaie de se mettre devant la voiture qui le heurte de plein fouet. Un autre veut tirer avec son fusil. Mais il n'en a pas le temps car Jacques décharge son révolver, braqué dans sa direction, et le voit s'affaler. Françoise a pu passer. Un des assaillants essaie de les atteindre avec des coups de fusil mais sans succès. Françoise, affolée, roule à 90 kilomètres à l'heure sur cette petite route de campagne à moitié défoncée au passage de certains oueds. Les fuyards arrivent enfin sains et saufs sur la route nationale et croisent trois camions de tirailleurs sénégalais, sans doute appelés en renfort pour faire face aux émeutiers.

Françoise est tremblante et laisse Jacques reprendre le volant. Il lui explique à mots couverts pour ne pas effrayer les enfants ce qui est arrivé à son régisseur. Ils mettent trois heures pour regagner la région d'Alger. Personne ne parle dans la voiture. Les enfants n'ont rien compris à ce qui s'est passé. Mais l'air sombre et anxieux de Jacques et Françoise les inquiète.

Sur cette grande route, l'atmosphère devient progressivement plus calme et Françoise retrouve un peu de sérénité. Mais pour elle, l'Algérie, c'est fini. Plus question de rester une année de plus !

Dans les jours qui suivent, on apprend qu'à Sétif, pendant un défilé en l'honneur de la reddition allemande, un commissaire de police a tiré sur un chef scout arabe qui défilait avec un drapeau algérien et l'a tué sans autre forme de procès. C'est ce qui a déclenché une émeute. Plus d'une centaine d'européens ont été tués dans la région, certains de manière totalement sauvage. Un maire a eu les deux mains coupées. La réponse ne s'est pas fait attendre. Militaires, policiers et colons ont lancé une répression démesurée, atroce. Des milliers d'algériens ont été abattus sauvagement, la plupart du temps sans procès et tout ça du fait d'un défilé pour fêter la défaite des nazis et la fin des barbaries !

4

LONDRES, ROYAUME UNI, 7 MAI 1945

Quelqu'un sonne à la porte d'entrée de l'appartement de Victoria à Londres dans le quartier de Kensington où elle a pu trouver temporairement une location meublée, spacieuse, avec trois chambres. C'est là qu'elle a choisi d'attendre la fin de sa grossesse. Il est midi en ce 7 mai 1945.

Victoria se lève lentement et va ouvrir la porte. Une jeune femme d'environ vingt-cinq ans, une valise à la main, entre tout sourire.

— Bonjour Peggy ! lui dit Victoria en l'embrassant. C'est vraiment bien que tu puisses venir habiter avec moi quelque temps. As-tu fait un bon voyage ? Pas trop de retard avec ton train ? En ce moment, j'ai l'impression qu'on ne peut pas trop se fier aux horaires annoncés.

— Aucun problème depuis Reading. Je suis très contente de venir habiter avec toi, tu sais ! Ma pauvre, tu es veuve maintenant ! Je ne t'ai pas revue depuis la mort de ton mari. C'est terrible ce qui lui est arrivé ! Sortir vivant des griffes des nazis après plusieurs années de captivité et tomber très malade au moment où il rejoint son pays ! Triste destin ! Juste le temps de te faire un enfant, que tu vas devoir élever seule maintenant ! Ce que j'ai pu penser à toi tu sais depuis que j'ai reçu ta lettre ! Tu n'es pas trop fatiguée par ta grossesse ?

— Ça va plutôt bien. Viens, je vais te faire visiter l'appartement et te montrer ta chambre. Nous parlerons de nos vies plus tard.

Peggy est une jeune cousine de Victoria qui habite à Reading dans le Berkshire. Une dizaine d'années les sépare mais elles s'entendent à merveille. Peggy est célibataire. Elle avait un amoureux, un jeune officier de marine, mais celui-ci est décédé deux ans auparavant dans le naufrage de son sous-marin pilonné par l'aviation allemande dans l'Atlantique près des côtes irlandaises. Pendant que Victoria était à Gaitford, Peggy a pu venir une fois lui rendre visite à Noël, fin 44. Victoria lui a récemment écrit qu'elle était enceinte et Peggy, qui ne travaille pas en ce moment, lui a proposé de venir l'aider pendant sa fin de grossesse et le premier mois de son futur *baby*. Victoria ne s'est pas fait prier. Elle se demandait bien comment elle s'en sortirait seule. Toutes les deux aiment rire et oublier leurs soucis et leurs peines.

L'appartement a été refait à neuf avant le début de la guerre, et meublé. Les propriétaires ont été tués pendant le *Blitz*. Leurs héritiers ont cherché à le louer temporairement et c'est ainsi que Victoria est arrivée là. Une aubaine car il est très difficile de trouver à Londres un logement vacant.

— Quel luxe ! Je ne m'attendais pas à cela ! Deux salles de bains ! Tout est refait à neuf ! Il n' y a que la chambre de ton futur bébé qu'il faut décorer. Je sens que je vais me plaire ici. Je n'ai jamais eu une si belle chambre avec ma propre salle de bains. Tu as fait fortune ?

— Presque ! Je ne travaille pas, mais j'ai hérité de mes parents et de Malcolm qui venait lui-même d'hériter de sa mère. Je suis à l'abri du besoin On va pouvoir faire la fête ! dit-elle en plaisantant.

Peggy voit vite que sa cousine n'a rien perdu de son énergie, ni de sa bonne humeur. Elle admire la vaste chambre de Victoria qui lui sert aussi d'atelier. La pièce est lumineuse. Un grand chevalet, des toiles posées à même le sol. Certaines sont terminées et d'autres attendent de l'être.

— Tu sais que tous les tableaux que j'ai peints à Gaitford ont été détruits par le chasseur allemand qui s'est écrasé sur l'atelier. Un vrai désastre ! J'en ai pleuré pendant des heures. Mais depuis que je suis à Londres, je m'y suis remise avec enthousiasme. Je te montrerai mes dernières toiles ; toujours de l'abstraction. Mais viens dans la salle à manger, je t'ai préparé un déjeuner.

Effectivement, Victoria a dressé une jolie table sur une nappe blanche brodée et a sorti son argenterie. Avant de s'asseoir, Victoria montre à Peggy un imposant poste de radio :

— Il est flambant neuf ! Ecoute la qualité du son. Je n'en ai jamais eu un pareil avant !

Victoria allume la TSF qui met un peu de temps à chauffer. Le son arrive progressivement. Il est l'heure des nouvelles. Elles entendent le speaker :

— Cette nuit à 3h du matin les troupes allemandes ont capitulé. Le général allemand Alfred Jodl a signé une reddition sans condition à Reims, en France, en présence du général Eisenhower…

Victoria et Peggy n'en reviennent pas, même si cette reddition était attendue depuis plusieurs jours. La guerre a été tellement longue. Elles avaient l'impression que les hostilités ne finiraient jamais. Cette nouvelle les transporte de joie ; elles applaudissent très émues et tombent dans les bras l'une de l'autre. Pour elles deux, c'est l'espoir de reprendre une vraie vie, une vie où l'on peut se projeter dans l'avenir. Elles n'ont pas le même âge, mais toutes deux ont vu leur quotidien chamboulé par la guerre. Peggy a perdu son amoureux et le mari de Victoria est décédé.

— Peggy, nous allons fêter cela dignement ce soir ! On va essayer de se faire un bon petit diner toutes les deux. J'ai quelques bouteilles de vin, un peu de viande. Il manque juste un dessert.

Pendant l'après-midi, Victoria s'adonne à sa passion. Pour ne pas trop se fatiguer, elle peint assise sur une chaise au dossier bien droit. Elle passe du temps sur une nouvelle toile commencée le matin même. Des formes et des couleurs rappellent un bord de mer avec des nuances de bleu et de gris, peut-être inspirées d'une eau agitée sous un ciel où des nuages nombreux laissent un peu de place au soleil. L'ensemble reste très abstrait. C'est ce que Victoria explique à sa cousine qui a du mal à comprendre et apprécier ce style de peinture.

Peggy passe du temps à s'installer, ranger ses affaires et réfléchir à ce qui peut encore manquer pour accueillir le bébé à venir. Elle n'a pas d'enfant mais a donné du temps pendant ces derniers mois à une association caritative de Reading qui vient en aide aux réfugiés londoniens ayant quitté la capitale avec leur famille et de tout jeunes bébés. Elle a ainsi acquis une expérience des nouveaux nés qu'elle souhaiterait mettre à profit pour sa cousine.

Victoria prépare leur repas de fête en fin d'après-midi. Elle dépose sur une nappe blanche brodée qu'elle tient de sa belle-mère de Gaitford, un petit drapeau anglais pour donner une touche patriotique à cette table. Des roses rouges, qui faisaient partie d'un bouquet de fleurs dans sa chambre, complètent le décor.

Victoria sert en l'apéritif une bouteille de vin blanc de Loire. Elle dit qu' exceptionnellement son bébé doit aussi fêter la victoire et elles sont rapidement gaies toutes les deux. C'est Peggy qui lance la conversation sur ce que va être leur vie de l'après-guerre.

— Je me demande ce que je vais faire dans deux mois. Il faut que je me trouve un travail. J'aimerais bien enseigner mais je n'ai pas les qualifications suffisantes. Il me faudrait aussi un mari qui me ferait des enfants et me donnerait du plaisir ! Tu sais, j'avais commencé à y gouter avec mon amoureux quand il venait en permission. Heureusement que je ne suis pas tombée enceinte !

— Pour moi c'est arrivé quand je ne m'y attendais plus ! Je croyais que j'étais stérile ! C'est ce que les médecins m'avaient dit. Et un miracle est arrivé ! ajoute Victoria avec un grand sourire sur le visage. J'ai été tellement contente quand j'ai appris que j'étais enceinte !

— Ton mari est rentré d'un séjour de plusieurs années pendant lesquelles il est resté prisonnier en Allemagne, dans des conditions surement difficiles, et c'est en revenant qu'il te fait un bébé ! Quelle chance ! Mais excuse-moi, je suis indélicate de parler de ça avec toi, maintenant qu'il n'est plus là.. Que vas-tu faire dès que ton bébé ne sera plus un nourrisson ? Tu vas te chercher un nouveau mari ?

— J'ai envie de passer du temps à peindre. C'est devenu une passion. Le reste est plutôt flou et compliqué.

— Flou je comprends mais compliqué, pourquoi compliqué ?

Victoria n'a pas envie de s'expliquer et se cantonne à énoncer des généralités :

— Je trouve la vie compliquée ! Mon art, un enfant à élever ! Je ne vais pas pouvoir rester dans cet appartement pendant des années. C'est une location provisoire.

Pendant le diner, les deux cousines parlent de leur famille, de leurs parents, de leurs souvenirs communs, des lieux qu'elles ont fréquentés, tout en continuant à siroter leur vin blanc. Elles sont de plus en plus gaies et bavardes mais vont se coucher quand la bouteille est terminée.

Pendant la nuit, Victoria se réveille et se demande ce qu'elle doit dire à Peggy de ses relations avec Phil, son aviateur français rencontré à Gaitford. Elle a trois solutions, tout lui raconter, ou bien faire débuter ses relations avec Phil après le décès de son mari ou bien enfin ne rien lui dire du tout. Elle n'arrive pas à trancher vraiment même si elle a une nette préférence pour la deuxième possibilité. Elle se rendort ensuite, fatiguée par la fin de sa grossesse.

Le lendemain matin, elles prennent leur petit déjeuner ensemble. Peggy mène la conversation et se met à parler du futur bébé de Victoria :

— Si c'est un garçon, comment vas-tu l'appeler ? Malcolm en hommage à son papa ? Il sera fier d'avoir un père qui a réussi à échapper aux griffes des nazis et à revenir tout seul jusqu'en Angleterre. Quel courage !

Victoria semble réfléchir un instant et fond en larmes, sans donner d'explications. Peggy vient près d'elle, pour la réconforter :

— Excuse-moi ! je comprends que mes questions stupides te rendent triste. Je suis sotte, je vais faire plus attention à ce que je dis. Je vois bien que je manque de délicatesse.

— Non Peggy, tu n'y es pour rien. C'est compliqué à expliquer. J'hésite à me livrer.

Peggy sent que sa cousine a quelque chose d'important à lui dire. Elle est d'un naturel plutôt curieux et a très envie d'en savoir plus.

— Si cela peut te faire du bien, confie toi à moi.

— Je vais tout te raconter mais sous le sceau du secret ! Tu me promets de garder ce que je vais te dire pour toi seule ? Tu ne dois en parler à personne. C'est un secret !

Peggy sent qu'elle a atteint son but et vaincu la résistance de sa cousine.

— Promis. Je sais garder les secrets pour moi. Tu peux avoir confiance.

— Tu vas sûrement être horrifiée par ce que je vais te raconter ! Ne me juge pas !

Peggy se demande ce que sa cousine va lui confier.

— Ce bébé à venir n'est pas de Malcolm !

— Quoi ! Ton bébé n'est pas de Malcolm ?

— Non, avec Malcolm nous n'avons jamais pu avoir d'enfant. Ce n'était pas faute d'avoir essayé avant la guerre. Mon gynécologue et d'autres médecins m'ont dit que j'étais stérile. Ça m'a déprimée pendant un temps. Ensuite je me suis concentrée sur la peinture qui a pris de plus en plus de place dans ma vie. De toute manière, quand il est rentré d'Allemagne, Malcolm était faible, très malade ! Il a rapidement dû être hospitalisé. Il crachait beaucoup de sang. C'était horrible ! Et puis, tu sais ou bien tu ne sais pas, mais déjà avant la guerre nous ne nous entendions plus bien. Nos relations s'étaient détériorées pendant notre séjour en France. Nous parlions de divorcer ! Il ne supportait pas que je passe beaucoup de temps le soir, la nuit, avec mes amis artistes de Montparnasse. Nous ne nous comprenions plus.

— Ben ça alors ! Je me faisais une tout autre idée de votre couple. Je suis stupéfaite !

— On a tous nos secrets, tu ne crois pas ? Moi je n'avais pas imaginé que tu couchais avec ton amoureux !

Peggy réfléchit quelques instants et évidemment une question lui vient à l'esprit, qu'elle ne peut s'empêcher de poser à Victoria.

— Alors tu as eu un amant ?

— Oui !

— Je te croyais recluse à Gaitford, exemplaire, à t'occuper toute la journée de ta belle-mère malade. Alors que tu avais une idylle, que tu faisais la java et des galipettes dans la campagne ! Raconte-moi tout. J'ai envie de savoir.

— D'accord, je vais t'en dire plus. J'ai rencontré un officier français à Gaitford alors que j'étais en train de pêcher dans une rivière. Il s'appelle Philippe, Phil pour ses proches. Il a quarante et un an.

— C'était avant le décès de ton mari ?

— Oui, Malcolm était encore prisonnier en Allemagne.

— Et il est marié, je suis sûre ?

— Non, il est veuf depuis plusieurs années. Il a deux grands enfants, un garçon et une fille qui sont au Maroc. Il est beau, charmant. Je n'ai eu aucune envie de résister. C'est lui qui avait des scrupules à cause de Malcolm.

— Mais qu'est ce qui l'a décidé ? Tu lui as sauté dessus ? ajoute Peggy dans un grand fou rire.

— Il commandait un groupe de bombardement. C'était vraiment dangereux. Quelqu'un lui a fait prendre conscience qu'il avait peu de chance de s'en sortir. Ça l'a troublé et il a eu envie de profiter de la vie au maximum.

— Raconte-moi comment ça a vraiment commencé entre vous !

— On s'est d'abord vu plusieurs fois, sagement. Un jour, au mois d'août, il m'a emmenée à une grande *party* sur une base aérienne française sous commandement de la RAF. Près de 500 invités. On a dansé ensemble, on a bu et puis on est rentré chez moi dans mon atelier et on en a profité. On a pu ensuite se revoir mais il a été blessé et s'est retrouvé plusieurs mois dans un hôpital à Rauceby. Il va bien maintenant et commande la base de Gaitford. Quand je me suis rendu compte que j'étais enceinte, au début je ne voulais pas y croire. Je me croyais vraiment stérile. En fait c'était plutôt Malcolm qui devait avoir des problèmes.

— Tu lui as dit à ton ami français que tu étais enceinte ?

— Oui, je lui ai dit. Au début je ne suis pas sûre que cela lui ait fait particulièrement plaisir. Après, il a évoqué l'éventualité de ma venue à Paris, après la fin de la guerre. Il doit venir me voir après la naissance. Tu feras sa connaissance.

— Mais alors, ton avenir est simple ! tu vas aller vivre en France et te remarier avec lui. Qu'est ce qui reste flou ?

— J'ai peur de moi, de mon désir d'indépendance. Sa mère, qui n'a pas l'air commode, vit avec lui. Il a deux enfants. Pour moi ce n'est pas évident !

— Ton bébé va avoir besoin d'un homme auprès de lui. Ton amoureux, ce sera peut-être un bon père s'il t'aime ?

— Oui, mais avec la guerre, son hospitalisation, ma grossesse, mon séjour à Londres, on ne s'est pas vus très souvent. On ne se connaît pas si bien que ça. Je n'ai pas envie de le perdre mais je ne veux pas m'engager trop rapidement. La peinture a de l'importance dans ma vie. Bref, pour l'instant je suis sur du court terme. On verra après, quand le bébé sera né.

Peggy a adoré ces confidences inattendues. Jamais, elle n'aurait imaginer que Victoria pouvait avoir une vie un peu aventurière et là, avec un enfant attribué au colonel Miller mais qui est de son amant, la situation est incroyable. Elle est heureuse pour sa cousine mais la trouve compliquée. Si elle se retrouvait dans la même situation, elle serait tellement contente d'avoir dans sa vie un bel officier français qui a envie de vivre avec elle. Tant pis, s'il a une mère un peu autoritaire ! Il suffirait de faire en sorte qu'elle aille vivre ailleurs après le mariage !

5

GAITFORD ET RIEVAULX, ROYAUME UNI, MAI 1945

Dans les jours qui suivent l'annonce de la reddition allemande l'ambiance est à la fête sur la base de Gaitford[4]. Un tournoi de football est organisé où s'affrontent les équipes des bases de bombardiers de la RAF situées dans la même région. L'équipe de Gaitford arrive en finale et c'est Phil qui préside le match. Des aviateurs russes en visite assistent à la partie. Ils ne parlent pas anglais et personne ne parle russe. Mais ils sont sympathiques et montrent beaucoup d'enthousiasme quand un but est marqué. Ce sont les français de Gaitford qui remportent la finale et Phil a le grand plaisir de leur remettre la coupe destinée à l'équipe gagnante. L'alcool coule à flot pendant le dîner et les russes qui sont restés dormir à Gaitford ne tiennent plus debout en fin de soirée. Pendant la semaine, les *party* se succèdent. Les anglaises qui organisent ces fêtes et reçoivent ces aviateurs français sont peu farouches. Ceux-ci savent en profiter.

Le jeudi 17 mai, Phil est prévenu par sa hiérarchie qu'une grande chanteuse française va venir de Paris, donner sur la base, un spectacle de chant et de danse pour distraire les personnels. On ne lui dit pas de qui il s'agit mais on lui affirme que personne ne sera déçu.

---

[4] *Voir la fin du volume 1 « Un Bel Eté à Gaitford »*

Il faut installer une salle de spectacle. Le mieux est de vider un hangar de ses avions et de préparer une estrade, une zone avec des sièges avec derrière, une aire où l'auditoire se tiendra debout. La représentation débutera à 19h et doit durer une heure.

Phil annonce la nouvelle sans attendre pour que le plus grand nombre ne prenne pas d'engagement ou puisse se libérer. On prévoit plus de deux mille participants. Certains regrettent de ne pas savoir qui vient les distraire et redoutent que ce soit une chanteuse d'opéra ou une danseuse venue interpréter le Lac des Cygnes ou Casse-Noisette !

La chanteuse doit arriver par avion et atterrir à Gaitford, ce lundi vers 14h. Phil attend sa visiteuse dans la tour de contrôle, impatient de savoir qui a la gentillesse de venir leur rendre visite. Un DC3 de l'armée de l'air française, ponctuel, atterrit à 14h05. Phil aperçoit une femme en uniforme militaire qui descend de l'appareil.

Incroyable, cette femme est noire. Il la reconnaît immédiatement. Oui c'est elle, c'est bien elle, c'est Joséphine Baker qui vient donner un spectacle. Elle est très connue, Joséphine Baker, elle, ses chansons et ses tenues de scène dénudées. Elle ne craint pas de montrer ses seins, ses cuisses à peine masquées par des jupes burlesques, comme son célèbre pagne tout en bananes. Ses déhanchements sont provocants. Tout le monde connait l'air de « J'ai deux amours ».

Phil est flatté. En tant que commandant de la base, c'est à lui de l'accueillir personnellement et de prendre soin d'elle. Elle est venue avec quatre malles, contenant ses différents costumes de scène. Souriante, elle sort de l'avion accompagnée d'un petit orchestre de six personnes, tous des noirs. Son spectacle le plus classique « La revue nègre » ne porte pas ce nom pour rien !

Phil vient à sa rencontre et se présente. Un photographe est là pour les immortaliser. Il l'accompagne en voiture jusqu'à sa loge improvisée pour elle près du hangar où aura lieu le spectacle. Ils restent ensemble à bavarder quelques minutes. Joséphine ignorait que plusieurs centaines d'aviateurs français étaient en Angleterre depuis dix-huit mois et combattaient sous commandement de la RAF. Phil prend congé après lui avoir présenté le capitaine Vulpillat qui s'est porté volontaire pour veiller sur elle pendant son séjour à Gaitford. Ils étaient plus de dix, très émoustillés, à être candidats à ce poste de haute responsabilité quand ils ont su qui était là et Phil avait dû tirer au sort le nom du gagnant.

A 19h le hangar fait salle comble et l'ambiance est chaude. Tous les spectateurs frappent dans leurs mains puis crient pour appeler « Joséphine, Joséphine » de manière répétitive. La chanteuse arrive enfin, vêtue d'une robe longue en soie blanche très décolletée. Elle sait que tous ces hommes sont pour la plupart loin de leurs épouses, fiancées ou amies depuis plusieurs mois, et qu'ils seront d'autant plus sensibles à sa féminité.

Elle chante plusieurs de ses succès, s'éclipse quelques instants pour changer de tenue, revient plus dénudée, jupe courte et haut jaune à manches très courtes, des bagues à tous les doigts et plusieurs bracelets de couleur or à chaque poignet. Sa nouvelle tenue est accueillie par des « Hourra » qui l'encouragent peut-être à aller encore plus loin. Elle chante avec plaisir, fait reprendre des refrains à l'assistance qui ne demande que cela. A la fin de son spectacle, seins nus et vêtue de ses simples bananes elle interprète une danse endiablée, avec des déhanchements qui ne laissent pas de bois tous ces jeunes mâles. Elle disparaît et revient cette fois-ci dans son uniforme de l'armée de l'air. C'est la fin de son spectacle. Elle a quelques mots très émouvants pour tous ceux qui sont tombés et ne reviendront plus. Acclamée sans fin, elle accepte de faire un bis et rechante « J'ai deux amours ».

Phil va sur scène la féliciter et la remercier. Facétieuse, elle lui fait un baiser appuyé sur la joue droite, le marquant sans ambiguïté de la forme de ses lèvres bien dessinées et pulpeuses, recouvertes de rouge à lèvres. On applaudit et Phil garde cette empreinte pendant toute la durée du cocktail donné ensuite pour leur visiteuse. Les aviateurs boivent plus qu'il ne faudrait mais la fête se termine sans encombre, dans la plus grande gaité.

Joséphine repart le lendemain matin, laissant le personnel de la base à ses interrogations quant à la suite des opérations. La guerre est finie mais on ne parle toujours pas de retour en France. Phil continue à imposer des vols d'entraînement tous les jours, ce qui ne déplaît pas aux équipages maintenant que les allemands ont cessé les hostilités.

Phil et Victoria se parlent au téléphone une fois par semaine à heure fixe car elle n'a pas réussi à faire installer de ligne chez elle et doit aller dans une poste pour téléphoner. Phil a pleinement conscience que Victoria va accoucher bientôt. Lors de leurs échanges, il sent combien elle est contente de la perspective de devenir maman. Il ne se cache pas à lui-même qu'il aurait vraiment préféré retrouver une amante sans enfant et continuer à vivre une histoire d'amour. Se retrouver père dans des conditions un peu scabreuses ne le ravit pas franchement. Enfin, dans cette ambiance de paix retrouvée et de fête continue, il n'est pas totalement insensible au charme de ces Anglaises qui l'invitent et lui font comprendre qu'elles le trouvent bien à leur goût.

Pour le samedi 26 mai, Phil a accepté l'invitation d'Emma Simons qui lui a proposé une excursion de deux jours à Rievaulx dans le Yorkshire pour y visiter les ruines d'une célèbre abbaye cistercienne. Il faut rouler près de 250 km à partir de Peterborough pour atteindre l'abbaye. Au moins quatre heures de route. Un couple d'amis d'Emma doit être de la partie. Ils s'appellent Lucy et David. Lui, une cinquantaine d'années, est professeur d'histoire à Peterborough. Il a travaillé sur l'abbaye et son passé. Lucy est plus jeune et donne des leçons de piano quand elle a des élèves. Ce sont eux qui ont la disponibilité d'une voiture. Emma tient un salon de thé à Peterborough, où Phil a fait sa connaissance récemment. Il a eu l'occasion de la revoir deux soirs de suite à des soirées dansantes organisées pour fêter la fin des hostilités. Elle est très drôle et l'a fait beaucoup rire. Elle vient d'avoir quarante ans, elle est brune, avec des cheveux courts, des yeux verts et une allure sportive. Elle n'est pas mariée et la rumeur dit qu'elle n'aime pas trop les hommes. Phil a deux jours de permission mais doit rester dans la région. Il se fait une joie de ce week-end dans ce lieu très réputé.

Tous ont rendez-vous à 10h, chez Emma, ce samedi matin. Phil arrive en vélo très à l'heure. Lucy les rejoint un quart d'heure plus tard au volant de sa voiture, une Austin 12. David a eu des problèmes digestifs pendant la nuit et ne souhaite finalement pas se joindre à eux. Rien de grave mais il n'a pas dormi, accumulant vomissements et diarrhée. Il va mieux ce matin mais veut récupérer. Lucy n'a pas l'air trop fâchée de se retrouver sans son compagnon.

Le temps de charger la voiture et ils partent hardiment tous les trois. En voiture ils font plus ample connaissance. Emma a ouvert son bar, salon de thé (*Emma's bar*) juste avant le début de la guerre et paradoxalement a profité de celle-ci. Les 2500 personnes de la base de Gaitford ont rapidement adopté son établissement comme lieu très stratégique pour leurs divertissements et lui fournissent une clientèle masculine pléthorique. Elle a dû embaucher quatre serveuses et deux personnes en cuisine pour l'aider. Des bruits ont couru selon lesquels, certains soirs, des filles réconfortaient les aviateurs qui en avaient les moyens, dans deux petites chambres situées au-dessus du salon de thé ; mais Phil n'a jamais su si la chose était réelle ou s'il s'agissait de simples rêves d'aviateurs en manque de sexe et de tendresse. De cela, il n'est pas question dans la conversation.

Lucy et Emma semblent bien se connaître et ponctuent de temps à autre leur conversation de « ma petite chérie », « mon ange » ou encore « mon petit oiseau ». Emma, quand elle parle à son amie ou à Phil, met sa main sur leurs bras en les serrant amicalement. Visiblement Emma a besoin de toucher les gens auxquels elle parle. Phil trouve cela très chaleureux. Avec lui, Emma reste très respectueuse et dit toujours « Colonel » quand elle lui parle, même s'il lui a dit, en partant, de l'appeler Phil. En fait, elle est très flattée de partir en week-end avec un officier supérieur et souhaite que celui-ci conserve les attributs qui témoignent de son importance. Elle a insisté pour que Phil vienne en uniforme, disant que cela faciliterait sans doute la recherche de chambres d'hôtel pour passer la nuit.

Lucy conduit pendant la première partie du voyage. Au bout d'une heure et demie, elle passe le volant à Phil. Il a toujours sa main droite gantée, suite à ses brulures, mais il peut conduire une voiture sans problème. Le revêtement de la route est très abimé et la voiture ne peut guère dépasser les soixante kilomètres à l'heure. Il faut être attentif aux nids de poules qui se sont formés un peu partout. A un moment, Phil sent le volant devenir bizarre. La voiture a tendance à se déporter sur la droite. Il s'arrête sur le bas-côté et constate que le pneu avant droit est dégonflé, sûrement crevé. Il y a heureusement une roue de secours. Phil ne met pas plus de vingt minutes à changer la roue. Les trois compagnes et compagnon peuvent repartir mais doivent trouver un garagiste pour réparer le pneu abimé et la chambre à air.

A Doncaster, dans le sud du Yorkshire, près de Sheffield, ils trouvent un garagiste qui accepte de réparer la roue un samedi. Pendant la réparation, ils déjeunent dans une vieille auberge à coté de St George's Church et repartent vers 15 heures, plutôt gais, après quelques bières. C'est un clou, le responsable de leur crevaison. La chambre à air était déchirée mais a pu être réparée avec une simple rustine et une colle spéciale. Emma tient à garder le clou en souvenir. Il leur faut encore près de trois heures pour arriver à proximité de Rievaulx.

Emma insiste pour chercher une chambre d'hôtel près de

l'abbaye. Quelqu'un à qui ils demandent conseil leur indique le bourg de Helmsley à 5 km de Rievaulx où ils trouveront plusieurs établissements. Il y a effectivement quatre hôtels dans cette petite ville mais les trois premiers sont complets. Un grand marché doit se tenir le lendemain et a attiré du monde. Au quatrième, l'hôtel du « Cygne rouge », ils demandent deux chambres, une pour Emma et Lucy et la seconde pour Phil. Mais l'hôtelier n'a plus qu'une seule chambre de libre avec un lit double. Il leur propose d'y ajouter un lit d'appoint avec un sourire sur le visage. La situation amuse beaucoup ces dames, qui s'éloignent de quelques mètres et font un petit aparté. Emma revient vers Phil l'air mutin et lui dit :

— Colonel, on n'a pas vraiment le choix. Tous les hôtels sont pleins dans la région. Il n'y a plus que cette chambre. Il ne faut pas qu'elle nous échappe. Si ça continue, on va finir par dormir tous les trois dans la voiture ! Lucy et moi, nous occuperons le grand lit et vous le petit. Aucun problème ! Lucy aussi est d'accord. Qu'en pensez-vous ?

— J'ai vraiment peur de vous déranger ! Je vais aller dormir dans la voiture. On est en Mai. Il ne fait plus froid.

— Dormir dans la voiture ! Mais vous n'y pensez pas alors que vous aurez deux gentilles femmes qui veilleront sur vous affectueusement. Vous ne ronflez pas, Colonel ?

— Non je ne ronfle pas. Pour vos réputations à toutes les deux, c'est plus correct. Que vont penser les gens ?

— Mais on ne connaît personne ici ! On est au bout du monde. Vous avez peur de nous ?

— Si vous le prenez comme ça, d'accord. J'accepte votre hospitalité. C'est très gentil de votre part.

Phil trouve la situation cocasse. Si David était venu, il leur aurait fallu trois chambres. Maintenant, ils vont arriver à se débrouiller avec une seule.

Heureusement, la chambre est vaste, équipée d'une salle de bains et de toilettes séparées. Il y a en fait un lit double et un lit pliant installé par l'hôtelier au ras du sol.

L'heure du dîner arrive vite. Emma et Lucy se pomponnent pendant que Phil, resté en uniforme, les attend au bar de l'hôtel. Elles le rejoignent et tous commencent la soirée par un verre de whisky écossais des *Highlands*.

Déjà un peu gais, ils vont ensuite à table et ne passent pas inaperçus. Phil a belle allure dans son uniforme de l'armée de l'air et certains à proximité l'envient d'être si bien accompagné. On leur propose un unique menu, pas très copieux. Une salade de betteraves pour commencer, puis des morceaux d'épaule d'agneau bouillis comme savent les cuisiner les anglais ! Heureusement, la cave est plus fournie et le dîner est agrémenté d'un Bourgogne rouge. L'ambiance est rapidement joyeuse, égayée par le bon vin. Phil n'hésite pas à les resservir quand leurs verres sont vides et aucune ne refuse.

Elles sont loquaces et espiègles, ces filles, et voudraient en savoir plus sur Phil. Elles savent juste qu'il est veuf et a deux enfants restés au Maroc. C'est Emma qui commence à lui poser quelques questions plutôt personnelles et directes :

— Alors Colonel, vous avez quitté le Maroc depuis un an et demi. En dix-huit mois, est-ce que vous avez rencontré de belles anglaises sensibles à votre charme ?

Phil réfléchit quelques un instant, sur ses gardes, hésitant à se livrer.

— Oui, finalement ! Je dis finalement car, au début, nous changions d'endroit tous les mois ; puis nous sommes restés six mois en Ecosse pour enfin nous fixer. Difficile de rencontrer quelqu'un dans ces conditions. Mais à Gaitford, j'ai fait une belle rencontre pendant une partie de pêche.

Phil n'a pas envie d'en dire plus alors que ses deux compagnes attendent la suite avec impatience. Devant son silence, Lucy ne peut s'empêcher de le questionner plus avant :

— Et cette belle rencontre, elle est toujours à Gaitford ?

— Non, elle est repartie à Londres.

— Et vous, vous allez bientôt repartir en France ? C'est dommage, c'est triste non ?

Phil trouve qu'il en a assez dit et n'a aucune envie d'expliquer que sa belle rencontre est enceinte et va bientôt accoucher. Il se contente de faire quelques commentaires et de poser une question pour faire diversion :

— Non, je pense que c'est très bien comme cela. Mais puisque vous m'avez interrogé, maintenant c'est à mon tour de vous poser des questions indiscrètes. Lucy, vous êtes mariée mais vous Emma qui êtes célibataire, quelle est votre vie ? Vous avez un coquin ?

Emma éclate de rire :

— Un seul ? C'est trop peu ! Moi j'aime la variété vous savez !

Phil ne peut s'empêcher d'être ambigu :

— Oui, c'est ce qu'on m'a dit !

Emma ne répond pas, énigmatique mais toujours souriante. Lucy, éméchée, leur parle de sa vie avant son mariage, de ses amours avec un professeur de piano entreprenant, alors qu'elle n'était même pas majeure.

Pendant le diner un orchestre local se met en place et le pianiste, visiblement le chef d'orchestre, incite les clients à se lever pour danser et fêter encore une fois la victoire et la fin de la guerre. Phil invite successivement ses deux amies à danser des boogie-woogie rapides Les affres des missions de guerre ne sont plus qu'un mauvais souvenir. Tous trois quittent la salle de restaurant vers 23 h et commencent à monter jusqu'à leur chambre mais Phil se ravise et leur dit :

— Je vous laisse un peu de tranquillité et reviens dans une demi-heure pour admirer vos chemises de nuit. A tout à l'heure.

— Non, restez Phil. Nous avons une surprise pour vous. Vous verrez, un jeu très drôle, précise Emma.

Phil regarde Lucy d'un air interrogateur :

— Mais Lucy est au courant ?

— Oui, soyez sans crainte, un jeu de société très amusant. Je suis sûre que vous allez aimer. On ne va pas aller au dodo tout de suite, à moins que vous ne soyez trop fatigué ?

Phil est surpris mais ses deux amies ont aiguisé sa curiosité et il obtempère de bon cœur.

— D'accord, je vous suis. J'ai hâte de voir à quoi vous avez envie de jouer à pareille heure !

Quand ils sont dans leur chambre, c'est Lucy qui semble prendre la tête des opérations et commence à donner des explications à Phil.

— Toutes les deux nous appartenons à la « British Sun Bathing Society ». Vous avez déjà entendu parler de ce club ?

— Non, jamais, c'est un club de natation ?

— Pas exactement, c'est plutôt un club naturiste. Les membres du club aiment passer des moments nus au soleil quand il fait assez chaud. Ils adorent aussi se baigner nus dans la mer ou dans les rivières. C'est une sorte de retour à la nature. Rien de pervers là-dedans, juste la recherche de moments de grande détente, de bien-être.

Phil ne s'attendait pas à pareille proposition mais très rationnel ne voit plus où se situe le jeu de société dont elles avaient parlé :

— Et votre jeu de société très amusant ?

C'est Emma qui reprend la parole :

— C'est pour mettre un peu de piquant dans la phase de déshabillage. C'est un jeu très simple que nous avons inventé. Chacun joue avec un dé et jette son dé trois fois à son tour. Pair on ne fait rien, impair on enlève un vêtement. Cela permet de ne pas passer directement des habits à la totale nudité. Vous voulez bien y jouer avec nous ?

Phil n'est pas particulièrement pudique. Il a même envie, un peu alcoolisé, de se montrer direct.

— Oui apprenez-moi votre jeu. Moi, je garderai juste un gant à ma main droite. Vous savez à cause de mes brûlures il y a quelques mois quand mon avion a explosé.

— Colonel, si vous ne gardez qu'un gant aucun problème ! répond Emma en riant.

Phil voit Lucy ouvrir une armoire et en sortir un drap. Elle précise :

— C'est pour nous asseoir sur le plancher. Ce sera plus propre et confortable en jetant notre dé. Colonel, nous n'avons plus rien à boire. Vous ne voulez pas aller chercher une bouteille de vin blanc ou rouge pour continuer la soirée agréablement ?

Phil revient avec une bouteille de vin de Bordeaux et trois verres. Emma et Lucy ont préparé le terrain. La lumière est tamisée et le drap est posé par terre. On entend un bain en train de couler dans la salle d'eau ce qui intrigue Phil. Ils n'ont plus qu'à commencer leur jeu.

Ils sont assis par terre, chacun a un dé et un verre de vin. Pour décider de qui commence, ils jettent simultanément leur dé une fois. Phil obtient un 6 et doit débuter suivi de Lucy puis Emma. Trois fois de suite Phil tire des chiffres pairs alors que ses compagnes n'obtiennent que des chiffres impairs et doivent quitter trois vêtements. Toutes deux enlèvent leurs deux chaussures et une socquette. Rien de bien gênant pour l'instant. Puis c'est au tour de Phil de collectionner les chiffres impairs 5, 3, 3. Phil enlève sa veste d'uniforme et ses chaussures alors que ses amies en tirent un seul et se séparent de leur socquette restante. Emma se lève un instant pour aller arrêter l'eau du bain et revient s'asseoir sans que personne ne lui pose aucune question. C'est maintenant que le jeu commence vraiment ce que Phil s'amuse à souligner :

— Mesdames, je crois que nous rentrons dans le vif du sujet. Voulez-vous que nous trinquions encore une fois ?

Il remplit de nouveau chacun des trois verres et tous trinquent en se regardant droit dans les yeux. Phil tire deux chiffres impairs et se sépare de ses deux chaussettes. Emma tire un 3 et enlève lentement, très lascive son corsage. Phil est légèrement troublé quand il voit se dessiner le soutien-gorge en soie blanche de son amie, ses bras charnus, le début de sa gorge et un peu plus quand elle se penche pour ramasser son dé. Lucy tire aussi un chiffre impair et choisit de quitter sa jupe. Mais elle porte un jupon qui continue à la maintenir passagèrement habillée.

Phil obtient maintenant 4, 5, 3 et au bonheur de ces dames enlève cravate et pantalon. Il préfère se tenir à genoux, craignant d'être ridicule, assis par terre, en caleçon. Emma sort 2, 6, 1. Elle hésite puis commence à dégrafer son soutien-gorge. Elle en fait délicatement passer les bretelles par ses épaules et le tend à Phil comme si elle lui offrait un cadeau de grand prix. Phil la remercie tout en contemplant sa poitrine très blanche et généreuse. Phil est excité et son sexe commence à venir modifier les formes de son caleçon ; ses compagnes s'en rendent compte et sourient. Lucy obtient 1, 1, 3 ce qui fait applaudir ses amis. Elle se met debout, quitte jupon, puis effrontément sa culote qu'elle donne aussi à Phil. Elle fait une pause avant de continuer et se tourne progressivement comme si elle voulait ne rien cacher à ses amis et se faire admirer sous diverses incidences. Emma au passage donne une caresse sur la fesse de son amie. Phil ne peut qu'admirer les courbes de Lucy, sa taille fine, ses fossettes dans le bas de son dos et sa toison abondante blonde comme ses cheveux. Elle se sépare aussi de son chemisier et leur fait admirer son soutien-gorge en soie rouge

De nouveau chacun lance trois fois de suite son dé. Phil obtient 1, 3, 4. Ses amies disent « Hourrah ». Il se met debout, enlève sa chemise d'abord, qu'il donne à Lucy et son caleçon qu'il tend à Emma. Phil est complètement nu hormis le gant qui protège sa main et n'a plus rien à enlever. Il est plutôt mince et athlétique et ses amies le complimentent sur sa prestance.

Il est temps de terminer le jeu et lors du tirage, Emma obtient deux chiffres impairs. Il lui reste encore deux vêtements sur elle qu'elle n'a plus qu'à ôter, sa jupe et sa culotte ce qu'elle fait rapidement debout. Totalement nue, elle fait ensuite quelques pas dans leur chambre tel un mannequin présentant les habits d'une collection de prestige. Coquine, elle s'approche de Phil assis sur le sol jusqu'à venir appliquer son ventre et sa toison sur le nez et la bouche du colonel qui lui fait une gentille caresse sur la fesse. Enfin c'est au tour de Lucy de jeter trois fois son dé. Deux chiffres pairs. Un seul était suffisant pour la faire se départir de son soutien-gorge qu'elle quitte rapidement dévoilant une gorge menue avec des bouts de sein tout pointus.

Ils continuent à se servir du vin, à le déguster et rient en se regardant. Emma se lève, prend Lucy et Phil par la main et les conduit jusqu'à la salle de bain.

— Puisque nous ne sommes pas au bord de la mer, je vous propose de prendre chacun un bain. Regardez, la baignoire est grande, on peut y tenir à deux ; l'eau est encore bien chaude. Lucy, tu viens ? Nous commençons toutes les deux ? S'il le veut bien, le colonel va nous aider.

Phil donne d'abord le bras à Emma qui rentre dans l'eau la première puis à Lucy. Celle-ci ne fait pas face à Emma mais vient lui tourner le dos, câline, venant appuyer sa tête sur la poitrine de son amie. Phil est à la fois spectateur de ce drôle de jeu de société pour adeptes du naturisme et acteur de ce ballet à trois. Il a bien bu, n'a plus vraiment d'inhibition et prend le savon qu'il a aperçu à côté du lavabo. Il se met en tête d'aider ces dames à se laver. Il commence par bien humidifier leurs poitrines et leur cou, puis savonne leurs seins et délicatement commence à les laver ou plutôt les caresser, le savon venant transformer cette opération en une séance de doux massage que ses amies semblent apprécier particulièrement. Phil ne s'arrête pas là et plongeant sa main gauche dans l'eau va à la découverte de leur intimité sans qu'elles y trouvent à redire, écartant même leurs jambes pour lui faciliter la tâche. Emma se redresse légèrement et vient se coller à son amie. Dans l'eau, elle guide la main de Phil et la conduit d'abord jusqu'à la toison de Lucy puis plus bas mêlant ses doigts à ceux de Phil. Lucy est rapidement aux anges et ne peut s'empêcher de jouir. Phil s'occupe ensuite d'apaiser Emma, lui massant cuisses et bas ventre. Lucy se retourne et vient comme Emma l'a fait, guider la main de Phil jusqu'à ce que celle-ci n'en puisse plus de se retenir et soit animée de spasmes libérateurs qui la laissent satisfaite et détendue.

— C'est à nous maintenant de vous toiletter, Colonel. Deux femmes pour vous détendre ! C'est votre jour de chance !

Phil va dans la baignoire. Elles prennent leur temps, le caressent doucement, le savonnent affectueusement. Phil est très excité. Elles prennent plaisir à venir simultanément mettre leurs mains autour de son sexe et à le frictionner vigoureusement. Phil qui n'a pas eu de relation amoureuse depuis plusieurs mois est sous pression et ne met pas longtemps à se vider de sa semence.

Ils se sèchent ensuite mutuellement avec les trois serviettes de bain qu'ils ont à leur disposition et vont s'étendre sur le grand lit. Très rapidement ils s'endorment.

Vers six heures du matin, Phil se réveille. Ses compagnes sont dans leurs rêves, enlacées. Sans les déranger, doucement, sans faire de bruit, il se lève, regagne son lit d'appoint et se rendort rapidement. Tous les trois se réveillent vers 7h30 et se préparent pour aller prendre leur *breakfast* dans la salle à manger de l'hôtel sans reparler de leur soirée. Plusieurs fois, ils se sourient, complices mais ne reviennent pas sur leurs aventures de la veille.

Phil ne se sent pas coupable vis-à-vis de Victoria. Il est heureux de cette nouvelle expérience qui l'a conduit à des plaisirs subtils avec deux belles femmes à ses côtés. Aucune préméditation de sa part dans ce qui est arrivé. Un simple jeu bien agréable avec ses deux amies qui semblent se connaître et s'apprécier intimement. Une façon originale de fêter de nouveau la victoire des alliés !

Une fois prêts, les amis partent jusqu'à l'abbaye de Rievaulx. Ils sont vite sous le charme des immenses ruines qu'ils découvrent dans une vallée encaissée, entourée de collines. L'endroit est romantique, fleuri. Le sol est très vert car l'herbe a poussé au milieu des ruines de l'église et des nombreux bâtiments qui faisaient la grandeur de ce site. Peu sérieux, ils se livrent rapidement à une partie de cache-cache qui les fait mourir de rire. Après un pique-nique, ils repartent vers Gaitford en milieu d'après-midi.

Phil est sur la base aérienne dans son bureau, le lendemain

matin 28 mai, quand sa secrétaire lui transmet un appel de Londres :

— Bonjour Colonel, je suis Peggy, la cousine de Victoria Miller. Elle a accouché hier et tout s'est bien passé. Elle se porte à merveille, le bébé aussi. Elle m'a demandé de vous prévenir.

— Mais c'est une fille ou un garçon ?

— Victoria veut vous faire la surprise quand vous allez venir la voir. Elle aimerait d'ailleurs savoir quand vous pourrez vous libérer ?

— Je vais m'arranger et me faire remplacer le week-end prochain. Rappelez-moi pendant la semaine, un matin, je vous donnerai confirmation. Félicitez Victoria de ma part ! Au revoir Madame.

Phil ne sait pas si Peggy sait qu'il est le père de ce bébé. Au téléphone, il s'est plutôt comporté comme un ami.

6

DE TORGAU A WURZBURG, ALLEMAGNE , MAI 1945

Le 7 mai 1945, Wilhelm Steimer, alias William Clark, décide de ne pas se cacher mais de rentrer dans la peau du journaliste américain dont il a pris l'identité et il y va au culot ! Après avoir passé l'Elbe et changé de vêtements, il aborde les GIs qu'il croise, engage la conversation et les photographie. Personne ne met en doute sa nouvelle identité. Les officiers sont très occupés et ont du mal à gérer la situation avec tous ces malheureux qu'il faut nourrir et abriter.

Wilhelm a besoin de plus de matériel pour son travail de reporter. Il possède un appareil photo et de nombreuses pellicules vierges mais il lui faudrait aussi du papier, des crayons, des stylos et des enveloppes. Sans vergogne, après avoir expliqué sa situation, il demande à un sous-officier qui a l'air de servir de secrétaire à un haut gradé, s'il pourrait lui procurer ce type de fourniture. Quelques minutes plus tard, le sous-officier qui l'a trouvé sympathique, revient avec un bloc de papier à en-tête de l'armée de terre US, deux crayons et une gomme. Wilhelm le remercie vivement, le photographie et discute avec lui, tant et si bien que pour le dîner il est invité dans la tente où cet homme prend ses repas. Il fait la connaissance d'autres militaires américains en partance pour Erfurt le lendemain matin, une ville plus au sud-est dans le Thuringe. C'est à près de 200 km, exactement dans la direction où il veut aller. Erfurt n'est pas très loin en camion mais les routes sont abimées, les convois militaires obstruent souvent la chaussée et les flux de prisonniers allemands aussi.

Son voisin de table s'appelle Richard et doit y partir. C'est lui, le plus haut gradé dans le camion. Wilhelm saisit l'occasion :

— Erfurt, c'est exactement ma direction ! Je voudrais pousser plus loin ensuite, jusqu'à Würzburg, pour y faire un reportage. Les habitants doivent y apprécier la fin des hostilités. Mais il paraît que les conditions de vie sont horribles dans cette ville. Je voudrais comprendre pourquoi. Vous n'auriez pas une place pour moi dans votre camion ? Ce serait formidable !

— Vous avez de la chance, on était complet jusqu'à hier mais un soldat est tombé très malade et a été évacué d'urgence. D'accord, vous pouvez venir avec nous. Pas de problème ! Départ à 8h. Rendez-vous ici. Ok ?

— Merci c'est parfait ! Je me demandais bien comment faire ? Vous êtes mon sauveur. Je parlerai de vous dans mon article. C'est pour le Washington Post !

Wilhelm a aussi besoin d'habits supplémentaires, au moins une tenue de rechange mais il n'a que dix dollars en poche. Il a besoin de beaucoup plus pour pouvoir subsister quelques jours avant de trouver un travail. Comment faire pour dénicher de l'argent ? Wilhelm n'a pas froid aux yeux, mais il ne peut tout de même pas voler une arme et braquer des allemands ou des américains pour leur extorquer de l'argent !

Wilhelm veut aller à jusqu'à Würzburg, car il a échafaudé un plan. Il a vécu deux ans dans cette ville quand il était adolescent et y a été scolarisé. Il se souvient bien de l'appartement de ses parents dans le centre-ville et pense pouvoir retrouver des commerçants qu'il a connus autrefois. Ceux-ci ne refuseraient sans doute pas de lui prêter un peu d'argent pour le dépanner. Toute la difficulté sera de quitter temporairement sa tenue de journaliste américain et de se transformer en sous-officier allemand peu désireux de se retrouver dans un camp de prisonnier. Wilhelm est plutôt optimiste et se sent de taille à jouer ce rôle.

Le lendemain, la route est longue et fatigante jusqu'à Erfurt. Plus de douze heures de route, balloté à l'arrière d'un camion sur des routes défoncées. De multiples arrêts mais pas grand-chose à manger. Le soir, son ami Richard lui trouve une place dans un dortoir de la caserne où ils sont arrivés. Epuisé, il s'endort rapidement jusqu'au lendemain matin mais se réveille tôt et réfléchit à la suite de son périple. Dans cette caserne, lui civil risque d'être questionné par des officiers et d'avoir à justifier de son identité. Il trouve plus prudent de quitter l'endroit, prétextant un travail photographique sur le centre d'Erfurt et sur les dégâts infligés par les bombardements. Avec son brassard de presse et son appareil photo bien en évidence, personne ne lui demande rien. Son principal problème maintenant est de trouver quelqu'un qui veuille bien l'emmener jusqu'à Würzburg sans lui poser de questions indiscrètes.

Quand il passe devant la cathédrale Notre-Dame, une idée lui vient à l'esprit. Il rentre dans l'église après avoir enlevé son brassard de presse et remis son appareil photo dans son sac à dos. Il s'agenouille sur un prie-Dieu, croisant les mains pour prier comme s'il était confit en dévotion. Un vieux prêtre vient vers lui et lui dit en allemand :

— Avez-vous besoin de quelque chose, mon fils ? Je suis prêt à vous écouter et à vous aider si vous le souhaitez

— Pourrais-je vous parler un peu longuement mon père ? en tête à tête ?

— Oui, allons dans la sacristie

Quand ils sont assis, l'un en face de l'autre, Wilhelm invente un énorme bateau !

— Mon père, je suis à la recherche de mes parents qui sont peut-être à Würzburg. Je suis sans nouvelle d'eux depuis cinq mois. Ils sont malades tous les deux et ont besoin de moi. Je suis leur seul fils. J'étais dans la Wehrmacht jusqu'à avant-hier. J'ai pu traverser l'Elbe et échapper aux Russes et maintenant je voudrais aller à Würzburg pour essayer de les retrouver. S'ils sont encore vivants, je pense savoir où les rencontrer. Mais il ne faut pas que je tombe sur des américains qui vont me mettre en rétention, même si je sais qu'ils traitent bien les allemands quand ce ne sont pas d'anciens SS.

— Je vais voir ce que je peux faire. Les prêtres sont peu nombreux à Würzburg. Beaucoup sont morts ! Il y a deux abbés d'Erfurt qui doivent y partir demain avec une vieille voiture, s'ils ont assez d'essence. Ils sont un peu plus jeunes que moi mais pas tellement. Les américains ne devraient pas leur chercher noise. Restez ici, j'ai un peu de pain à vous donner et de l'eau. Je devrais en savoir plus à l'heure du déjeuner.

Wilhelm remercie le prêtre et reste dans la sacristie en attendant son retour. Pour se donner une contenance, il trouve une bible et fait semblant de se plonger dans sa lecture. Le prêtre revient au bout de deux heures :

— Ça a l'air de s'arranger pour vous. Mes deux collègues vont partir tôt demain. Je leur ai parlé de vous et ils veulent bien vous prendre en passager mais vous devrez être discret. Il faudrait que vous soyez dans la sacristie vers 6h du matin. Avez-vous un endroit pour dormir ici à Erfurt ? Sinon vous pouvez rester dans cette pièce, sur ce fauteuil. Je n'ai rien de mieux à vous proposer. Pauvre Allemagne !

Le prêtre semble accablé par ce qu'il vit actuellement. Il quitte son protégé non sans lui avoir laissé de nouveau un peu de pain et de l'eau. Wilhelm reste confiné dans la cathédrale où quelques dames âgées viennent chercher le réconfort dans la prière.

Le lendemain matin, les deux prêtres en soutane sont ponctuels et le font monter dans une voiture qui date de bien avant la guerre. Ils lui demandent de s'allonger sur le siège arrière et le recouvrent d'un drap, ne laissant passer que sa tête ; l'un deux lui explique :

— Si on nous arrête, nous dirons que vous êtes malade et que l'on doit vous déposer chez un vieil oncle médecin à Würzburg. Ne parlez que très peu. On va probablement rouler toute la journée.

La route est longue là encore, avec des arrêts répétitifs pour laisser passer camions militaires, automitrailleuses et chars légers. Comme partout, les routes sont défoncées mais, heureusement, il n'a pas plu pendant ces derniers jours. Les voyageurs arrivent en fin d'après-midi à proximité de Würzburg après dix heures de route, fatigués mais sans avoir eu de réel ennui. Seul le pot d'échappement du véhicule a commencé à se déboiter et un GI, mécanicien dans le civil, est venu aider les deux ecclésiastiques à le réparer.

Wilhelm se fait déposer à l'entrée de la ville et continue à pied avec son sac à dos. Il remet son brassard de journaliste et sort son appareil photo. Le voilà de nouveau américain. Il lui faut maintenant retrouver la trace de personnes qu'il connaît. Dès les premiers mètres, il est frappé par le nombre de maisons abimées ou partiellement détruites. Cette impression ne fait que s'accentuer au fur et à mesure qu'il se rapproche du centre-ville. Pourtant à sa connaissance, Würzburg n'est pas une ville stratégique et n'a pas dû être bombardée de façon massive par les Anglais ou les Américains. Dans le centre, Wilhelm ne reconnaît plus les lieux qu'il a fréquentés il y a une quinzaine d'années. Les toitures sont carbonisées, des pans de murs ou des maisons entières sont abattus. Des tonnes de gravats obstruent les rues, vides de toute présence humaine. Pourtant elles étaient si belles ces maisons à colombage !. Pourquoi s'être acharné sur cette ville historique ? Par simple vengeance ?

Un GI surgi de nulle part lui demande ce qu'il fait là. Dans le plus pur américain, il lui explique qu'il est journaliste, veut faire des photos de cette ville et interroger quelques habitants. Un reportage pour le Washington Post.

— Ok Sir, bon courage. Faites bien attention, c'est dangereux. Toute cette partie a été évacuée. Il n'y a plus personne. Des maisons s'effondrent encore tous les jours.

— Merci Sergent. Pouvez-vous me dire de quand date le dernier bombardement ? Vous le savez ?

— Oui, il y a deux mois, le 16 mars. Ce sont les Anglais qui ont bombardé. Ils n'y sont pas allés de main morte. Près de 3000 morts en moins d'une heure. Ils n'avaient pas d'objectifs militaires et ont systématiquement détruit la vieille ville, quartier par quartier. On m'a dit que c'était pour saper le moral des populations et essayer de hâter la fin de la guerre

— Merci Sergent, je vais faire très attention

Wilhelm s'enfonce vers les quartiers les plus centraux, totalement détruits. Son plan est à l'eau. Il n'a maintenant plus aucune chance de rencontrer des gens qu'il aurait connus autrefois et qui pourraient l'aider. C'est le soir et le soleil n'est pas loin de se coucher. Il risque de se retrouver seul dans cette zone détruite sans savoir où aller et son moral est en berne. Un instant plus tard, il aperçoit un homme et une femme d'environ quarante ans avec un grand cabas. Le couple entre dans une maison en ruines. Wilhelm se rapproche prudemment d'eux. Sans se faire voir, il réussit à les observer. L'homme est venu avec une tige en fer pour écarter les pierres dans les ruines. Ils fouillent et récupèrent des objets. Sans doute, des choses qui leur appartenaient, à moins que ce ne soient des voleurs. Ces deux-là lui donnent une idée lumineuse. Et s'il avait de la chance ?

Il regarde les maisons alentour ou plus exactement ce qu'il en reste et avise un édifice aux trois quarts détruits mais qui d'après le pan de façade restant devait appartenir à des gens riches. Près de l'entrée, un escalier subsiste, miraculeusement préservé. Il le prend et à l'étage ouvre la première porte devant lui. Une chambre à coucher éventrée. Il n'y a plus de mur à la tête du lit sur lequel repose des tonnes de pierres, morceaux de plâtre et poutres calcinées. Plus de plafond non plus. Wilhelm est effrayé quand il aperçoit un pied sous le lit et un autre pied plus petit à côté. Le spectacle est horrible car les chairs sont à moitié décomposées et plutôt que des pieds c'est un mélange d'os et de tendons qu'il aperçoit. Probablement, un couple qui n'a pas eu le temps de quitter les lieux et a essayé de se mettre à l'abri sous le lit avant qu'une partie de la maison ne s'écroule. Ils ont dû périr, écrasés par les pierres venues s'amonceler dans la chambre.

Wilhelm quitte la pièce, prêt à vomir de dégoût mais rapidement se ravise ; Il revient sur ses pas et retourne dans la chambre des horreurs. Il dégage progressivement tout ce qui se trouve sur le lit de manière à pouvoir accéder aux deux corps.

Pendant près d'une heure, alors qu'il fait de moins en moins clair, Wilhelm pousse les gravats, enlève les pierres en s'aidant d'un morceau de poutre qui lui sert de bras de levier. A moitié épuisé, il parvient enfin à soulever le lit et voit les corps, écrasés lors du bombardement, partiellement décomposés. Wilhelm réussit à aller au-delà de ses dégouts et fouille dans leurs poches. Il sent des objets durs, métalliques et en extirpe plusieurs bagues en or, des broches et des bracelets qu'il s'empresse de mettre dans sa poche. Ce qu'il avait suspecté s'est bien produit. Quand le bombardement a commencé, ces habitants ont essayé de sauver leurs bijoux plutôt que de fuir immédiatement.

Wilhelm ressort les poches pleines et marche vers la périphérie de la ville. Les prêtres qui l'ont amené lui ont indiqué le nom de la paroisse où ils se rendaient et il entreprend de les retrouver pour la nuit.

Il n'a pas de mal à trouver cette église car le quartier où elle se trouve, beaucoup moins central, n'a pas été touché par les bombardements. Il se souvient plutôt bien de cette partie de la ville où il venait prendre des leçons de piano quand il était adolescent. Quand il arrive à l'église, il trouve la porte fermée et va jusqu'au presbytère, à cinquante mètres de là, au fond d'une impasse très calme. Il frappe à la porte et on vient lui ouvrir. Il demande à voir les deux prêtres qui sont arrivés aujourd'hui d'Erfurt. L'un d'eux arrive sans tarder. Wilhelm lui demande d'emblée :

— Mon père, c'est encore moi ! Pouvez-vous m'accueillir ici pour la nuit ? Tout le centre-ville est détruit. Mes parents doivent être morts. Je ne sais pas où aller. Je n'ai plus d'argent mais j'ai des bijoux qui me viennent de mes parents et que je voudrais vendre. Si j'arrivais à en tirer de l'argent, je vous en laisserais une partie. Vous en avez sûrement besoin pour secourir tous les malheureux dont vous vous occupez.

La proposition ne laisse pas le prêtre indifférent :

— Vous êtes généreux. Vous pouvez passer la nuit dans ce presbytère, il y a des chambres libres. Montrez-moi ces bijoux pour que je puisse en parler si je trouve quelqu'un qui a de l'argent pour les acheter. Ce n'est pas facile en ce moment, mais pas impossible. Il y a du trafic partout. Les objets précieux se vendent à dix pour cent de leur valeur mais pour ce prix on obtient des dollars.

Wilhelm sort les bijoux de ses poches. Le prêtre est surpris de la qualité de ces joyaux : deux bagues avec des diamants de bonne taille, un collier orné de rubis et diamants, un autre collier en or, très lourd, un bracelet avec des nombreux saphirs, deux broches avec des diamants. Le prêtre inspecte attentivement chaque bijou.

— Mon père était bijoutier à Berlin et m'a initié à la joaillerie. Je peux vous dire que votre mère avait de très beaux bijoux, notamment les diamants de ces bagues et broches. Plusieurs carats chacun et des pierres de qualité. En temps de paix vous pourriez en tirer des sommes rondelettes, sans doute 25 000 dollars[5]. Maintenant, ici vu les circonstances, vous pourrez en avoir 2500, pas plus !

— Mon père, si vous me trouvez un acheteur, je pourrais vous laisser 800 dollars.

— Oh ! 800 dollars ! Pour nous c'est énorme et ça serait tellement utile à notre communauté. Laissez-moi vos bijoux. Ce sera plus facile pour moi de négocier ces objets si vous n'êtes pas là. Je vais m'en occuper demain. Pour l'instant je vais vous trouver quelque chose à manger.

Wilhelm a du mal à se séparer de ces joyaux mais il voit mal le vieux prêtre se faire la malle avec son butin.

— C'est gentil de votre part de vous occuper de tout cela. Soyez un bon négociateur !

Le prêtre part avec les bijoux pour les mettre en lieu sûr. Un quart d'heure s'écoule pendant lesquels Wilhelm se demande tout de même si sa décision n'a pas été un peu rapide et s'il n'est pas en train de se faire escroquer. Jamais il ne saura quelle somme le prêtre aura tiré de la vente de ces objets ! Mais il n'a guère le choix car que faire sans un minimum d'argent pour terminer son voyage ? S'il cherchait à vendre lui-même ces bijoux, il pourrait s'attirer de sérieux ennuis et se retrouver en prison. Le prêtre revient avec de la nourriture, du vin et montre sa chambre à Wilhelm. Celui-ci se restaure et, épuisé, s'endort très vite.

----

[5] *25 000 dollars en 1945 correspondent à environ 375 000 dollars en 2015*

7

GAITFORD ET LONDRES, ROYAUME UNI, MAI 1945

Phil a hâte d'aller voir Victoria et son bébé, garçon ou fille. Certes, cette naissance risque de lui compliquer la vie, mais comment ne pas être curieux devant un tel évènement ? Ce mardi matin 27 mai, il a demandé au capitaine Jopet, qui commande le *squadron* depuis l'explosion de son avion, de passer le voir. Jopet et lui sont amis et c'est le seul à savoir que Phil a une liaison avec la belle Victoria Miller. Quand ils sont ensemble dans son bureau, Phil ne lui dit qu'une partie de la vérité :

— J'ai un service personnel à te demander. Je voudrais aller à Londres le week-end end prochain pour revoir mon amie Victoria Miller. Elle est de passage et m'a téléphoné. Pourrais-tu me remplacer ? Il faudrait que tu restes sur la base à partir de vendredi jusqu'à dimanche soir. Je sais, c'est un peu long, mais il n'y a plus grand-chose à faire maintenant que la guerre est terminée.

— Je vois, sacré Phil ! Tu es toujours mordu ! Quelle chance tu as ! Moi je n'ai que des passades ici. Je veux bien annuler ce que j'avais prévu et te remplacer mais, à une condition, tu me raconteras ton week-end et vos projets pour que je puisse rêver !

— D'accord, c'est très sympathique de ta part. Je te revaudrai ça à l'occasion.

Phil est heureux d'avoir une sorte de confident à qui parler de Victoria, même s'il ne lui raconte qu'une petite partie de ses aventures. Il sait qu'il peut compter sur la discrétion du capitaine Jopet qu'il connaît depuis très longtemps.

Phil a hâte d'être à vendredi, de retrouver sa tendre amie et de passer deux jours à ses côtés. Il a tout de même du mal à réaliser qu'il est père d'un nouvel enfant. Les choses ont été trop vite et la situation est bien compliquée avec Maggy, sa mère, qui n'est pas toujours commode et ses deux enfants Claire et Paul. Comme il lui est impossible de tout résoudre maintenant, il trouve sage de profiter du temps présent sans trop se soucier de l'avenir. L'essentiel pour lui est de retrouver sa Victoria, son grand amour de guerre. Et côté bébé, quel suspense ! Il ne sait pas s'il a eu une fille ou un fils et ne le saura pas avant quelques jours.

Après le départ du capitaine, la secrétaire de Phil frappe et entre dans son bureau :

— Colonel, un télégramme du ministère de l'air à Paris vient d'arriver à votre intention. Le voici.

Phil ouvre le télégramme sans attendre. Il a peur d'une mauvaise nouvelle liée à ses enfants mais le contenu le concerne directement « Nomination au grade de colonel rétroactivement au 1er mai 1945 ; Félicitations ; Pour le ministre de l'air Charles Tillon… ». Phil avait été nommé au grade de lieutenant-colonel au moment de son départ en Angleterre, il y a un an et demi. Son avancement a été rapide. Il est colonel plein maintenant ! Un bonheur, plus d'argent et une suite de carrière qui s'annonce sous de bons augures. Lui, le fils de petits commerçants de Bois-Colombes, devient colonel d'aviation à 41 ans ! Maintenant, devenu colonel, volera-t-il encore régulièrement en tant que pilote ? Probablement pas. Mais les hautes sphères de l'armée de l'air lui deviendront proches.

Le soir, au mess des officiers, Phil offre une tournée générale pour célébrer son nouveau galon. On le félicite sans arrières pensées. Sa manière courtoise mais ferme de gérer la base aérienne et l'énergie qu'il a déployée pour que soient décorés plusieurs aviateurs ont été appréciées de tous. Pendant la semaine, il écrit à sa mère et à ses enfants pour leur faire part de sa nomination. Lui-même est flatté de cet avancement mais sans que cela ne lui monte à la tête. Il a d'autres préoccupations en ce moment mais il est sûr que Maggy, très attentive à son ascension professionnelle, appréciera. Pourquoi ne pas lui faire plaisir ?

Phil prend le train pour Londres à Peterborough, en début d'après-midi, ce vendredi 30 mai. Il est séduisant dans son uniforme bleu marine, sur lequel il a fait coudre les cinq galons or auxquels a droit un colonel, le grade le plus élevé dans la catégorie des officiers supérieurs. A la main, il tient une valise qui contient ses habits civils, des affaires de toilette et deux cadeaux, un pour Victoria et l'autre pour son nouvel enfant. Peggy, la cousine de Victoria, qu'il a eu de nouveau au téléphone dans la semaine pour lui confirmer sa venue, lui a demandé de ne pas retenir d'hôtel car Madame Miller allait lui faire préparer un lit dans son propre appartement.

Son train est censé mettre trois heures pour parcourir les 160 km qui séparent Peterborough de Londres. Phil passe son voyage à imaginer ce qu'il va dire à Victoria à propos d'eux-mêmes et de la suite de leurs amours. Phil sait que, comme la paix est maintenant rétablie en Europe, les aviateurs de Gaitford vont bientôt devoir rentrer en France, mais la date de ce retour au bercail n'est pas encore fixée. Pour lui, les perspectives sont différentes car il doit de nouveau être admis à l'hôpital militaire de Rauceby pour y être réopéré. Ses brulures ont mal cicatrisé sur sa main droite et le docteur Mac Indoe qui l'avait pris en charge après son accident, lui a proposé de lui faire une greffe de peau en juillet et de le garder jusqu'à la fin du mois de septembre. Trois mois encore à ne rien faire ! Ce sera très long mais le médecin l'a prévenu des séquelles fonctionnelles et esthétiques pour sa main s'il en restait là. Phil ne veut pas rester infirme et a donc accepté. Il sera autorisé à recevoir des visites mais ne pourra pas quitter l'hôpital. Si tout se passe bien, il rejoindra Paris en octobre avec une nouvelle affectation, vraisemblablement à l'Etat-major de l'armée de l'air, boulevard Victor dans le 15ème arrondissement. Il retrouvera son appartement de la rue Lecourbe, ses enfants Paul et Claire et sa mère ! Pas très facile à gérer comme situation !

Il est dix-sept heures trente. Victoria est impatiente de voir arriver le colonel Destivel. Elle a demandé à sa cousine de rester discrète et de s'éclipser après son arrivée même s'il est convenu qu'ils dinent tous ensemble. Les deux cousines ont préparé un diner tout simple mais de qualité avec un poulet rôti aux herbes en plat principal.

Victoria s'est faite belle et mais elle est soucieuse de ce qu'elle a à dire à Phil. Doit-elle le lui dire d'emblée ou parler d'abord un peu longuement avec lui ? Pas facile de conclure. Elle verra bien sur le moment.

La sonnette retentit. Peggy a très hâte de voir à quoi ressemble le colonel. Elle se presse d'aller ouvrir pendant que Victoria attend sagement dans le salon. Mais ce n'est qu'une fausse alerte car c'est seulement le concierge qui apporte des journaux. Un quart d'heure plus tard, la sonnette fait de nouveau sursauter les cousines. Peggy se précipite de nouveau et cette fois-ci c'est bien Phil qui a trouvé facilement son chemin dans Kensington. Peggy se présente, le conduit dans le salon et disparait.

Victoria et Phil sont enfin ensemble. Phil la serre dans ses bras, longuement puis ils se regardent, se sourient, tous deux très émus, sans parler. Victoria pose sa tête quelques instants sur son épaule avec une infinie tendresse puis lui dit :

— J'ai tellement attendu ce moment ! J'étais impatiente depuis quelques jours. Que c'est bon quand tu me serres dans tes bras !

— Oh, ma chérie, je suis si heureux de te retrouver !

— J'ai vraiment regretté que tu ne puisses être à Londres près de moi quand j'ai accouché. Mais viens, je ne veux pas te faire languir. On va d'abord aller tous les deux dans la chambre d'enfant.

Phil suit sa belle amie et entre dans la chambre sur la pointe des pieds. Il découvre une grande pièce peinte en blanc avec déjà un ours en peluche et une poupée en chiffon, bien en évidence. Phil regarde autour de lui et ne comprend pas :

— Je vois deux berceaux. Dans lequel est mon fils ou ma fille, que je fasse sa connaissance ?

Victoria prend un air un peu soucieux tout en continuant à sourire :

— Voilà la surprise, j'ai eu des jumeaux ! Une fille et un garçon ! Ce n'était pas prévu. Le médecin qui m'a accouchée s'en est aperçu une fois le premier bébé dehors. Je vais te les présenter. Ils sont très beaux.

Victoria commence par prendre délicatement sa fille et la fait admirer à son papa.

— Elle, c'est Helen. Helen, je te présente un charmant colonel français. Il s'appelle Phil et c'est ton papa. Tu vois comme elle est mignonne. Elle a un petit nez et des traits fins réguliers. Elle est déjà très féminine. Et ses cheveux sont tout blonds.

Helen esquisse un sourire quand son papa la tient un instant dans ses bras. Phil y est sensible. Victoria sort ensuite de son berceau son bébé garçon et reproduit le même cérémonial de présentation.

— Lui c'est George comme le roi. J'ai choisi des prénoms qui existent à la fois en Angleterre et en France. George a des traits plus marqués. C'est déjà un costaud. Tu vois, pour une femme qui ne pouvait pas avoir d'enfants, je suis comblée. Une fille et un garçon à la fois ! Mais toi j'imagine que tu dois être effaré ? Tu viens de doubler le nombre de tes enfants. Quatre Destivel maintenant ! Une vraie famille nombreuse !

Victoria a fait les présentations sur un ton presque badin, l'air très à l'aise mais, au fond d'elle-même, elle est angoissée car elle ne sait pas quelle va être la réaction de Phil qui ne s'attendait sûrement pas à devenir d'un seul coup le père de deux enfants nés en Angleterre, Helen et George Miller. Elle-même, en tant que mère, est très heureuse de ces deux naissances mais elle a peur que celles-ci fragilisent leur amour !

— Viens mon chéri, ces chérubins vont continuer à dormir. Ils ont pris un biberon, il n'y a pas longtemps. Nous reviendrons les voir un peu plus tard. J'avais demandé à Peggy de ne rien dire. J'ai préféré t'annoncer ces deux naissances moi-même. Tu sais, j'ai été la première surprise ! Je comprends que tu aies besoin d'un peu de temps pour digérer la nouvelle.

Après avoir remis dans leurs berceaux les deux bébés, Victoria s'approche de Phil, le regarde longuement en souriant et lui dépose délicatement un baiser sur les lèvres :

— Nous avons tellement de choses à nous dire pour mieux nous connaître. Viens ! Retournons dans le salon.

Phil est resté muet pendant ces présentations, stupéfait à l'annonce de ces deux naissances. Il continue à se taire, envahi par un flot de pensées contradictoires. Victoria le prend par la main, l'emmène dans le salon et l'invite à s'asseoir à côté d'elle, pour parler.

8

ALLEMAGNE ET FRANCE, MAI 1945

En allant de Torgau jusqu'à Würzburg, Wilhelm a déjà franchi près de 400 km. Il lui en reste encore 600 à parcourir pour arriver au terme de son voyage et retrouver la personne de son cœur. Tous les jours il y pense depuis le moment où il a dû quitter la France et rejoindre l'abominable front russe et ses horreurs indescriptibles. Il n'a pas cessé de l'avoir en image dans sa tête le jour et la nuit quand par bonheur il a été muté dans le Renseignement. Récemment, quand il a pu passer dans la zone occupée par les Américains après la signature de l'armistice, le souvenir de sa douceur et de sa tendresse sont venues lui donner l'envie irrésistible de retrouver son corps et son âme. Il lui est devenu impératif de revenir là où ils se sont rencontrés, avec l'espoir fou de retrouver leurs amours. Mais avec la guerre, depuis trois ans qu'ils sont séparés, qu'en sera-t-il ? Peu importe, Wilhelm est prêt à tout pour aller à sa rencontre.

Quand il a quitté le prêtre à qui il avait demandé de vendre les bijoux, il s'est mis à douter. Allait-t-il se faire berner, voler ? Mais en fait, tout s'est déroulé comme il l'espérait. Le prêtre a réussi à négocier rapidement les bijoux et à revenir avec une épaisse liasse de dollars. Wilhelm l'a chaleureusement remercié et lui en a donné le tiers. Il a maintenant 2000 dollars[6] en poche, un peu plus que ce que l'abbé lui avait annoncé. Pour l'instant sa situation est bonne, s'il ne se fait pas voler. Wilhelm, prévoyant, divise son magot. Il met plusieurs liasses dans ses poches de pantalon et dissimule le reste à l'intérieur de la doublure de sa veste en deux endroits différents. La veste est un peu ample pour lui et n'est pas vraiment déformée par les billets.

Maintenant, il doit quitter Würzburg, direction Heilbronn. Une centaine de kilomètres à parcourir. Wilhelm a choisi cette étape car la ville a subi de nombreux bombardements alliés dont un très meurtrier en décembre 1944. Très bon pour son reportage factice ! Tout le centre-ville a paraît-il été détruit. Peut-être va-t-il là aussi retrouver des bijoux de prix dans les décombres ! Mais ce bombardement de décembre date maintenant de six mois. D'autres ont déjà dû y effectuer de fructueuses recherches !

De nouveau, Wilhelm n'hésite pas. Il rentre dans une caserne occupée par des américains, se présente comme reporter du Washington Post et explique qu'il veut aller à Heilbronn continuer un reportage sur les villes bombardées. Les dieux sont encore avec lui et le lendemain il se retrouve avec des GIs dans un convoi qui doit passer à proximité de Heilbronn. Il ne tient pas trop à engager la conversation avec les soldats américains et fait mine d'avoir sommeil. Il fait semblant de dormir, assis à l'arrière du camion, bringuebalé quand le véhicule roule sur une voie défoncée par les chars et les bombardements. Il rouvre les yeux au moment d'une distribution de nourriture et accueille avec plaisir ce qu'on lui tend. Son voisin en profite pour engager la conversation :

— Alors mon gars, tu es journaliste au Washington Post et tu fais un reportage sur Heilbronn. Pourquoi cette ville ? c'est une drôle d'idée. Personne ne la connaît aux US ?

— C'est un reportage sur les bombardements alliés, pas sur

---

[6] *Environ 30 000 dollars en 2015*

une ville en particulier, mais sur l'Allemagne en ce moment après notre euh..

Wilhelm va dire « notre reddition » et ravale à temps sa phrase qu'il termine heureusement par « victoire » tout en se disant qu'il doit être très vigilant. Le GI continue :

— Tu es d'où aux US, mon gars ? Moi je suis du Wyoming près de Cheyenne. C'est bien loin d'ici.

Wilhelm improvise encore :

— Washington DC. J'ai toujours habité là-bas et c'est comme ça que j'ai été embauché par le Washington Post.

Wilhelm ne veux pas être soumis à une batterie de questions et le mieux, dans ce cas, est d'être celui qui en pose. Il demande alors à son voisin comment est la vie à Cheyenne, si c'est beau le Wyoming, quel est son métier. Comme celui-ci semble ravi de parler de lui-même et de sa région, Wilhelm continue ses interrogations jusqu'à Heilbronn sans avoir à livrer quoique ce soit de précis sur lui-même. Le camion n'entre pas dans la ville et Wilhelm descend du véhicule à cinq kilomètres du centre. L'officier, assis à côté du chauffeur, lui fait des recommandations :

— Faites tout de même attention de ne pas vous faire agresser si vous marchez tout seul. Les routes ne sont pas très sures en ce moment !

Wilhelm le remercie pour ses conseils et se retrouve sur une route déserte. Il ne porte aucun signe distinctif et pourra se faire passer pour allemand ou américain, selon les personnes qu'il rencontrera. Wilhelm est cependant un peu soucieux. Depuis la veille, il ressent un douleur dans l'abdomen, lancinante, pas très intense mais toujours présente. Il se sent assez fatigué.

Après quelques minutes de marche solitaire, il aperçoit un

vélo qui vient vers lui et voit un vieux monsieur qui le croise en faisant un salut. Pas vraiment stressant comme rencontre. Il continue son chemin perdu dans ses pensées. La France n'est plus très loin. C'est dans ce pays qu'il veut aller. Il lui faudra traverser le Rhin clandestinement. Et ensuite direction la Côte d'Or. C'est le passage du Rhin qui le préoccupe. Il ne veut surtout pas passer par un pont pour se retrouver à un poste frontière où l'on épluchera ses faux-papiers ! Mais il paraît que tous les ponts ont été détruits sur le Rhin.

— Bonjour Monsieur, est-ce que vous auriez un peu d'argent ? Je n'ai plus rien et j'ai quatre enfants à nourrir.

Wilhelm n'a pas entendu arriver cet allemand en haillons qui marchait derrière lui. Pour avoir la paix, il met sa main dans sa poche pour sortir un peu d'argent. Il n'a que des coupures de cinq dollars et maladroitement sort une liasse qui fait s'écarquiller les yeux du quémandeur. Wilhelm lui tend un billet mais le vagabond devient subitement menaçant et lui dit en allemand :

— Donne-moi tout ton fric ou je te défonce la gueule !

Wilhelm est sportif, entrainé au combat en corps à corps et ne se laisse pas faire. Son adversaire cherche à lui donner des coups de poing qu'il arrive à éviter, puis sort un long couteau de la poche de son imperméable. Wilhelm recule et jette des coups d'œil alentour à la recherche d'objets qui pourraient lui servir à se défendre. A deux mètres de lui, il repère une pierre contondante qu'il ramasse rapidement avec sa main droite. Il crie à son adversaire :

— Va-t'en ou tu vas le regretter !

Mais l'autre ne renonce pas et approche de plus en plus de Wilhelm le couteau à la main. Wilhelm lance alors de toutes ses forces la pierre en direction du front de son agresseur qui n'a pas le temps d'esquiver et tombe immédiatement raide évanoui en plein milieu de la route. Wilhelm le traine jusqu'au fossé qui borde celle-ci. Le front du vagabond saigne abondamment. Rapidement il est animé de plusieurs soubresauts puis plus rien, plus un mouvement. Wilhelm l'examine précautionneusement et constate qu'il ne respire plus et que son cœur ne bat plus. Il camoufle le corps au fond du fossé en le recouvrant de branches et d'herbe puis, en sueur, reprend son chemin vers la ville, traumatisé par cette agression. Il ne sait pas si l'homme est vraiment mort mais peu importe, c'était de la légitime défense. Heureusement, la route était déserte et personne ne les a vus. Il croise encore plusieurs hommes à pied ou sur des vélos mais aucun ne l'accoste pour lui parler. Les passants se font plus nombreux quand il se rapproche du centre de Heilbronn.

Wilhelm est désemparé et ne sait plus que faire maintenant. Le centre de Heilbronn est comme celui de Würzburg, un immense champ de ruines. Où aller ? De nouveau chez des curés ? Dans une caserne d'américains ? Il se reprend rapidement, conscient des bons côtés de sa situation. Il a eu de la chance, il s'en est sorti indemne ! Cela aurait pu mal se terminer au moins pour lui. Si le gars avait réussi à lui flanquer un ou plusieurs coups de couteau, il ne serait sans doute pas là ? Le problème maintenant est que son ventre lui fait de plus en plus mal et il aimerait bien consulter un médecin.

Le fait de penser à des médecins lui donne subitement une idée ! Il demande à un GI où se trouve le campement des américains dans cette ville. Celui-ci lui indique le chemin. Tout droit vers le nord, un petit kilomètre à parcourir. Wilhelm lui demande aussi :

— Vous savez s'il y a des médecins et des chirurgiens présents dans le campement ?

— Je ne suis pas sûr mais j'ai l'impression qu'on transfère tous les cas un peu graves. C'est une petite caserne. Vous avez un problème ?

Wilhelm ne répond pas à sa question mais le remercie pour les renseignements sur le chemin à suivre. A l'entrée du campement il se présente comme journaliste américain et demande s'il pourrait consulter un médecin. On l'oriente vers un praticien militaire qui l'examine sans tarder :

— Ainsi vous vous plaignez d'une douleur dans l'abdomen, à droite depuis à peu près 24 heures et vous n'avez jamais été opéré de l'appendicite ?

Le médecin l'examine longuement, lui presse l'abdomen à droite puis à gauche, lui fait lever la jambe droite plusieurs fois ce qui exacerbe la douleur. Quand il lui appuie sur le ventre fortement à droite, Wilhelm sursaute et fait la grimace.

— Je suspecte fortement une appendicite. Le problème est qu'il n'y a pas de chirurgien sur place. Il faut vous transférer ailleurs, c'est plus prudent, dans un endroit où l'on vous opérera si nécessaire. Il ne faudrait pas que ça tourne en péritonite. Vous pourriez y passer ! On a une ambulance qui fait le chemin demain matin avec un patient, vous pourriez y aller avec lui. C'est dans la zone d'occupation française à Fribourg où il y a une grosse garnison. On a passé des accords temporaires avec les médecins militaires français. Pour l'instant on n'a pas assez de médecins par ici. Si vous êtes d'accord, je vais vous faire une lettre à donner à l'hôpital là-bas. Pour ce soir on va vous trouver un lit dans un dortoir.

— D'accord docteur, merci beaucoup.

Wilhelm est rassuré d'être pris en charge, d'autant plus que ce voyage à Fribourg en Brisgau va le rapprocher de la France. Dans cette ville, il sera même tout près du Rhin.

Le lendemain, il arrive en ambulance à Fribourg en fin de matinée. Il est rapidement examiné par un chirurgien français qui confirme le diagnostic d'appendicite et lui dit qu'il va l'opérer dans la journée. Les dialogues ont lieu dans un mélange d'anglais et de français. Wilhelm a l'impression que l'on s'occupe bien de lui mais à la réflexion quelque chose l'angoisse. Que vont devenir ses habits dans lesquels il a tout son argent, des sommes vraiment importantes ? S'il se fait tout voler, c'est retour à la case de départ. Il a eu la chance inouïe de tomber fortuitement sur des bijoux de valeur, un magot ! Il n'aura pas deux fois la même chance, c'est sûr !

Il fait venir la surveillante générale du service de chirurgie dans lequel on l'hospitalise et lui fait part de ses soucis. A voix basse, il lui dit:

— Madame, j'ai un problème. Je suis journaliste américain, ici en Allemagne pour faire un reportage dans plusieurs villes bombardées par les alliés. Je vais être opéré. Je ne voudrais pas me faire voler ce que j'ai, un appareil photo qui coûte cher, des pellicules vierges et usagées et de l'argent liquide que m'a donné mon journal pour pouvoir subsister pendant un mois dans le pays.

— Je vous comprends, donnez-moi vos affaires, je vais les mettre en lieu sûr.

La surveillante place les effets personnels du malade dans un container en carton qu'elle ferme ensuite à l'aide d'un ruban adhésif. Wilhelm est rassuré et se sent prêt à être opéré. Il a droit à une prise de sang et une heure après est amené en salle d'opération sur un brancard.

En fin d'après-midi, nauséeux, après avoir vomi plusieurs fois, il reprend progressivement conscience. Le chirurgien qui l'a opéré vient le voir :

— Vous avez effectivement fait une crise d'appendicite. On a eu raison de ne pas tarder. Mais vous avez eu un drôle de réveil. Vous ne vouliez plus parler anglais mais allemand. D'ailleurs vous avez un accent impeccable. Ou avez-vous appris à parler cette langue ?

Wilhelm est suffisamment réveillé pour sentir le danger et après une hésitation répond :

— Au lycée à Washington. Mes parents m'avait offert un répétiteur allemand. Il m'a fait travailler mon accent. C'est pour cela que mon journal m'a choisi pour venir faire ce reportage en Allemagne.

Le chirurgien repart visiblement convaincu par la dernière réplique de son patient. Les suites opératoires sont ensuite très bonnes et après sept jours de repos, Wilhelm annonce au chirurgien qu'il se sent très en forme et souhaite sortir de l'hôpital. Le praticien est d'accord mais lui demande seulement de revenir dans quelques jours pour vérifier la cicatrisation et se faire enlever les fils résiduels. Wilhelm n'a aucunement l'intention de s'éterniser à Fribourg mais il promet au chirurgien de revenir en consultation au jour dit. On lui ramène ses habits. Soulagé il retrouve l'argent liquide qui était dans les poches de son pantalon et sent les deux liasses de billets dissimulées dans la doublure de sa veste.

A Fribourg Wilhelm est tout près du Rhin et de la France. Il lui reste à franchir incognito le fleuve et à prendre la direction de Dijon, son avant dernière étape. Pendant son hospitalisation il a pu consulter une carte de la région qu'il a gardée et a décidé de tenter le passage du Rhin un peu au nord de Neuf Brisach.

Pour y aller, il doit d'abord atteindre la petite ville de Gottenheim et aller ensuite vers l'est. Il décide de faire l'acquisition d'une bicyclette et offre un bon prix à un allemand qui en pousse une à la main, apparemment en bon état. Subjugué par les dollars que Wilhelm lui montre, celui-ci ne se fait pas prier se disant que, sans doute, il pourra facilement en racheter une pour beaucoup moins cher.

Après avoir réussi à acheter de la nourriture pour deux jours, Wilhelm enfourche son vélo vers six heures du soir, son sac à dos bien arrimé sur lui. Il pédale jusqu'à Gottenheim puis Ihringen. Une route plus sinueuse et pentue l'emmène alors à Vieux-Brisach (Breisach am Rhein) qu'il contourne par le nord. Un peu fourbu, il atteint le Rhin vers 20h30.

Wilhelm marche le long du fleuve. Il n'y a évidemment aucun pont intact. Ils ont tous été bombardés. Le seul moyen de rejoindre la rive française est de trouver une barque. La route est déserte. L'endroit est boisé avec des collines avoisinantes très feuillues. Après vingt minutes de marche, Wilhelm voit une barque hissée sur la rive. Elle n'est pas jeune mais semble dans un état à peu près correct.

Il attend qu'il fasse presque nuit pour rapprocher la barque du fleuve. Il a trouvé une corde pour la maintenir immobile, amarrée à un arbre une fois l'embarcation dans l'eau. C'est indispensable pour que son véhicule ne soit pas emporté par le courant. Les deux rames devraient lui permettre de naviguer vers la rive opposée tout en se laissant entrainer par le courant. Cette attente lui permet de récupérer un maximum de forces pour le trajet en bateau.

Vers 11 heures du soir, Wilhelm se lance. Il réussit à mettre sa bicyclette sur la barque. L'embarcation ne prend pas l'eau. C'était son principal souci. Il rame de toutes ses forces et se rapproche progressivement de la rive française. Il accoste sans encombre un kilomètre plus bas.

Wilhelm est euphorique. Dans son périple compliqué jusqu'à la France, le plus difficile était la traversée du Rhin et il a réussi ! Quel bonheur ! Il lui faut maintenant rejoindre Dijon, prélude aux retrouvailles qu'il veut préparer. Il a de l'argent et un moyen de locomotion. Le reste du voyage ne devrait pas être trop compliqué, s'il sait rester discret et dissimuler ses origines germaniques.

Avant de reprendre sa bicyclette, Wilhelm, épuisé, se repose pour reprendre des forces. Il s'assied dans l'herbe et s'installe confortablement. Affamé, il mange une partie des victuailles qu'il a dans son sac à dos. Il déguste le morceau de saucisse restant, accompagné d'une tranche de pain et boit un peu d'eau. Mais concentré sur son frugal repas, il n'entend pas s'approcher par derrière, l'homme qui, comme une panthère, se jette sur lui et l'assomme d'un violent coup de matraque.

derrière, l'homme qui, comme une panthère, se jette sur lui et l'assomme d'un violent coup de matraque.

9

OXFORD, ROYAUME-UNI, JUIN 1945

John Luxley n'a pas un moral d'acier quand il se lève ce vendredi 22 juin. Depuis une semaine il est à l'université d'Oxford. Il a obtenu sa réintégration dans le département de Mathématiques où il travaillait avant la guerre. Ses fonctions de pilote de bombardier lourd puis de mathématicien au centre de recherches du *bomber command* et son accident l'ont durement éprouvé. Il a repris ses recherches dans le domaine des probabilités mais la guerre l'a perturbé. Il n'est pas totalement remis de ses blessures et marche encore avec une canne même s'il sent que son état s'améliore de jour en jour et qu'il va pouvoir bientôt s'en passer.

Il se surprend à penser souvent à Edith, la femme du pasteur chez qui il était hébergé à Richmart dans le Buckinghamshire, pas très loin du *bomber command* où il allait chaque matin en vélo. Ses relations avec Edith ont été singulières. Une femme d'au moins quinze ans son ainée mais une belle femme ! Il aimerait pouvoir se blottir contre elle ce matin. Cela le sécuriserait et peut-être chasserait son *spleen* qui ne le quitte plus depuis l'armistice. Déçu par son retour à Oxford, il a envie de découvrir d'autres horizons, de côtoyer de nouvelles têtes et surtout de se trouver une noble cause à défendre à laquelle il se consacrerait, un idéal en quelque sorte. Il y a deux jours, il a écrit à l'université de Princeton aux Etats-Unis pour solliciter un poste d'enseignant et de chercheur pour deux ans, histoire de changer d'air. L'université est réputée et accueille d'éminents scientifiques comme Albert Einstein et Kurt Godel. La réponse ne viendra pas avant un mois ou deux.

John a deux jours de liberté pendant le week-end à venir et n'a pas envie de rester sur place ni d'aller saluer ses parents Il décide de prendre le train et de retourner à Richmart pour flâner et éventuellement aller frapper chez le pasteur, dire bonjour et prendre des nouvelles. Il les a quittés il y a presque un an et aimerait savoir ce que la fin de la guerre leur a réservé. Revoir Edith ne lui déplairait pas !

Le samedi, après un voyage en train sans histoire, il arrive à Richmart en début d'après-midi. La ville est calme. Elle n'a pas été bombardée et rien ne semble avoir changé. Il entre dans le pub où il avait ses habitudes. Puis il se rend à la maison du pasteur et sonne à la porte mais personne ne répond. John sonne de nouveau plusieurs fois sans résultat. Une voisine qui sort de sa maison en poussant un vélo vient vers lui :

— Si vous cherchez le pasteur ou son épouse, vous avez des chances de les trouver à l'église. Le samedi, ils vont souvent y préparer le culte du lendemain.

John connaît le chemin et s'y rend à pied, s'aidant toujours d'une canne. A son arrivée, il entrouvre doucement la porte et aperçoit Edith en train d'arranger des fleurs dans un vase afin de rendre l'endroit moins austère. Un beau bouquet de fleurs d'été où John reconnaît les arum blancs qu'elle fait pousser dans son jardin. Il regarde avec plaisir cette femme qui paraît si vertueuse au premier abord, dans cette maison consacrée à Dieu. John pousse doucement la porte et entre sans faire de bruit. Ce n'est que quand il est près de son ancienne hôtesse qu'il lui dit doucement :

— Bonjour Edith ! Quel beau bouquet d'arum !

— Oh quelle surprise ! John, notre John de l'année dernière ! Je ne vous ai pas entendu arriver ! Quel bonheur de vous revoir !

Edith pose sa paire de ciseaux, enlève ses gants de jardinage et vient serrer John contre elle, comme une mère qui retrouve son grand fils après une longue absence. Elle se rend compte qu'il a une canne à la main :

— Vous avez besoin d'une canne pour marcher. Vous avez été blessé ? Rien de trop grave j'espère ?

— J'ai failli y rester après l'explosion d'un V1 près de Londres ! Je suis resté plusieurs mois hospitalisé mais maintenant je vais de mieux en mieux.

— Oh ! Pauvre John ! Vous me raconterez vos malheurs plus en détail, je suis désolée pour vous ; en tout cas c'est gentil de nous faire une visite. Robert est parti voir un paroissien bien malade mais il ne va pas tarder à revenir.

— Et Margaret comment va-t-elle ?

— Notre fille est partie passer le week-end chez son oncle voir une cousine avec qui elle s'entend très bien. Elle doit rentrer demain soir.

Robert arrive sur ces entrefaites, étonné et heureux de revoir son ancien pensionnaire. Le couple offre à John de le loger pendant le week-end, ce qu'il accepte d'emblée.

Edith et John retournent ensemble à la maison, le pasteur ayant encore besoin d'une bonne heure pour préparer son office du dimanche. John lui raconte son accident, ses blessures, son long séjour à l'hôpital, sa convalescence laborieuse. Edith, elle, a continué sa vie tranquille de femme de pasteur et n'évoque rien de leurs relations passées.

John retrouve sa chambre identique à celle qu'il avait quittée.

Sans perdre de temps, Edith va chercher des draps et une couverture. Ensemble, ils font le lit, muets ; tous les deux sont troublés de se retrouver seuls dans cette grande maison, devant ce matelas recouvert d'un drap blanc sans pli offrant une belle surface lisse qui les invite à l'indécence !

— Je suis rentré. Ohé ! Vous êtes là ? Où êtes-vous ?

C'est la voix du pasteur qui a terminé la préparation de l'office plus tôt que prévu. Le son de sa voix les fait immédiatement redescendre sur terre.

— John, vous pouvez terminer votre lit ? Je vais aller nous préparer une tasse de thé.

Edith laisse John, consciente que la chaleur qui a envahi le bas de son ventre comme une onde il y a deux minutes, pourrait encore la conduire dans les bras de son ancien jeune amant. Elle n'aurait ni l'envie ni la force de résister !

John a regardé longuement Edith se baisser devant lui quand ils bordaient les draps. Son corsage plutôt ample lui a offert la vision de ses seins généreux qu'il a tant aimé palper et caresser, il y a quelque mois. Lui aussi était prêt à l'amour quand le pasteur est arrivé.

Pendant le thé, John discute avec le pasteur. Courtois, il s'enquiert du thème de son sermon du lendemain.

— Je vais avoir un discours presque politique demain ! Notre pays est à reconstruire. En Angleterre, il y a des gens riches et beaucoup de très pauvres. Il est nécessaire plus que jamais de partager. J'ai relu à cette occasion des textes du Nouveau Testament. Les béatitudes et aussi des passages des actes des apôtres. Clairement, Jésus a toujours été du côté des pauvres et a prôné le partage. Je vais donner du grain à moudre à mes paroissiens sur ce thème. Ce serait formidable d'arriver à une société où tout le monde serait adepte du partage. Il n'y aurait plus de pauvres ! Vous ne trouvez pas ? Une belle cause à défendre !

— Vous êtes un vrai communiste, Pasteur ! ajoute John en plaisantant

— Peut-être ! Il n'y a pas que de mauvaises choses chez les communistes. Le principal problème, c'est qu'ils sont contre la religion mais sur un plan moral nous sommes assez proches.

John vient de découvrir, amusé, le côté progressiste de son hôte qu'il pensait jusqu'à maintenant essentiellement concentré sur les pratiques religieuses. Lui n'aime pas les communistes symbolisés essentiellement par les Russes, mais il reconnaît que ceux-ci ont été de vaillants alliés pendant le terrible conflit qui vient de se terminer en Europe. Sa réflexion en politique est embryonnaire. Absorbé par les Mathématiques avant la guerre, il n'a pas été sensible au prosélytisme de certains collègues d'Oxford qui voulaient l'embrigader. Maintenant John a envie de réfléchir plus en profondeur au système social anglais et plus généralement à ce qui pourrait devenir un nouvel ordre mondial.

La journée de John à Richmart se continue ensuite par de la lecture. John a apporté un livre de HG Wells, *Ono-Bungay* dans lequel il se plonge pendant que ses hôtes sont occupés. La description par l'auteur de nouvelles armes basées sur la radioactivité l'inquiète même s'il ne s'agit que de science-fiction. S'il y avait moins d'inégalités entre les personnes et les peuples, il y aurait moins de guerres ou même plus du tout et donc pas besoin de courir après de nouvelles armes qui risquent de devenir de plus en plus terrifiantes, pense John pendant sa lecture.

Edith a préparé un excellent dîner et le pasteur a ouvert une de ses bonnes bouteilles de Bordeaux offerte par l'un de ses paroissiens. Les sujets de conversation ne manquent pas. La reconstruction de leur pays, l'avenir politique de Churchill, les projets de John à Princeton et les études de médecine que Margaret la fille de la maison voudrait entamer quand elle aura terminé le lycée. John se sent bien dans cette famille et il le leur dit.

Quand le diner est terminé, John insiste pour aider à débarrasser la table malgré ses difficultés résiduelles à marcher. Il se passe momentanément de sa canne pour avoir ses deux mains libres et être ainsi plus efficace. Arrivé dans la cuisine, il pose les verres qu'il portait à côté de l'évier. Le carrelage est humide et il manque de glisser sur le sol mouillé. Instinctivement il se rattrape en agrippant Edith par la taille ce qui lui évite de tomber par terre :

— Excusez-moi Edith, j'ai failli tomber ! Heureusement que vous étiez là ! Je ne veux pas me fracturer de nouveau le fémur !

Edith le regarde sans rien dire avec un sourire affectueux sur le visage. John se souvient de son hôtesse lui souriant pareillement il y a quelques mois ! Ce soir il aimerait beaucoup qu'elle vienne le retrouver dans sa chambre comme elle a déjà su si bien le faire. Mais c'était quand le pasteur était hospitalisé ! Il doute qu'Edith soit en mesure cette nuit de quitter le lit conjugal pour venir le retrouver en haut dans sa chambre.

Plus tard, quand il monte se coucher, John ne résiste pas et laisse entrouverte la porte de sa chambre. Ses échanges avec le pasteur ont été intéressants et il a bien l'intention demain matin d'aller écouter son sermon. Les aspects sociaux du discours du pasteur lui font prendre conscience de l'insuffisance de sa réflexion politique. Passionné par les Sciences, il n'a jusqu'à maintenant manifesté aucun intérêt pour les différents types d'organisation possibles dans une société. Conscient de ses lacunes, il souhaite commencer à les combler.

La journée a été fatigante et John s'endort rapidement. Au milieu de la nuit, il se réveille et entend comme des pas dans l'escalier qui conduit à sa chambre, puis très doucement des grattements sur sa porte. Il chuchote :

— Entrez Edith, je vous attendais !

La porte s'ouvre lentement et dans la pénombre une voix lui dit:

— Heureusement que vous êtes réveillé, John. Je me suis permis de monter chez vous. Il y a une fenêtre qui bat et fait du bruit. On n'arrive pas à dormir. Ne vous dérangez pas, je vais arranger ça.

Le pasteur ferme le volet qui était resté ouvert.

— Bonne nuit John. Reposez-vous bien !

10

GAITFORD ET LONDRES, ROYAUME UNI, JUILLET 1945

Mardi 3 juillet 1945 : Phil a organisé un pot d'adieu sur la base de Gaitford. Il a obtenu de sa hiérarchie l'autorisation d'aller se faire réopérer de sa main droite à l'hôpital de Rauceby par le docteur Mac Indoe, ce chirurgien néozélandais si talentueux qui l'a déjà pris en charge lors de son premier séjour. Mais quel ennui de passer tout l'été à l'hôpital, alors que les hostilités sont terminées ! Encore au moins trois mois avant de rentrer en France !

Phil a invité ses plus proches subordonnés français, les deux commandants de groupe, les quatre chefs d'escadrille, mais aussi les officiers britanniques qui s'occupent sur la base de la logistique au sol et enfin le personnel féminin avec qui il travaille. Tout le monde est triste de son départ. Cette base de Gaitford est comme une grande famille qui commence à se déliter, même si la date de retour au bercail des aviateurs français n'est pas encore connue près de sept semaines après la reddition allemande. L'entente était harmonieuse entre ces gens de nationalités différentes et il n'y a eu que très peu d'altercations, juste quelques-unes de la part de jeunes recrues qui avaient abusé du whisky et s'intéressaient aux mêmes WAAF[7] !

---

[7] *Women Auxiliary Air Force*

Ce soir le cuisinier a mis les petits plats dans les grands et le menu est vraiment sympathique :

Hors d'œuvres variés
Langouste à la Mornay
Poulet Rôti
Fromages
Framboises glacées

<u>*Vins*</u>
Sauternes 1934
Calon Ségur 1912
Champagne 1921

Phil se demande comment le cuisinier a réussi à disposer de vins aussi anciens. Le Saint Estèphe, Calon Ségur, de 1912, vieux de 33 ans, n'a rien perdu de sa superbe et ravit les invités un peu connaisseurs. Phil fait venir le chef de cuisine pour lui demander d'où vient cette bouteille, mais celui-ci se contente de répondre en souriant : « A tout seigneur, tout honneur ». Phil ne connaîtra jamais son secret. A la fin du repas une carte circule et chacun y va de son petit mot doux, les dames surtout :

- With the best of my heart,
- To colonel Destivel in happy anticipation of being your future « chauffeuse » in Paris,
- When you are Air Attaché in London, may we have as much fun as at Gaitford,
- I should like to place on record the fact that never before have I met a large number of RAF types, absolutely happy and proud to serve under an officer of a different nationality. Thank you !

- Au colonel Destivel, dont le calme souverain dans les circonstances les plus périlleuses nous a toujours inspirés
- …

- Avec le meilleur de mon cœur,
- Pour le colonel Destivel en anticipant le bonheur de devenir votre «chauffeuse» à Paris,
- Lorsque vous serez attaché de l'air à Londres, souhaitons nous autant de plaisir qu'à Gaitford,
- Je voudrais consigner le fait que jamais auparavant, je n'avais rencontré un grand nombre de types de la RAF, absolument heureux et fiers de servir sous le commandement d'un officier d'une nationalité différente. Merci !

Le lendemain, c'est le départ. Phil s'est organisé deux jours à Londres avec Victoria avant de rejoindre l'hôpital où il doit se faire opérer. Avant de se faire conduire à la gare Phil fait une marche d'adieu et passe dans les principaux bâtiments de la base, la tour de contrôle, le mess des officiers, les hangars aux avions, les dépôts de munition. Plusieurs fois ses émotions le submergent ; il revoit les visages de certains disparus, tous plus jeunes les uns que les autres. Dans sa tête, il dit longuement au revoir à son équipage, à ses six camarades tués lors de son accident ! Ses yeux se remplissent alors de larmes. Ces mois passés à Gaitford auront peut-être été les plus intenses et surprenants de sa vie. Il y a eu tous ces bombardements mais aussi la rencontre de Victoria, son amoureuse, dont il est si épris et qui lui a donné deux enfants qu'il n'attendait pas !

Phil a effectivement été abasourdi quand il a fait la connaissance non pas d'un, mais des deux bébés dont il est le père. Il lui a fallu un peu de temps pour s'y habituer. Mais après avoir passé deux jours avec Victoria, sa douceur, sa beauté, et son humour ont rapidement eu raison de son embarras. Il s'est dit qu'il verrait plus tard comment gérer la situation lors de son retour en France en octobre.

Dans le train qui l'emmène vers Londres, Phil a du temps pour réfléchir. Il dresse la liste des problèmes qu'il aura à résoudre dès sa sortie d'hôpital dans trois ou quatre mois. Lieu de vie ? la France sans doute mais pourquoi pas Londres ? Il pourrait peut-être s'y faire nommer attaché militaire ? Maggy, sa mère, va-t-elle continuer à vivre avec lui et l'aider pour l'éducation de Paul et Claire ?

Et Victoria, va-t-il lui demander de l'épouser et faire en sorte que ses enfants prennent son nom et quittent celui de Miller ? Dans ce cas, ce serait plus simple que Maggy retrouve son indépendance et aille vivre ailleurs. Mais comment Maggy va-t-elle réagir à un tel changement ? Il ne peut tout de même pas laisser sa mère dans la détresse, si elle prend mal les choses ! Phil n'ose pas imaginer la réaction de sa mère quand il lui racontera qu'il revient d'Angleterre avec une femme et deux bébés à lui dans ses bagages. Paul et Claire devraient rapidement s'habituer mais pas Maggy avec son foutu caractère ! La situation ne va pas être si simple à gérer.

Victoria attend son Phil avec impatience. Mais elle est soucieuse aussi car elle sait qu'il va être de nouveau opéré et elle craint pour sa santé. L'accident d'avion de Phil l'a traumatisée. Elle ne s'y attendait vraiment pas. Elle essaie maintenant de conjurer le mauvais sort en envisageant le pire. Peggy, sa cousine, donnera des biberons de lait maternisé aux jumeaux durant les nuits. Victoria va ainsi être très disponible pour Phil. Aujourd'hui elle a choisi sa plus belle robe d'été, une robe en coton léger, ajustée près du corps avec des fleurs rouges et roses. Elle a déjà presque retrouvé sa ligne et son poids d'avant sa grossesse. Depuis une semaine, elle s'est remise à peindre et vient de terminer un tableau, figuratif cette fois-ci, représentant ses deux bébés allongés sur des coussins et souriant aux anges.

Phil sonne à sa porte vers 18 heures, un bouquet de pivoines rouges à la main.

— Que tu es belle dans cette robe ! Ces fleurs sont pour toi. Regarde, elles sont assorties à ta tenue.

Elle aussi le trouve très bel homme, en civil cette fois-ci, avec un pantalon en toile claire et une chemisette bleu-ciel. Elle se jette dans ses bras et l'enlace :

— Je suis tellement contente que tu sois là. Depuis ton

accident, j'ai peur de te perdre.

Les jumeaux sont en train de dormir et Victoria emmène Phil dans sa chambre pour lui montrer son nouveau tableau. Il trouve la composition charmante et le lui dit. Elle lui sert ensuite un thé et quelques *scones* dans son salon. Elle lui explique que c'est Peggy qui va s'occuper des jumeaux cette nuit :

— Ce soir nous allons pouvoir sortir. J'ai retenu dans un restaurant. Je t'invite. Ce n'est pas très loin d'ici. Nous pourrons même y aller à pied.

La fin d'après-midi se passe rapidement. Phil trouve les jumeaux très changés depuis sa première visite. Il les prend dans ses bras tous les deux et repense à Paul et Claire quand ils étaient bébés. Phil trouve sa vie étrange avec son lot d'aventures inimaginables, certaines tragiques mais d'autres tellement douces et exaltantes. Victoria a l'impression que les bébés l'intéressent maintenant et que dans sa tête il a dû faire du chemin depuis qu'il les a vus pour la première fois, il y a un mois.

Vers sept heures et demi, ils sortent, laissant les enfants à Peggy. Le ciel est clair et il fait une douce chaleur à Londres en ce début juillet. Victoria a réservé deux couverts dans un restaurant avec patio. Il fait suffisamment bon pour diner dehors. Victoria est très détendue, heureuse de sortir de chez elle, même si elle trouve beaucoup de plaisir à s'occuper de ses bébés. Ils sont devenus amants il y a près d'un an, ils ont eu deux enfants mais se sont très peu vus pendant tous ces derniers mois. Leurs rencontres se comptent sur les doigts d'une main. Mais maintenant ils vont pouvoir vivre leur idylle.

Ils prennent d'abord un long apéritif, dégustant du vin blanc de Meursault. Ils se regardent, étonnés d'être assis l'un en face de l'autre, avec du temps devant eux et pour eux. Ils se parlent beaucoup, alternant le français et l'anglais mais ils évitent d'évoquer leur avenir

A la fin du diner, Victoria prend la main de Phil, la caresse et la serre, puis elle ébauche un baiser sensuel avec ses lèvres en le regardant l'œil coquin. Phil est troublé. Elle règle l'addition malgré les protestations de Phil. Sur le trajet du retour, ils s'arrêtent plusieurs fois, échangent des baisers, heureux de pouvoir se serrer l'un contre l'autre mais impatients de rejoindre leur nid.

Quand ils arrivent chez elle, tout est calme ; pas de pleurs de jumeaux et Peggy, discrète, est dans sa chambre. Ils se retrouvent rapidement sur le lit moelleux de Victoria, aux draps doux et parfumés, un petit paradis qui va les abriter maintenant toute la nuit.

Ils sont heureux de redécouvrir leurs corps, de se caresser, attentifs à faire durer leur plaisir. Leurs lèvres murmurent des mots d'amour qui les ravissent. Une fois apaisés, Victoria et Phil s'endorment enlacés et se réveillent au petit matin étonnés et charmés de se retrouver l'un contre l'autre.

Le dimanche, les jumeaux sont aussi pris en charge et Victoria et Phil passent du temps, le matin, allongés dans l'herbe de Hyde Park. A l'heure du déjeuner, ils entrent dans un pub pour y boire des bières et se nourrir de bons sandwichs fabriqués avec du pain de mie, du poulet grillé et de la moutarde.

Phil doit partir le lundi matin pour l'hôpital de Rauceby et c'est le dimanche soir après un diner préparé par Victoria qu'il parle de l'avenir:

— Je suis tellement bien avec toi, ma chérie, je ne veux pas te perdre. Et toi ? Tu vois les choses comment après ma sortie de l'hôpital ? Tu veux rester à Londres ?

— Moi non plus je ne veux pas te perdre. Tu as été très difficile à trouver, tu sais ! Il me semble que la solution serait que je quitte Londres pour Paris. Mais il faut que j'y réfléchisse. Je t'écrirai à Rauceby et je t'en dirai plus.

Tous les deux ont le cœur gros, le lundi matin au moment de se séparer. Depuis qu'ils se sont rencontrés, leur vie est faite de séparations qu'ils ont, chacun, de plus en plus de mal à supporter.

11

MORLEAU EN BOURGOGNE, FRANCE, JUILLET 1945

Le 1ᵉʳ juillet, Françoise Dumaine arrive vers six heures du soir en gare de Chagny, accompagnée de ses trois enfants, Agnès, Michel et Romain.

En tant que veuve d'officier d'aviation décédé en service commandé deux ans auparavant, elle a été prioritaire pour avoir des places sur l'Atlantide, un bateau spécialement affrété pour rapatrier des familles françaises que la guerre avait contraintes à rester vivre en Afrique du Nord. La traversée a été agréable jusqu'à Marseille ; peu de houle et de l'animation le soir avec un bal organisé après le premier dîner. Le commandant l'a même invitée à danser deux fois de suite et lui a susurré à l'oreille quelques compliments galants sur sa tenue.

Françoise n'avait plus qu'une idée en tête après les violences qu'elle avait vécues près de Bougie le 8 mai dernier : quitter l'Algérie le plus vite possible pour rentrer en France et retrouver sa maison. A 31 ans, elle se sent maintenant pleine d'énergie pour reconstruire sa vie.

Ce soir, après un voyage en train qui a duré toute la journée, elle arrive en Bourgogne, fatiguée mais joyeuse. Quatre kilomètres en taxi et elle sera chez elle, dans son village de Morleau. C'est son grand-père qui a fait l'acquisition de cette maison de vacances à la campagne dans les années 20. Elle a quitté précipitamment cette demeure il y a cinq ans quand les allemands arrivaient. L'exode l'a d'abord conduite à Pau chez des cousins puis en Algérie où elle a pu retrouver son mari.

Il y a trois semaines, elle a écrit au maire du village pour lui annoncer son retour ainsi qu'à Marie Gerbot, la dame qui depuis dix ans fait office de gardienne quand la maison est vide. Une femme bien, cette Marie ! Elle habite tout près, à cent mètres et peut facilement surveiller la propriété. Elle a un jeu de clefs et vient y faire du ménage régulièrement. Françoise a perdu ses propres clefs pendant l'exode mais va passer chez la Marie récupérer un jeu.

Dans le taxi qui la ramène, Françoise trouve la lumière du soir féérique. Le soleil est encore loin d'être couché mais ses rayons obliques, tout dorés, ravivent la couleur des champs de blé, mûrs pour la moisson. Les rangs de vigne omniprésents quand on s'approche de la côte de Beaune rappellent que la région est surtout celle du vin ; les villages du Montrachet sont à proximité.

Le taxi arrive rapidement à Morleau. Le chauffeur tourne à gauche dans la rue de la Colline et les conduit d'abord jusqu'à la maison de Marie Gerbot.

— Attendez moi une seconde les enfants, je vais récupérer les clefs de la maison

Françoise descend du taxi et va actionner la cloche plusieurs fois. Personne ne vient lui ouvrir. Comme si la Marie n'était pas là ! La grille d'entrée est fermée, les volets de la maison sont clos. Peut-être est-elle dans son potager derrière la maison dont Françoise fait rapidement le tour, mais personne ! Elle va alors sonner chez la voisine de Marie. Elle entend des bruits de pas et la porte s'ouvre :

— Oh ! Madame Dumaine, quelle surprise ! Tout le monde dans le village se demande ce que vous êtes devenue. On vous a pas vue depuis le début de la guerre !

— Je vous raconterai tout cela plus tard. Là, j'arrive de Marseille avec mes enfants. Je suis pressée. Je cherche Marie Gerbot, notre gardienne. C'est elle qui a mes clefs, mais personne ne répond.

— Vous cherchez la Marie. Mais vous n'êtes pas au courant de ce qui lui est arrivé ? C'est vraiment triste ! Elle est morte il y a un an quand le train de munitions a explosé sur la voie ferrée.

Cette nouvelle frappe Françoise de plein fouet car elle aimait bien sa gardienne. Morte la Marie ! A cause de la guerre ! Mais pourquoi elle ?

Et maintenant comment va-t-elle faire pour rentrer chez elle ? La voisine à qui elle fait part de son désarroi la rassure.

— Pour ce qui est de rentrer chez vous, ça ne devrait pas être compliqué. Allez y voir !

Françoise la quitte très choquée, retourne à son taxi et demande au chauffeur d'aller jusqu'à sa maison. Il s'arrête dix mètres avant le portail et sort les valises de son coffre. Françoise le remercie et le règle. Elle attend qu'il soit reparti pour s'avancer jusqu'à la grille avec les enfants. La serrure n'est pas fermée ; elle pousse le portail, impatiente de revoir sa demeure. Elle la contemple un instant cette belle vieille maison construite du temps de Louis XV, son perron aux courbes élégantes avec ses balustrades en fer forgé, sa forme typiquement bourguignonne : un premier niveau où sont les pièces principales, un second mansardé avec fenêtres et œil de bœuf. Sur le côté droit de la maison, une tour a été adjointe au début du vingtième siècle, qui s'intègre bien dans le bâtiment originel et donne à l'ensemble un air de petit château. Elle est étonnée quand elle voit que des volets sont ouverts. En examinant les fenêtres, elle est très énervée en constatant que plusieurs carreaux sont cassés. Elle est surprise quand elle a l'impression d'entendre des voix qui viennent de l'intérieur. Elle marche jusqu'à la porte principale et frappe avec le heurtoir. Elle perçoit des bruits de pas. La porte s'ouvre et un grand gaillard d'une quarantaine d'année, pas très propre, pas rasé, sentant la vinasse lui dit pas aimable :

— Qu'est-ce-que c'est ? Qu'est-ce-que vous voulez ?

— Ce que je veux, c'est entrer. C'est chez moi ici, c'est ma maison. Qu'est-ce-que vous faîtes chez moi ? Qui êtes-vous d'abord ?

— C'est chez vous ici ? Ça elle est bien bonne ! C'est chez nous, allez-vous en ! Allez-voir le maire. Y vous expliquera.

La porte se referme et Françoise entend le bruit d'une serrure que l'on verrouille à double tour. Abasourdie, elle s'assied quelques instants sur les marches du perron de la maison et, épuisée, se met à pleurer. Ses enfants, à côté d'elle, ne comprennent pas. Ils ont souvent vu leur maman sangloter mais depuis la reddition allemande ses larmes s'étaient taries. Agnès vient près d'elle affectueuse et lui dit :

— Ne pleurez pas maman ! Qu'est-ce qu'il y a ? C'est qui le Monsieur ?

Françoise fait un effort et cesse de sangloter.

— Je ne sais pas. La maison est occupée. Il faut aller voir le maire mais il commence à être tard ! Venez, on va tout de même marcher jusqu'à la mairie

Romain se met à réclamer quelque chose à manger avec ses mots de petit enfant en précisant qu'il est trop fatigué pour marcher. Françoise ne sait plus que faire. Ses pensées se bousculent. Il faut se dépêcher d'aller trouver le maire. Romain est bien sûr trop petit pour qu'on le laisse seul. Il faudrait le porter ! Et puis il y a les trois valises ? On ne peut ni les laisser dehors dans la rue, ni les emmener car elles sont trop lourdes, ni les laisser dans la cour devant la maison de peur qu'un de ces olibrius ne les vole !

— Vous êtes Madame Dumaine ? Je vous ai vue arriver. Je m'appelle Georges Guérin. Vous ne me connaissez sans doute pas mais je vous ai aperçue avant la guerre. J'occupe en ce moment la maison à côté de la vôtre. Venez chez moi avec vos enfants, j'ai de la place. Vous irez voir le maire ensuite ou demain. Venez je vais vous faire visiter ma maison.

Françoise regarde cet homme les yeux écarquillés. Ce Monsieur dit qu'il est son voisin donc ce n'est pas anormal qu'il veuille lui venir en aide. Sa femme doit être à la maison. Pourquoi ne pas aller voir ?

— Bonjour Monsieur, effectivement je n'ai pas souvenir de vous avoir rencontré. Donc vous êtes mon voisin ! Je suis enchantée de faire votre connaissance. Il n'y avait personne dans votre maison avant-guerre. Merci de nous proposer de nous accueillir. Nous arrivons d'Algérie. Je vais vous raconter notre histoire.

Monsieur Guérin s'empare de deux valises, dit qu'il va venir rechercher la troisième et ouvre le portail de sa maison.

— C'est une ancienne ferme. Dans le bas, il y avait une écurie et une étable avec de la place pour plusieurs vaches ; je l'ai faite transformer en local d'habitation avant la guerre mais la maison est restée inhabitée jusqu'à la libération de cette région. Moi j'occupe le premier étage depuis octobre dernier mais c'est temporaire. Vous pouvez vous installer au rez-de-chaussée avec vos enfants. Il y a une salle à manger, un salon et trois chambres et bien sûr une cuisine et une salle de bain. Vous serez bien en attendant que votre maison soit vidée de ses occupants.

Il fait visiter à Françoise l'ensemble de la maison.

— Asseyez-vous autour de la table de la salle à manger, je vais vous servir une petite collation.

Georges Guérin monte chez lui, prépare un thé et des jus de fruit, met le tout sur un plateau avec du pain, du chocolat et quelques tranches de gâteau et redescend.

— Monsieur Guérin vous êtes notre sauveur. Les enfants ont faim et moi aussi.

Georges porte une alliance et Françoise lui dit:

— Il faut nous présenter votre épouse. J'espère que notre présence ne va pas trop la déranger ?

— Hélas Madame, je vis seul en ce moment. Ces salopards de nazis ont envoyé ma femme dans un camp, à Ravensbrück, près de Berlin, un camp de concentration pour les femmes. Ce camp a été libéré par les Russes fin avril mais je n'ai toujours pas de nouvelles d'elle !

— Oh ! je suis désolée pour vous et pour elle. Mais pourquoi l'ont-ils arrêtée, elle et pas vous ?

— J'étais dans la résistance et avec des collègues nous avons fait sauter un train. J'ai dû être dénoncé. Des gens de la Gestapo sont venus jusqu'à ma petite usine à côté d'ici et l'ont incendiée. C'était il y a un an ! Ma femme est venue voir. Moi je n'étais pas là et ils l'ont prise en otage. J'attends désespérément son retour. Mais j'ai peu d'espoir qu'elle soit vivante.

Pendant que les enfants et Françoise se restaurent, Georges lui raconte qu'il a monté une usine où étaient fabriquées des cuisinières qui se vendaient bien dans la région, aussi bien que celles de Lacanche.

— On coulait nous-mêmes nos pièces de fonte car on avait des machines-outils. Nos cuisinières avaient un système de ramonage automatique très performant que j'avais inventé. Je suis ingénieur mécanicien de formation.

Effectivement Françoise avait entendu parler de cette petite usine installée à quelques maisons de chez elle dans une bâtisse qui ressemblait à une maison d'habitation et ne gâchait nullement le paysage. Certains souvenirs lui reviennent à l'évocation de ces locaux.

— Je me rappelle maintenant. C'est vous qui aviez une superbe voiture de sport. Une Bugatti je crois ? Mon mari aimait aussi les belles voitures, il m'en avait parlé.

— Oui, c'est bien ça. Avant la guerre, j'avais une passion pour les voitures de sport. J'ai même fait des courses. Et côté mécanique, pas de problème, quand il fallait changer des pièces, je les fabriquais moi-même sur nos machines-outils.

Françoise est contente de voir que son voisin n'est pas n'importe qui mais un industriel ingénieux et probablement fortuné. Elle lui donne une cinquantaine d'années ; il est encore bien de sa personne avec des cheveux et des sourcils très noirs, une belle prestance. On sent que cet homme est un battant. Pas étonnant qu'il ait été actif dans la résistance.

Françoise lui raconte ensuite rapidement son histoire, le départ précipité de sa maison de vacances en juin 40 quand les allemands arrivaient, son exode puis l'Afrique du Nord, la naissance de son petit dernier en juillet 43 et la mort de son mari, pilote dans l'armée de l'air, quelques jours après. Ensuite, elle lui demande s'il sait qui occupe sa maison. Il lui répond :

— Votre maison est belle mais aussi très vaste ; un vrai petit château. Quand la Wehrmacht a demandé au maire en 42 de loger une quarantaine de soldats, il a du s'exécuter rapidement. Vingt-cinq ont été logés d'office chez des gens du village ; il en restait une quinzaine ; votre maison ne pouvait pas rester vide et elle a été occupée par des sous-officiers et soldats. Ils ne sont pas restés longtemps. Moins de deux mois.

— Des allemands dans ma maison. Quelle horreur ! Je ne savais pas ! J'espère qu'ils n'ont pas fait de dégâts ?

— Attendez ! Ce n'est pas fini. En février 44, le maire a reçu l'ordre de loger une quarantaine de réfugiés français. En effet les allemands ont fait évacuer toutes les villes côtières du Nord de la France pour peaufiner leur défense contre un éventuel débarquement allié. Et pareil, plusieurs de ces réfugiés ont été logés dans votre maison. Certains y sont encore car ils n'ont plus de maison dans leur village ; elles ont été entièrement détruites. Celui qui vous a ouvert est un peu demeuré et s'imagine qu'il va habiter là longtemps. Mais je suis sûr que le maire va trouver une autre solution. Je ne crois pas qu'il y ait beaucoup de dégât, juste du ménage à faire.

Pour Françoise les choses deviennent plus claires. Elle ira voir le maire dès demain matin. En attendant, elle range dans des armoires le contenu des valises, puis fait le dîner de ses enfants avec la nourriture fournie par son hôte. Après le dîner, tout le monde est au lit rapidement. Françoise, exténuée, s'endort quasi instantanément.

Le lendemain matin elle se prépare rapidement pour aller jusqu'à la mairie, ses enfants restant dans la maison Guérin sous la garde d'Agnès. La mairie est à trois cents mètres de chez elle, le long de la nationale 74. La nouvelle secrétaire de mairie, une dame qui n'était pas là avant la guerre lui dit que le maire est chez lui ce matin. Françoise le connaît bien le maire. Il s'appelle Henri Joly ; elle et lui sont tous les deux nés en 1913. Presque des amis ! Il est vigneron mais aussi poète à ses heures et manie la langue française avec élégance. Ils aimaient bavarder ensemble de tout et de rien quand ils se rencontraient dans le village. La perspective de le revoir réchauffe le cœur de Françoise qui en oublie presque que sa maison est occupée. Elle marche jusqu'à chez lui à l'autre bout du village et le trouve en train de partir cultiver ses vignes. Henri est très étonné de la voir :

— Oh ! mais qui je vois là ! Quelle surprise ! Françoise qui vient chez moi ! Pas de nouvelles depuis cinq ans. Je sais juste que ton mari est décédé en 43. J'ai bien pensé à toi quand j'ai appris cette nouvelle. Te voilà veuve avec deux enfants ! Qu'est-ce que je peux faire pour toi ma belle ?

— Tu n'as pas reçu ma lettre d'Algérie annonçant mon retour ? Je te l'ai envoyée il y a un peu moins d'un mois et j'ai été surprise de ne pas avoir de réponse.

— Je n'ai rien reçu mais tu sais, je ne suis plus le maire de Morleau. J'ai quitté mes fonctions le 14 mai avec un grand soulagement après ces années d'occupation qui ont été dures. Le nouveau maire s'appelle Roger Dubois. Il travaille à la SNCF à Chagny. C'est pour ça que je n'ai pas eu ta lettre. Tu es arrivée quand ?

— Hier soir. Mon bateau est arrivé d'Alger le matin et tous les quatre nous avons fait le voyage en train de Marseille. Oui, on est quatre maintenant, j'ai un petit dernier qui s'appelle Romain et qui va avoir deux ans ! Je suis arrivée exténuée et j'ai trouvé ma maison occupée par des réfugiés qui m'ont claqué la porte au nez. Et en plus, j'avais perdu mes clefs pendant l'exode et on m'a appris que Marie Gerbot qui nous servait de gardienne était morte. Quelle horreur ! Heureusement mon nouveau voisin nous a hébergés et expliqué la situation. Mais je veux réintégrer ma maison. Elle est à moi cette maison. On est pas encore chez les soviets à ma connaissance !

Dans son for intérieur Henri se félicite de ne plus être maire et ainsi de ne pas avoir à s'occuper de cette situation délicate.

— Va voir le nouveau maire, il habite à cent mètres d'ici. Je vais t'indiquer le chemin. Passe me voir quand tu veux, on a tellement de choses à se raconter.

Françoise marche vers la maison du nouveau maire pendant que son ami Henri rentre chez lui pour dire quelques mots à ses parents qui vivent sous son toit :

— Je viens de rencontrer Françoise Dumaine. Elle est arrivée hier avec ses enfants en provenance d'Alger et ne savait pas qu'il y avait encore des réfugiés dans sa maison. Son voisin, Georges Guérin, lui a offert de la loger temporairement. Je n'ai pas voulu l'inquiéter. Je ne lui ai encore rien raconté sur le personnage mais il faudra lui dire de se méfier !

Françoise de son côté atteint rapidement la maison du maire qui heureusement est chez lui. Elle lui explique qui elle est et lui demande d'expulser les occupants dès aujourd'hui afin qu'elle puisse réintégrer son domicile car elle désire s'installer maintenant à temps plein à Morleau avec ses enfants. Après l'avoir écouté, le maire prend l'air soucieux et lui répond :

— Je comprends votre désarroi Madame. Nous avons une réunion du conseil municipal en soirée et je vais en parler pour trouver une solution rapide. Mais je ne peux pas les expulser aujourd'hui. Quand ils sont arrivés dans le village, c'est le maire précédent qui les a installés dans votre maison avec l'accord du conseil bien sûr. Ils ne sont pas chez vous illégalement. Il faut que nous leur proposions une autre maison. Restez chez Monsieur Guérin en attendant. Je viendrai demain matin vers 10 heures pour vous tenir informée de nos décisions.

Françoise repart déçue mais se raisonne car elle voit bien qu'elle doit patienter. La France n'est pas encore dans une situation normale. L'armistice a été signé il y a moins de deux mois. Dans l'après-midi elle fait le tour du village avec ses enfants. Il n'y a pas encore l'eau courante à Morleau. Les habitants viennent se ravitailler aux puits communaux. Il y en a quatre pour trois cents habitants. Certains récoltent l'eau de pluie à partir de leurs chêneaux et la stockent dans des citernes. Ils ont alors des pompes à main pour faire venir l'eau dans leur cuisine. C'est le cas de la maison de Françoise si rien n'a été endommagé.

La vie n'est pas si simple dans ce village. Pour rincer le linge une fois bouilli, les femmes vont au lavoir communal sur la route de Chassagne. Personne n'a de salle de bains moderne. Pour prendre un bain, il faut faire chauffer de l'eau et se servir de petites baignoires en zinc ou de tubs. Les chambres sont souvent équipées de meubles de toilette. On se sert d'un broc à eau pour remplir le lavabo. Le fait de ne pas avoir l'eau courante complique la vie des habitants mais contribue à favoriser les échanges car ils se rencontrent aux puits et au lavoir. C'est l'occasion pour eux de discuter et de cancaner sur les gens et le village. De ce fait, le retour de Françoise avec ses enfants est rapidement connu de tous et nombreux sont ceux qui viennent la saluer pendant sa promenade.

Le lendemain matin, le maire est ponctuel et vient la tenir au courant :

— Nous avons trouvé une solution pour reloger les réfugiés. Nous allons réquisitionner une maison inoccupée près du passage à niveau. Mais il faut que vous patientiez encore une semaine. Il nous faut faire arranger certains éléments sanitaires pour qu'elle soit habitable ; une fois que les réfugiés auront quitté votre maison, la mairie va s'occuper du ménage et nous ferons un inventaire d'éventuels dégâts avec un huissier pour une demande de dommages de guerre. On est le 3 juillet aujourd'hui ; vous devriez pouvoir récupérer votre maison vers le 10, sûrement avant la fête nationale le 14. Voilà, chère Madame, c'est ce que nous pouvons faire de mieux.

Françoise n'a pas le choix et remercie le maire. Dans les jours qui suivent, elle s'occupe de ce qui peut être organisé. Elle va voir l'instituteur et inscrit ses deux plus grands à l'école communale pour la rentrée d'octobre. Pour Romain qui n'a que deux ans, elle se met en quête d'une personne qui pourrait le garder chez elle tous les matins et, quand elle en a besoin, l'après-midi. Elle trouve facilement une dénommée Yvonne Guérinot qui a elle-même une fille de trois ans, habite la même rue et apprécie la perspective de ressources supplémentaires.

Pendant ce temps son voisin Georges Guérin est aux petits soins pour elle et les enfants. Tous les matins, il passe voir Françoise pour lui demander si tout va bien, si elle a besoin de quelque chose de particulier. Il lui a dit qu'il se sent comme un père pour elle et lui fait une bise sur chaque joue quand il la rencontre pour la première fois dans la journée. Elle le trouve gentil et drôle. Une chose étonne cependant Françoise : plusieurs fois elle a évoqué avec des habitants de Morleau son séjour temporaire chez son voisin et elle a senti comme une gêne chez ses interlocuteurs. Une dame lui a dit une fois : « Ah ! vous habitez chez le Georges Guérin, celui qui a eu des problèmes après le décès de sa première femme ! » Mais elle n'a pas pu en savoir plus.

Le 11 juillet les réfugiés quittent sa maison dans la matinée et pendant l'après-midi elle visite les lieux avec le maire. Il n'y a pas de dégâts majeurs juste quelques carreaux cassés remplacés temporairement par des plaques de carton, des verres et assiettes brisées et deux matelas éventrés ; tout est sale et un immense ménage est à faire. Elle insiste auprès du maire pour le faire elle-même. Elle passe toute la journée du 12 et la matinée du 13 à jeter des ordures, nettoyer sols et meubles.

Son voisin l'invite chez lui à dîner le 13 au soir en toute simplicité en lui disant qu'il a aussi convié sa mère, une vieille dame paraît-il très drôle, qu'il aura plaisir à lui présenter. Son emménagement est prévu pour le 14 juillet au matin, premier jour de Fête Nationale depuis la fin de la guerre en mai. Elle aura juste le contenu de ses trois valises à transporter. Des malles doivent arriver incessamment.

Françoise, malgré la fatigue, passe un peu de temps à se faire belle pour ce dîner. Heureusement, on est en été et il fait plutôt chaud et beau. Elle se maquille discrètement avec du Kol acheté en Algérie, souligne ses lèvres avec un rouge à lèvres, passe une robe légère à manches courtes et laisse ouverts les deux premiers bouton de son corsage blanc. Elle ne met pas de bas, enfile des chaussures rouge à talons qui se marient bien avec ses lèvres, Après avoir laissé ses enfants sous la garde d'Agnès son ainée, elle monte l'escalier extérieur qui mène chez son voisin au premier étage et sonne à sa porte.

Il est 20h. Quand Georges lui ouvre, elle constate que lui aussi s'est fait chic avec un costume en toile marron clair, une chemise à manches longues, une pochette blanche et des souliers très bien cirés. Georges la fait asseoir dans son salon et lui propose un whisky. Elle n'a pas l'habitude de boire de l'alcool mais se souvient avoir apprécié ce breuvage les deux ou trois fois où, au cours de sa vie, elle a eu l'occasion d'en boire. Sa première lampée la fait grimacer ce qui fait sourire son hôte. Rapidement Françoise se sent plus détendue et directe, elle lui pose quelques questions qui la tarabustent à propos de sa première femme.

— Georges, vous avez été marié une première fois, je crois, et votre femme est décédée ?

— Ce sont les habitants du village qui vous ont parlé de ma première épouse ?

Françoise est gênée par cette demande aussi directe que sa question et ne sait d'abord que répondre puis décide de dire la vérité :

— Une femme m'a effectivement dit que vous aviez eu des problèmes après son décès, quel genre de problèmes ?

— C'est simple je vais vous dire les choses crûment ; certains m'ont accusé d'avoir tué mon épouse. Rien de moins que cela et vous savez pourquoi ? Et bien par ce que j'ai décidé rapidement de me remarier et que j'ai eu le malheur de le dire.

— Qu'est-ce-que vous entendez par rapidement ?

— Oh rapidement, dans la semaine qui a suivi son décès. Après quelques mois en 43, son corps a été exhumé et autopsié et évidemment on n'a rien trouvé. En fait ma femme n'était pas malade et la pauvre a dû être asphyxiée par un poêle à bois qui avait une mauvaise combustion.

Françoise se dit qu'il a l'air franc mais qu'il devait avoir une maitresse depuis longtemps pour annoncer si rapidement son remariage ! Elle ne voit pas comment en savoir plus sans risquer d'être indélicate.

— Passons à table si vous le voulez bien, ajoute Georges.

Dans la salle à manger, elle ne voit que deux couvets sur la table :

— Et votre maman, elle ne dîne pas avec nous ?

— Non, finalement car elle est souffrante.

Et il ajoute :

— Vous avez peur de moi ?

Cette dernière remarque est ponctuée d'un rire étrange qui ne dit rien qui vaille à Françoise !

A l'extérieur de la maison, quelqu'un ouvre discrètement le portail de la maison de Georges Guérin, se dirige vers un petit appentis sur la droite à l'intérieur duquel il fait sombre. Il s'assied sur une chaise et attend.

12

LONDRES, ROYAUME UNI, JUILLET 1945

La sonnette retentit à 19 heures chez Victoria le 12 juillet. Peggy va ouvrir et voit un monsieur d'une quarantaine d'année, de taille moyenne, pas rasé , un peu hirsute, volubile qui lui dit dans un mauvais anglais :

— Je suis bien chez Madame Victoria Miller ? Je suis un des vieux amis à Paris. Mon nom est Serge Andropov. Dites-lui que je veux bien lui parler.

Peggy laisse Serge sur le palier et part informer Victoria de cette visite. Celle-ci n'en croit pas ses oreilles :

— Serge Andropov ici ! Quelle surprise ! Oui, c'est un ami de Paris, fais le entrer dans le salon, je vais me recoiffer et j'arrive.

Serge entre dans l'appartement et regarde, étonné, les pièces luxueuses qu'il traverse. Quand Victoria arrive, il lui dit en français:

— Bonjour mon petit canard, plus de cinq ans notre dernier contact ! Mais dis-moi, tu as fait fortune, c'est très cossu ici. Et toi tu es de plus en plus belle, ma chérie. Les années n'ont pas encore de prise sur toi ! J'ai bien reçu ta lettre mais je ne t'ai pas répondu comme je venais justement à Londres.

— Serge, ça me fait si plaisir de te revoir. Tu n'as pas changé ! Toujours la vie de Bohême ?

— Toujours ! Et encore plus depuis la libération de Paris. Cette ville renaît. C'est incroyable l'ambiance en ce moment. On peut danser tous les soirs dans des boites de jazz, sur de la musique de Sydney Bechet, de Lionel Hampton et de plein d'autres. C'est fabuleux. Tout le monde a envie de s'amuser. Maintenant c'est plutôt à Saint-Germain-des-Prés que ça chauffe. Et toi, tu peins toujours ?

Victoria et Serge ont cinq années de leur vie à se raconter. Elle le garde à diner. Peggy qui ne veut pas les déranger prend son repas dans la cuisine. Victoria lui raconte ses années austères avec sa belle-mère malade à Gaitford, ses tableaux tous détruits par un chasseur allemand qui s'est écrasé sur son atelier, son mari prisonnier qui a réussi à s'échapper mais décède peu après son retour et pour terminer la naissance de ses jumeaux. Sa rencontre avec Phil est passée sous silence.

Serge, lui, a quitté Paris pour la Côte d'Azur. Il a dû prendre une fausse identité pour cacher ses origines juives et a travaillé dans les champs. Il a pu reprendre la peinture depuis près d'une année.

Ce qui intéresse le plus Victoria maintenant, c'est de parler peinture avec Serge. C'est dans le milieu des peintres de Montparnasse qu'ils se sont rencontrés. Elle le questionne :

— J'aime toujours l'abstraction. Est-ce qu'il y a toujours un courant abstrait actif en ce moment à Paris ou bien est ce que la mode est passée, emportée par la guerre ?

— Bien sûr qu'il y a toujours à Paris, des peintres de l'abstraction actifs. Je suis sûr que tu en as rencontré certains . Tu te souviens de Poliakoff, Staël, Masson ? Tu les avais rencontrés ?

— Oui avec Poliakoff, on avait bien sympathisés. J'en avais rencontré beaucoup d'autres dans les galeries. Mais j'ai un peu oublié leurs noms. Rien que d'en parler, ça me donne envie de revenir en France

— Oui c'est ça, viens vivre à Paris ! Viens vivre chez moi ma chérie ! On fera de beaux tableaux et on fera l'amour tout le temps. Tu te souviens de la nuit que nous avons passée ensemble. J'avais adoré caresser ton corps, ta peau douce. Tu avais montré du tempérament, ma chérie !

— Tais-toi Serge. Tu me fais honte ! J'avais trop bu, je n'avais pas prévenu mon mari. Il était très inquiet et furieux quand je suis rentrée le matin. Mais tu sais, je ne regrette rien, c'était un très bon moment. Une découverte pour moi qui avais eu une vie très conventionnelle. Maintenant je suis libre et je n'ai pas envie de perdre cette liberté. Tu crois que tu pourrais me trouver un appartement à louer à Paris ? Je viendrais avec ma cousine Peggy si elle est toujours d'accord. Elle m'aiderait à m'occuper des jumeaux et elle apprendrait le français ; ça pourrait lui être utile ensuite.

— Tu voudrais un appartement avec combien de chambres et dans quel quartier ?

— Un séjour, quatre chambres. Un appartement lumineux en haut d'un immeuble, un endroit où je serai à l'aise pour peindre. J'ai pas mal d'argent. Des héritages. Pour le loyer ça ne devrait pas poser de problème ! Pour le quartier, je ne sais pas. Un quartier vivant. Tu parlais de Saint-Germain-des-Prés. Ou près des jardins du Luxembourg, ce n'est pas loin de Saint-Germain. Qu'est-ce que tu en penses ?

— Près du Luxembourg, c'est une bonne idée. Tu pourras y promener tes chérubins. Il y a de beaux immeubles le long des jardins.

En fin de soirée, quand ils se quittent, Victoria lui demande de la tenir au courant pour un appartement. Sa décision est quasi prise. Elle va aller habiter à Paris. Peggy est d'accord pour venir. Serge adore Victoria et s'engage à lui trouver une location. Elle va lui envoyer de l'argent pour trois mois de loyer. Victoria se voit déjà parisienne au mois de septembre, prête à consacrer une bonne partie de son temps à son art.

Quand Victoria se met au lit, elle a beaucoup de mal à s'endormir. Des images de sa future vie parisienne viennent spontanément se former devant ses yeux : Phil qui vient la voir certains soirs, sa première exposition dans une galerie, ses dîners avec ses amis peintres, ses jumeaux qui fréquentent un lycée français, ses promenades au Luxembourg…

13

DE CASABLANCA A PARIS, JUILLET 1945

Maggy a enfin obtenu ce qu'elle désirait depuis tant de mois, son rapatriement en France avec les enfants, sur un bateau de la Marine Nationale. Elle n'a pas chômé pendant ces deux dernières semaines, occupée à trier toutes les affaires qui s'étaient entassées depuis quatre ans dans sa maison de Meknès. L'embarquement est prévu le 6 juillet dans le port de Casablanca. La traversée va durer plusieurs jours.

Extraits du journal de Claire Destivel

Vendredi 6 juillet 1945

On doit venir nous chercher dans la matinée vers les huit heures. Pour une fois nous sommes prêts à l'heure. Mais à 11h1/2 nous ne sommes pas encore partis. C'est à vous dégouter d'être à l'heure jusqu'à la fin de vos jours. Vers les 12h nous embarquons. Nous avons de la chance d'avoir une cabine, une vraie veine car la plupart couchent en dortoir et c'est autrement ennuyeux !

Je vois s'éloigner la côte marocaine sans regret et avec la ferme résolution de ne plus y remettre les pieds. J'envoie un dernier adieu silencieux à mes amis de Meknès et en route pour la France. Arrivée en pleine mer je suis obligée d'aller me coucher car j'ai mal au cœur à cause du roulis et du tangage. En plus de cela ma couchette est placée pas loin des machines. On est soumis à une berceuse

110

mécanique. Ma grand-mère tient bien le coup et part dîner. Nous sommes sur un bateau sanitaire militaire et tout marche à la trompette. Pas le droit de rouspéter, ni de broncher. Si vous arrivez cinq minutes en retard à la salle à manger, vous n'êtes pas servi. C'est tout de même exagéré !

C'est la deuxième fois de sa vie que Maggy prend le bateau pour un voyage un peu long. La mer est agitée, le bateau tangue et beaucoup de passagers sont malades. Ce n'est pas le cas de Maggy, très excitée par son retour au pays. Il est dix-neuf heures et c'est le moment d'aller dîner. Elle a vraiment faim et pas l'ombre d'une nausée. Les enfants, sujets au mal de mer, sont restés dans leur cabine. La plupart des passagers en ont fait de même. Maggy descend jusqu'à la salle à manger. En arrivant, elle aperçoit un militaire avec beaucoup de galons, sûrement le commandant du bateau qui fait asseoir à sa droite une dame âgée très élégante, avec une robe noire agrémentée d'une broche en or ; elle porte un chapeau noir qu'elle n'enlève pas pendant le repas. De nombreuses places sont encore inoccupées et un serveur indique à Maggy qu'elle peut se mettre où elle le désire. Cette vieille dame l'intrigue et Maggy choisit une place pas trop éloignée d'elle pour pouvoir l'observer. Rapidement, trop curieuse pour rester en place, elle se lève et va parler au serveur :

— Excusez-moi Monsieur, pouvez-vous me dire qui est cette vieille dame en noire ?

— Bien sûr ! Vous ne l'avez pas reconnue ? C'est la Maréchale Lyautey. Elle fait des séjours répétitifs au Maroc et voyage sur des navires de l'armée. C'est la troisième fois que je la vois. Elle est formidable pour son âge !

Maggy en est baba ! La Maréchale ! Une forte personnalité paraît-il. Elle en a entendu parler mais ne l'a jamais rencontrée. Et elles sont toutes les deux sur le même bateau, dans la même salle à manger ! Quelle chance ! Une histoire à raconter à sa famille quand elle va revenir à Paris. Elle sait qu'à plus de quatre-vingt ans, Madame Lyautey est toujours active, impliquée dans des tas de bonnes œuvres au Maroc. Il faudrait qu'elle fasse sa connaissance, qu'elle lui parle. Indispensable, si elle veut épater la galerie ! Et ça pourrait être utile à Phil pour sa carrière. Maggy dévore littéralement ce qu'on lui sert pour le dîner. Elle ne dédaigne pas non plus le vin qui lui est proposé. Après le dessert elle s'attarde à table, scrutant le moment où la Maréchale va se lever pour retourner dans sa cabine. Ça y est, c'est le moment, la Maréchale plie sa serviette ! Maggy quitte sa chaise et très naturellement marche jusqu'à Madame Lyautey en train de se lever. Elle lui tend la main et lui dit respectueusement :

— Madame la Maréchale, je suis très honorée de vous rencontrer. Permettez-moi de me présenter. Je suis Marguerite Destivel, la femme du colonel Philippe Destivel qui commande la base aérienne de Gaitford en Angleterre après être resté plusieurs années au Maroc. Moi je suis restée à Meknès pour m'occuper des enfants.

Maggy sans doute émue de la rencontre s'est trompée et s'est présentée comme la femme du colonel Destivel et pas comme sa mère. La Maréchale est surprise et lui dit un peu narquoise :

— Je suis heureuse de vous saluer, mais votre mari est colonel d'aviation si je comprends bien. Alors vous avez épousé un petit jeune chère Madame. Félicitations !

Maggy se rend compte de son lapsus, rougit et précise :

— Non excusez-moi, je me suis trompée. Le colonel Destivel est mon fils, pas mon mari. Mon fils est veuf et moi aussi je suis veuve. Il lui fallait quelqu'un pour s'occuper de ses deux enfants, avec la guerre et toutes les responsabilités qui sont les siennes.

— Je comprends mieux ! Vous avez eu la chance de rester plusieurs années dans ce merveilleux pays qu'est le Maroc. Vous n'êtes pas trop triste de le quitter ?

Maggy n'est pas triste du tout de quitter une terre où l'on ne mange que des poulets et du mouton et où l'on crève de chaud la moitié du temps. Mais ça, elle sait qu'elle doit le garder pour elle et ajoute :

— Oui Madame la Maréchale, c'est un déchirement mais je n'ai pas le choix. J'espère y revenir bientôt.

C'est sur ces mots que se termine cette première conversation. Maggy regrette son lapsus qui l'a rendue un peu ridicule. Elle espère que personne ne l'a entendue. Elle a hâte de pouvoir de nouveau engager la conversation avec la Maréchale.

Le Samedi matin tôt, un matelot frappe à la porte de la cabine de Paul et Claire. Il se présente comme le matelot « Pierre » et les informe qu'il va venir faire le ménage et qu'il faudrait qu'ils libèrent la chambre pendant une vingtaine de minutes. Ils sont encore en pyjama et chemise de nuit Ils se dépêchent de se préparer sans avoir trop le temps de remettre leurs affaires dans leur valise et vont prendre leur petit-déjeuner. Quand ils reviennent, ils trouvent magique de voir tous les vêtements qu'ils avaient laissés par terre en boule, pliés et posés sur leur couchette. Tout est nickel. Leur bonne à Meknès n'en faisait pas autant pour eux. Dans la journée, Claire rencontre Pierre, le matelot venu nettoyer leur cabine

— Merci Monsieur d'avoir si bien fait le ménage dans notre cabine, remercie Claire très gentiment.

— Oh ! mais de rien, Mademoiselle. Je suis là pour ça. Je vous félicite pour vos écritures. Vous aviez laissé ouvert un cahier sur le petit bureau. Votre journal sans doute. J'ai juste lu quelques lignes sans tourner les pages. C'est très bien écrit. Vous avez quel âge ?

Claire est furieuse et a l'impression que son intimité, son monde intérieur a été visité sans permission par un étranger. Rouge de colère, elle se met à fulminer :

— Mais, un journal c'est personnel, vous n'aviez pas le droit d'en lire une seule ligne. Ne recommencez jamais ça ! Compris ? ou je me plaindrai au commandant !

Sur ces mots, elle le quitte très en colère. Plus jamais, elle ne laissera ouvert son journal intime quand elle s'absentera. Mais quel goujat ce Pierre même s'il est plutôt mignon !

Extraits du journal de Claire Destivel

Samedi 7 juillet 1945

Nous apercevons Gibraltar et suivons les côtes espagnoles avec en arrière-plan la Cordilière Bétique. Les montagnes se jettent à pic sur la mer et sont très ravinées, coupées de gorges profondes formant des caps pointus et des baies. Le paysage est magnifique comme toutes les côtes d'Espagne du reste. La vie à bord est plutôt monotone, aucune distraction à bord évidemment puisque c'est militaire et nous nous contentons de faire cent fois le tour du pont en contemplant les côtes qui défilent très lentement. Nous arpentons le bateau qui a cinq étages sans compter les cales. Les repas ne sont pas mauvais. Nous les prenons tous à la même table. C'est inouï ce qu'il y a comme commérage.

Le soir, les matelots se divertissent. Ils ne trouvent rien de mieux que de jouer à saute-mouton. La nuit venue, un bal est organisé. Claire aperçoit le matelot Pierre, celui qui s'est permis de lire son journal. Elle descend près de la piste de danse et Pierre vient lui présenter ses excuses. Elle lui dit qu'il est pardonné mais qu'il ne doit pas recommencer. Il l'invite à danser une valse et la serre contre lui pendant la danse. Claire savoure cet instant.

Extraits du journal de Claire Destivel

Dimanche 8 juillet 1945

Il y a la messe à bord dite par l'aumônier. Elle est très bien chantée par les infirmières et quelques officiers. Je suis plutôt distraite. Nous sommes archi serrés mais cela me fait plaisir d'avoir la messe en pleine mer.

Aujourd'hui nous suivons les Iles Baléares toute la journée. On voit des rochers affleurer au milieu des flots bleus. Le soir, il y a encore bal. Je suis enfouie dans mes réflexions, transportées dans un monde irréel, le bateau fendant la mer, la musique, les montagnes teintées de rayons pourpres à droite et l'horizon noyé dans l'ombre à gauche. Tout cela est si romantique ! Pierre était là. Il m'a emmenée sur le pont dans un coin sombre et m'a embrassée avec sa langue. C'était la première fois et c'était bon. J'aimerais que ce voyage ne s'arrête pas.

Le Lundi 9 juillet 1945, le bateau est en pleine mer. Les passagers sont excités car le commandant a averti tout le monde que l'on devrait commencer à apercevoir la France vers neuf heures. Mais il y a du brouillard et il leur faut attendre midi, près de la rade de Toulon, pour apercevoir enfin leur pays. Quelle émotion après six ans d'exil ! Mais le port est dans un piteux état. La jetée, le fort, les quais sont détruits. Des bateaux sont au fond de l'eau. On n'aperçoit que leurs cheminées et quelques débris. Les passagers doivent rester sur le bateau jusqu'au lendemain après-midi.

Claire continue d'écrire son journal :

J'ai revu Pierre qui m'a emmenée dans sa cabine. Nous sommes restés quelques instant allongés l'un contre l'autre. Quel trouble quand il m'a fait des caresses! Malheureusement il y a eu du bruit ; nous sommes vite sortis et il m'a dit adieu.

Le Mardi 10 juillet, c'est après sept longues heures d'attente avant que les passagers puissent débarquer. Des prisonniers allemands portent leurs bagages. Maggy, Paul et Claire s'installent dans des cars complètement disloqués qui les conduisent jusqu'à la gare de Toulon. Paul trouve péniblement trois places dans un compartiment du dernier wagon. Ils voient passer successivement Bandol, La Ciotat et trouvent la Côte d'Azur magnifique. Ils arrivent à Marseille vers les 11 heures du soir et ont droit à un accueil chaleureux dans la gare. La Marseillaise retentit ; on leur distribue du thé et des petits gâteaux. Le train repart et ils arrivent à Lyon à 7 heures du matin ; on leur sert le petit déjeuner ; puis ils continuent leur route en passant par Dijon, Sens puis Paris atteint à 6 heures du soir.

Claire raconte dans son journal ses impressions quand ils retrouvent l'appartement de la rue Lecourbe :

Nous sommes chez nous vers les 8 heures du soir, sales et dégoutants ; on nous prendrait sûrement pour des boueux, c'est lamentable ; je n'ai encore jamais été si sale de ma vie. Je suis tellement fatiguée que je n'ai même plus le courage de penser. Pourtant j'ai un serrement de cœur de revenir dans cette ville où jadis j'ai été si heureuse.

Le 12 juillet, Paul et Claire se lèvent allègrement pour aller retrouver leurs grands-parents d'Asnières qui ne sont pas prévenus et vont être émus de retrouver leurs petits-enfants. Les deux enfants se perdent un peu dans le métro mais finissent par arriver en fin de matinée chez les grands-parents qui sont stupéfaits et ont du mal à les reconnaître tant ils ont changé en six ans. Leur cousin germain, Philippe, que Claire aime beaucoup, est présent. Il porte maintenant des lorgnons, la moustache et a un air de gentleman important. Ils déjeunent tous ensemble et l'atmosphère est chaleureuse.

Le 13 juillet, Paul et Claire décident d'aller voir le défilé du 14 juillet, le lendemain. Ils réussissent à convaincre Maggy de les laisser y aller sans adulte pour les y accompagner.

Samedi 14 juillet

7 heures du matin, nous avons rendez-vous avec mon cousin Philippe à la gare Saint Lazare pour voir le défilé. Dans la famille, on nous a dit qu'il allait y avoir foule et que nous allions revenir en bouillie ; c'est tout juste si on ne nous propose pas une ambulance. Nous arrivons sur le théâtre des opérations ; il y a déjà 5 à 6 rangs de personnes sur le bord des trottoirs ; nous nous regardons d'un air piteux et nous arpentons les Champs-Elysées ; nous finissons par dégoter chacun une place sur le rebord d'une devanture ; en montant nous voyons très bien, évidemment il faut de l'équilibre, ce n'est pas rien et nous attendons patiemment dix heures. Nous ne nous ennuyons pas ; les gens arrivent avec des escabeaux, des échelles doubles et triples, des petits tabourets, les autres avec des glaces, d'autres font de l'escalade sur les stores, les arbres, les poteaux d'autobus ; on assiste à des matchs de boxe ; les gens commencent à se trouver mal, enfin il y a de tout. Nous voyons très bien le défilé et même les grosses huiles : de Gaulle, de Lattre de Tassigny, Leclerc ; cela dure trois heures ;

Dans les jours qui suivent Maggy passe beaucoup de temps dans l'appartement de la rue Lecourbe à tout nettoyer et à faire des courses avec Paul et Claire. Mais elle n'a pas que des activités purement manuelles. Elle réfléchit aussi à son avenir et enrage de ne pouvoir en parler avec son fils de nouveau hospitalisé en Angleterre. C'est encore l'incertitude. Il ne sait pas encore où il va être muté. Maggy n'a aucune envie de quitter la région parisienne maintenant qu'elle l'a retrouvée et l'aurait vraiment mauvaise s'il lui fallait retourner en Algérie ou dans d'autres colonies. Il lui faut prendre son mal en patience.

14

MORLEAU EN BOURGOGNE, FRANCE, JUILLET1945

— C'est moi le cuisinier, alors soyez indulgente !

C'est ainsi que commence le dîner de Françoise chez Georges Guérin. Elle n'est pas à son aise depuis qu'elle a appris que certains le soupçonnent du meurtre de sa première femme. Jamais elle ne s'est trouvée devant une telle situation. Les meurtres entre mari et femme, on les rencontre dans les romans policiers ou les tragédies antiques, mais pas dans son quotidien ! Georges sent sa gêne et essaie de l'apaiser :

— C'est la première fois que vous dînez en tête à tête avec un meurtrier ? Non, je plaisante. En réalité, je suis très choqué par cette histoire. Dans ce village, les gens restent aimables mais j'imagine les cancans quand ils parlent de Georges Guérin ! Et ce d'autant plus que mes affaires marchaient très bien avant la guerre et il y avait beaucoup de jaloux ! Je ne sais pas si je vais rester longtemps ici. Les choses auraient été plus simples si après l'autopsie de mon épouse, le médecin légiste avait pu conclure à une intoxication par de l'oxyde de carbone. C'est dur pour moi, vous savez, en ce moment, la mort de ma femme, l'incendie de mon usine et ma deuxième épouse en camp de concentration, probablement décédée !

Le discours de Georges, simple et prononcé sans gêne, émeut cependant Françoise :

— Oui, je vous comprends, tout cela n'est pas facile, et les incertitudes c'est ce qu'il y a de pire.

Ensuite, le repas se poursuit plutôt agréablement. Georges parle de littérature, des auteurs d'avant-guerre qu'il apprécie mais il choque la sensibilité de son invitée quand il vante les mérites de Robert Brasillach, fusillé pendant l'épuration quelques mois auparavant.

— Vous, un résistant, vous regrettez cet homme, ce fasciste collabo tellement antisémite ?

— C'est plus compliqué que cela. C'était un grand écrivain. Je ne partage pas du tout ses idées mais il n'a tué personne ; ce sont ses écrits qu'on lui reproche ! Le condamner à mort au terme d'un procès de quelques heures et d'une délibération bâclée ! Ce n'est pas à l'honneur de la France. De nombreux écrivains et artistes très connus comme Paul Valéry, Colette ou Jean Cocteau, des académiciens qui n'étaient pas de son bord ont sollicité sa grâce auprès de de Gaulle mais les cocos voulaient sa peau et l'ont emporté.

Cette conversation pousse Françoise à en savoir plus sur les opinions politiques de Georges et sur ce qu'il a fait pendant la guerre :

— Vous êtes rentré dans la résistance dès le début de la guerre ?.

— Jusqu'au début de la guerre, j'ai été séduit par le parti populaire français, le PPF. Ensuite je n'ai pas aimé son évolution, son antisémitisme, la collaboration appuyée avec les Allemands. Mais il m'a fallu un peu de temps pour prendre mes distances. J'ai commencé avec la Résistance au milieu de 1943. J'ai tout de suite effectué des missions dangereuses. Je suis devenu expert en fabrication et maniement d'explosifs. Je m'y connaissais déjà un peu avant la guerre. J'avais un ami qui m'avait initié. Il travaillait dans les carrières de marbre de Chassagne.

— Vous n'avez pas eu d'ennuis lors de l'épuration pour votre engagement au sein du PPF ?

— Si, d'autant plus qu'au début de l'occupation j'ai eu de très bonnes relations avec les Allemands. J'ai rencontré des militaires sympathiques dans les rangs de la Wehrmacht. Heureusement, ensuite, quand j'ai dû me justifier, plusieurs résistants qui m'avaient vu à l'œuvre ont témoigné en ma faveur. Maintenant, j'ai hâte que l'on cesse de parler de la guerre. J'ai envie de remonter une usine mais je ne sais pas encore exactement ce que je voudrais y produire. J'ai plusieurs idées, de nouvelles cuisinières ou des poêles pour se chauffer ou encore des pièces pour les voitures. J'attends de recevoir des dommages de guerre pour rebondir.

Georges répond aux questions directes de Françoise avec sincérité. Elle se forge une opinion plutôt positive du personnage.

Au moment de se quitter, Georges lui dit :

— Demain c'est la fête nationale, il y a un bal à Morleau pour le 14 juillet. Vous irez y faire un tour ?

— Oui c'est vrai, j'avais oublié ! Ça serait bien que je m'y montre, maintenant que je vais vivre à temps plein dans le village. Il ne faut pas que j'aie l'air trop distante vis-à-vis des habitants !

— Alors à demain Françoise. J'aurai plaisir à vous inviter à danser et à vous serrer contre moi !

Ces derniers mots, prononcés avec le sourire, amusent Françoise qui trouve son hôte plutôt bel homme. Françoise va se coucher, méditant quelques instants sur le curieux personnage qu'est son voisin. Fatiguée, elle s'endort rapidement. De son côté, Georges a trouvé sa voisine, jolie, intelligente et distinguée aussi bien dans sa mise que dans sa façon de s'exprimer. Il aimerait en savoir plus sur elle et a très envie de visiter sa maison dont il apprécie particulièrement le perron et la tour extérieure.

Georges, une fois la table débarrassée va dans sa chambre. Il commence à se déshabiller quand des bruits de grattements sur sa porte d'entrée attirent son attention. Il tend l'oreille et perçoit des sons, comme si quelqu'un frappait doucement pour se faire ouvrir la porte sans se faire remarquer. Il enfile rapidement une robe de chambre en soie pour aller voir de quoi il en retourne. Pour éventuellement se défendre, il prend un revolver dans le tiroir de sa table de nuit et le met dans une de ses poches après l'avoir armé. Georges est courageux et en a vu d'autres ; il entrouvre lentement sa porte d'entrée puis se penche sur le palier extérieur. Dans la lumière de la lune une silhouette chuchote :

— Georges, fais-moi entrer, je veux te parler.

Georges ne reconnaît pas dans la pénombre la personne qui lui parle avec un accent. Il sort son révolver :

— Qui êtes-vous ? Je ne sais pas qui vous êtes. Entrez le premier mais attention, je suis armé et je n'hésiterai pas à tirer !

Georges marche derrière l'individu barbu qui l'a appelé. Il allume le plafonnier de la pièce pour le découvrir :

— Georges tu ne me reconnais pas ? Je n'avais pas de barbe il y a trois ans. Tu te souviens ?

Sa voix, son accent lui sont familiers. Georges identifie alors très rapidement son visiteur. C'est sa barbe qui l'a empêché de le reconnaître d'emblée.

— Wilhelm, ça alors ! Tu es vivant et tu es revenu ! Tu as été de parole ! C'est incroyable. J'étais persuadé que tu étais mort sur le front russe ! Tiens, voilà une chaise. Tu as faim ou soif ? Je vais te préparer quelque chose. Tu vas me raconter. Ça alors !

Georges sort deux verres, une bouteille de vin blanc de Blagny, du jambon persillé et un reste de la tarte aux quetsches qu'il a servie à Françoise.

Ils trinquent d'abord, se regardant droit dans les yeux. Wilhelm lui fait un rapide résumé de ses trois dernières années en détaillant son périple en Allemagne, la fuite devant les armées russes, la traversée de l'Elbe, son déguisement en journaliste, le passage du Rhin puis la France.

— Quand j'ai réussi à aborder sur la rive française du Rhin, quelqu'un que je n'ai pas vu arriver m'a assommé pour me voler. Je suis resté inconscient pendant plusieurs heures. Quand je me suis réveillé, tout l'argent que j'avais dans mes poches m'avait été dérobé. Heureusement, deux liasses de billets dissimulées à l'intérieur de la doublure de mon imperméable étaient encore là. Ensuite, je suis allé à Dijon pour essayer de me faire faire de faux papiers avec la nationalité américaine. Tu te souviens, je suis de père allemand mais ma mère est née aux Etats-Unis. Malheureusement même en payant cher, je n'ai trouvé personne capable de me faire ces documents. Je me suis dissimulé un temps dans les hautes côtes au-dessus de Pommard. A Beaune non plus je n'ai pas réussi à trouver quelqu'un pour mes papiers. Je voulais venir te voir plus tôt et à peu près en règle mais c'est raté ; j'étais impatient de te retrouver. Je me demandais si tu étais toujours dans ce village. Quels souvenirs ! Tu n'as pas eu d'ennuis quand les troupes allemandes ont dû quitter la France ?

— Un peu mais ça s'est arrangé. J'ai senti le vent tourner. Je suis rentré dans la Résistance en 1943. Heureusement ! Je suis devenu un expert en explosifs. J'ai fait sauter des voies ferrées, des trains de marchandises, des lignes électriques. Pour certains, je suis presque un héros ! Mais on m'a dénoncé et, en 44, la Gestapo a fait sauter mon usine en représailles. Moi j'étais caché.

Georges et Wilhelm reparlent ensuite de leur rencontre quand Wilhelm logeait avec d'autres officiers dans la maison d'à côté, celle de Françoise Dumaine.

— Mais qu'est-ce que je suis content de te revoir ! Tu loges où en ce moment ?

— Nulle part, dans les bois sur l'arrière côte. J'ai encore de l'argent mais j'ai peur qu'on découvre que je suis allemand. Je ne veux pas me retrouver en prison.

— Reste chez moi. Il y a un appartement de libre au rez-de-chaussée. Je peux t'aider aussi pour tes papiers. J'ai encore des relations !

Tous deux continuent à parler pendant quelques minutes. Georges voit Wilhelm bailler plusieurs fois. Il éteint la lumière, le prend par la main et l'emmène jusqu'à une chambre inoccupée.

— Dors ici ce soir. Je vais mettre de l'eau dans le broc.

Son ami allemand fait un brin de toilette puis tombe sur le divan et s'endort quasi instantanément.

Le lendemain, Françoise et ses enfants sont prêts de bonne heure. Leur maison a été libérée de ses occupants et ils peuvent emménager. Ils n'ont pour l'instant que trois valises à déplacer de quelques mètres. Plusieurs malles, chargées sur un autre bateau, doivent leur être livrées bientôt. Vers neuf heures du matin, Françoise monte frapper chez Georges mais personne ne répond. Elle n'insiste pas et griffonne un mot de chaleureux remerciements se terminant par « A bientôt pour le bal de ce soir ». Elle passe le message sous sa porte.

A midi, Françoise est installée chez elle. Son lit et ceux de ses enfants sont faits. Les vêtements sont rangés. Elle a retrouvé dans les placards suffisamment de vaisselle pour dresser une table et tous les quatre prennent ensemble leur premier déjeuner d'après-guerre dans cette maison bien grande pour eux maintenant. La pompe à eau située dans la cuisine fonctionne et permet d'amener l'eau de pluie de la citerne.

Ils font ensuite un tour dans le grand jardin situé derrière la maison. Plusieurs pommiers encore jeunes ont un air penché. Il paraît que les Allemands y attachaient leurs chevaux. L'herbe est haute et doit être fauchée. Sur les arbres fruitiers du verger ils découvrent avec plaisir de nombreux fruits, des abricots tout dorés bientôt mûrs, des pêches de vigne aux reflets rouges, des pommes reinettes bien fermes et des poires très juteuses. Les enfants adorent.

Françoise a envie de moderniser l'ameublement et la décoration de la maison. Elle a commencé à faire une liste de ce qu'il lui faudrait acheter et projette d'aller rapidement chez le notaire de Chagny pour retirer de l'argent. C'est chez lui, Maître Buisson, qu'elle a placé l'argent hérité de ses parents. C'était, il y a sept ans ! Depuis, elle est restée sans nouvelles de ses richesses. Ce sera la grande surprise !

Pendant l'après-midi, elle se promène dans le village et salue plusieurs personnes qui viennent à sa rencontre. Ses enfants font la connaissance d'autres garçons et filles de Morleau qui, comme eux, vont fréquenter l'école communale à la rentrée. Les jeux de quilles et de boules installés pour la Fête Nationale les amusent beaucoup.

Agnès et Michel essaient de monter en haut d'un mât de cocagne mais sans succès. Françoise les emmène goûter et boire une limonade au café Préteau, là où a été installé un parquet de danse pour le bal du soir. Le premier bal de fête nationale depuis l'armistice !

Les couleurs bleu, blanc, rouge sont partout. Le café a été décoré avec de multiples petits drapeaux français et une longue guirlande tricolore. Françoise s'est habillée avec sobriété. Une robe gris clair près du corps. Une fine chaine en or autour du cou et un discret maquillage sur ses paupières.

Elle arrive au bal vers vingt heures. Sur la piste il y a déjà du monde. Les hommes sont en costume et cravate, probablement celui de leur mariage. Plusieurs ont un béret ou un chapeau sur la tête. Des femmes dansent entre elles comme souvent dans les campagnes. Les restrictions alimentaires ne les ont pas toutes amaigries. Certaines apparaissent vraiment engoncées dans leur robe du dimanche. Les sourires sont sur tous les visages et on sent que les circonstances sont exceptionnelles.

Le maire vient demander à Françoise des nouvelles de son emménagement et l'invite ensuite à danser sur l'air du « Beau Danube bleu » que l'accordéoniste interprète avec brio. Puis c'est son ami Henri Joly, l'ancien maire qui vient vers elle lui apporter un verre de vin blanc. C'est la première fois qu'ils se retrouvent à un bal. Avant la guerre, Françoise et son mari n'y venaient jamais. Trop de distance sociale à l'époque avec les gens de Morleau où elle ne séjournait que pour des vacances !

Henri et elle s'asseyent à une table pour bavarder à l'aise. Henri lui fait le point sur le village, sur les élections municipales qui ont eu lieu en avril et mai. Elle-même lui raconte une partie de sa vie en Algérie, un pays où personne dans le village n'a eu l'occasion d'aller. Après quelques minutes de conversation, Henri aborde le sujet de Georges Guérin :

— Ça s'est bien passé ton séjour chez Georges ? Tu sais c'est un drôle d'homme, très intelligent, d'abord collabo puis résistant. Il t'a fait quelle impression ?

— J'ai appris que certains le soupçonnent d'avoir tué sa première femme. Il m'en a parlé sans détour. Il nous a bien dépannés en nous logeant. Je ne le crois pas coupable de meurtre. Il n'a pas été jugé ?

— Si ! il a été acquitté. Les analyses n'ont rien donné après l'exhumation du cadavre de sa femme. Aucune preuve, juste des soupçons.

— Quant à son coté collabo, je crois qu'il n'est pas le seul dans ce cas pendant les premières années de la guerre. Il m'a raconté qu'ensuite, il avait été très actif dans la résistance. C'est vrai ?

— Oui tout à fait, il s'est mis à manier les explosifs avec une grande habileté ! Il a fait sauter des lignes de communication allemandes, des trains de marchandises qui partaient chez les boches. Ensuite il a sans doute été dénoncé et a eu la Gestapo sur le dos.

— C'était tendu à Morleau quand les Allemands occupaient le village ?

— Non, jusqu'à la mi 43 pas vraiment, la plupart des soldats allemands étaient courtois. Ce qui était dur et créait des tensions, c'était les réquisitions, l'obligation périodique de leur livrer des produits de nos cultures, des pommes de terre, du blé, même du vin et des chevaux. C'était la même chose dans tous les villages. Moi comme maire, je suis toujours resté aimable avec les gars de la Wehrmacht. Un petit coup de blanc et ils acceptaient de diminuer les quotas qui étaient requis. Ensuite avec le Service du Travail Obligatoire, le STO ça s'est gâté. Plusieurs jeunes du village ont dû partir ou se cacher.

De temps en temps, Françoise jette un coup d'œil autour

d'elle à la recherche de Georges Guérin :

— Il a l'habitude de venir aux bals du village, Georges Guérin ? il m'a dit qu'il me ferait danser

— Oui, d'habitude, il vient mais il ne reste jamais longtemps. Il vient plutôt discuter. Je ne l'ai jamais vu valser !. Mais je peux me tromper. Viens, on va danser !

Après plusieurs polkas et valses, les deux amis reviennent s'asseoir. Françoise pose à Henri quelques questions plus personnelles :

— Tu es toujours célibataire à 32 ans ? Tu n'as pas envie de te marier ?

— Envie, Oui ! Mais il faut encore que je rencontre la perle rare !

Françoise trouve étonnant que son ami ne soit pas encore marié. Il est bel homme, grand et costaud, mais aussi cultivé, poète et a beaucoup de charme.

Vers les dix heures, Françoise décide de rentrer chez elle. Elle quitte le bal, déçue que son voisin lui ait posé un lapin, en espérant que rien ne lui soit arrivé de fâcheux.

15

RAUCEBY, ROYAUME-UNI, AOÛT 1945

Un trèfle, un cœur, deux sans atout…Ils sont quatre dans la même chambre à passer chaque jour une bonne partie de leurs après-midi à jouer au bridge. Trois jeunes officiers anglais avec des séquelles de brûlures à réparer et un moins jeune et plus gradé, le colonel Destivel qui piaffe d'impatience et ne songe qu'à sa sortie de l'hôpital. Un seul dispose de sa main droite pour écrire et sert de scribe à ses camarades dès qu'ils veulent envoyer une lettre.

Presque un mois depuis que Phil a été greffé. Le docteur Mac Indoe, qui s'était occupé de lui après son accident en septembre 44, lui a prélevé sur sa cuisse de la peau qu'il a cousue sur le dos de sa main droite. L'opération s'est bien passée et le chirurgien lui fait miroiter un résultat esthétique et fonctionnel de qualité. Mais il faut que Phil soit patient. Fin août seulement, il verra vraiment de quoi il en retourne. Sa sortie de l'hôpital est prévue pour fin septembre

Pour l'instant, sa main droite est enrobée dans un gros pansement et sa cuisse aussi. Dans trois jours, ses bandages doivent être remplacés par d'autres plus fins de manière à ce qu'il puisse commencer sa rééducation.

Phil pense beaucoup à Victoria qui lui écrit une fois par semaine. Ses lettres lui apportent des mots d'amour qui ne cessent de l'émouvoir. A chaque fois, il les lit et les relit plusieurs jours de suite. La plupart sont écrites en français car Victoria veut réactiver sa pratique de cette langue qu'elle va devoir utiliser au quotidien si elle vient vivre à Paris. Elle lui donne de ses nouvelles, lui décrit joliment ses nouveaux tableaux et lui raconte les progrès des deux bébés.

Phil s'occupe aussi, par correspondance, de ses grands enfants. Paul et Claire sont revenus du Maroc et il essaie d'organiser leur nouvelle vie parisienne. Il envoie régulièrement à Maggy, des instructions :

- inscrire Paul à Buffon et Claire à Victor Duruy, de bons lycées parisiens pas très loin de chez eux, pour leur rentrée scolaire d'octobre,

- acheter des habits car la Normandie, où ils doivent aller passer la fin du mois d'août chez leur grands-parents maternels, est moins tropicale et nettement plus verte que le Maroc en plein été,

- les inscrire aussi dans des troupes de scouts et de guides pour leur assurer des distractions régulières et pas trop onéreuses à la rentrée.

En fin de matinée, les infirmières doivent donner un bain à Phil. Il faut pour cela lui enlever délicatement ses pansements. Le processus est moins douloureux que dans les premières semaines qui ont suivi la greffe mais la vision de ses plaies dénudées est toujours éprouvante. Les odeurs d'éther auxquelles il n'a pu s'habituer lui donnent des hauts le cœur.

Quand Phil contemple sa main et sa cuisse, ce jour, il fait part de ses réflexions à l'infirmière.

— Une seule bombe de 500 kg, restée dans la soute, a explosé dans mon avion, à dix mètres de moi, à l'atterrissage. Les six autres membres de mon équipage ont été tués sur le coup ! J'ai survécu grâce au blindage de mon siège ! J'ai eu une chance inouïe mais que cette guérison est longue ! Quatre mois d'abord pour ma première hospitalisation et sans doute trois mois pour la seconde ! Sept mois, pour guérir correctement de mes brulures. C'est terrifiant ! Je n'ose pas imaginer les dégâts humains que nos avions ont pu infliger quand nous étions mille bombardiers sur la même cible. Heureusement, nous les français, on nous a surtout donné des objectifs militaires. Mais il y a eu de multiples villes allemandes bombardées par les autres groupes de la RAF.

Le chirurgien passe jeter un coup d'œil sur la zone greffée et repart satisfait. La cicatrisation est en bonne voie. Pas d'infection en vue ! Phil retourne s'étendre sur son lit quelques instants. Jim, un de ses camarades de chambre, revient très excité :

— Venez vite écouter la radio, la BBC dans la salle de détente. Il y a une nouvelle incroyable.

Tous les quatre, se dépêchent d'y aller et entendent le speaker à la radio :

« Hier tôt dans la matinée, les Américains ont bombardé la ville japonaise d'Hiroshima avec une arme terrifiante d'un nouveau type, une bombe nucléaire. Une seule bombe, lancée par un bombardier, a détruit la majeure partie de cette grande ville faisant plus de cent mille morts en quelques secondes. Les Américains espèrent que les japonais découragés, et sous la menace d'une deuxième bombe atomique, vont immédiatement accepter une reddition alors que le conflit continue à faire chaque jour de nombreuses victimes dans cette région du Pacifique. »

Les trois aviateurs anglais ont eux-mêmes participé au bombardement destructif de villes allemandes, sans objectifs stratégiques particuliers. Ils ont obéi aux ordres mais se sont sentis coupables au retour de ces missions, même si les boches ne s'étaient pas gênés pour bombarder le centre de Londres et d'autres villes anglaises avec leurs avions et leurs fameux V1 et V2. Cependant l'échelle n'était pas la même. Aujourd'hui des images hallucinantes leur passent sous les yeux. Ils s'imaginent eux-mêmes aux commandes du bombardier qui, pour la première fois dans l'histoire de l'humanité, a largué une bombe, de petite taille, capable de faire en quelques secondes, le travail de mille bombardiers lourds quadriréacteurs !

Le plus jeune des aviateurs est remué :

— Tu te rends compte Jim, on appuie sur le bouton pour ouvrir la trappe de lancement et quelques secondes plus tard, des dizaines de milliers de morts, grillés, carbonisés, asphyxiés, blessés à mort ! Toute la population d'une ville qui y passe ! Nous, pendant nos missions sur l'Allemagne, nous étions comme une armada, 500 ou 1000 bombardiers. On a eu des objectifs précis, les bases de lancement de V1, les usines de la Ruhr. Maintenant, c'est un seul avion qui fait le travail avec une bombe qui détruit tout, sans précision sur un objectif stratégique. C'est horrible ! Je vais démissionner de l'armée en sortant de cet hôpital, je ne supporte pas ça, c'est apocalyptique !

— Mais si au bout du compte tu fais moins de morts avec une bombe comme celle-là. L'ennemi capitule tout de suite, alors que si la guerre continue avec des moyens conventionnels, il y a bien plus de victimes. Finalement, ça économise des vies.

— Oui peut-être, mais les bombes atomiques vont se développer ! Les pays où il y a des scientifiques vont en fabriquer à gogo. On va assister au feu d'artifice final de toute la planète. Le bouquet final ! Imagine Hitler ou d'autres dictateurs fous avec de telles armes. Heureusement que les Allemands n'ont pas été assez rapides. Non, moi je ne veux pas participer à ça. Je vais aller militer avec des pacifistes ! L'armée pour moi, c'est terminé !

Phil est lui aussi déstabilisé par cette nouvelle et ne sait que penser :

— C'est trop tôt pour conclure ! On va voir maintenant si le Japon capitule.

Le Japon ne veut pas capituler ; le 9 août les américains lancent une nouvelle bombe nucléaire sur Nagasaki. Encore des milliers de morts en une seconde ! Le 17 août, l'empereur Hirohito ordonne aux militaires de déposer les armes, prélude à la fin de la deuxième guerre mondiale. Les aviateurs hospitalisés à Rauceby fêtent dignement la nouvelle. Ceux qui sont autorisés à boire un peu d'alcool en profitent au maximum. L'ère de la reconstruction peut vraiment commencer.

Phil n'a toujours pas reçu de nouvelles de Victoria, ces jours-ci et cela l'inquiète. Il a du mal à se concentrer sur ses parties de bridge. Ses camarades de chambre le trouvent morose. Ils finissent par le questionner mais il ne veut rien dire.

Lors de la visite du chirurgien, le 20 août, c'est le docteur Mac Indoe qui apparaît soucieux. Phil a de la fièvre. Une infection commence à se développer sur le dos de sa main greffée qui devient douloureuse. On lui prescrit à nouveau de la pénicilline. Phil se plaint le lendemain de maux de tête et a du mal à avaler la nourriture qu'on lui présente. Il présente des contractures musculaires du bras droit, qui lui font très mal. Son faciès est figé. Le 24 août, il est transféré dans le service où sont soignés les patients atteints de maladies infectieuses. Il est seul dans une chambre où il faut faire le moins de bruit possible. Le diagnostic est redoutable. On ne comprend pas comment, mais le colonel Destivel a contracté le tétanos.

16

MORLEAU EN BOURGOGNE, FRANCE, AOÛT 1945

Georges, le voisin de Françoise, lui a posé un lapin le 14 juillet dernier. Il n'est pas venu au bal du village alors qu'il lui avait donné rendez-vous. Depuis un mois, aucune nouvelle, il a disparu de Morleau. Pas un bruit dans sa maison. Le courrier s'accumule dans sa boite à lettres. Le facteur frappe régulièrement à sa porte sans succès. Etrange tout de même. Elle en dit quelques mots à son ami Henri, l'ancien maire qui lui donne quelques informations :

— Tu sais, je me demande si je ne l'ai pas vu le soir du bal au volant d'une voiture avec un passager à l'avant. Juste avant que tu n'arrives. La voiture roulait vers le sud en direction de Chagny ou Chalon-sur-Saône. Mais je ne suis pas sûr de moi. De toute manière, c'est dans ses habitudes de s'absenter. Pendant toute la guerre, je l'ai vu quitter le village par périodes de plusieurs jours. Il va revenir un de ces jours, j'en suis sûr. Il te manque ?

— Je l'ai trouvé sympathique. Tu sais, je commence à m'ennuyer ici. Ça me déprime de penser que je vais devoir rester à Morleau toute l'année. En plus, j'ai été voir mon notaire hier. J'avais placé mon argent chez lui et le résultat n'est pas fameux. Avec mes sous, il a acheté des actions de sociétés qui ont pâti de la guerre. Je n'ai plus grand-chose maintenant. Je vais devoir vivre sur ma pension de veuve de guerre en attendant que la bourse remonte si elle veut bien remonter un jour ! Avec mes trois enfants à élever, ça va être un peu dur de boucler les fins de mois ! Il faudrait que je me trouve un travail mais pour l'instant, je ne vois pas quoi ? A part être maman, je ne sais rien faire !

— Tu devrais plutôt te remarier ! Trouve-toi un riche vigneron sur Puligny ou Chassagne. Les ventes de vins vont repartir. Les Montrachet sont prestigieux !

— Mais je ne suis pas à vendre ! Je sais que tu plaisantes. Je veux bien épouser quelqu'un de riche mais pas pour son argent ! Et toi, ton mariage, c'est pour quand ?

— Je vais te faire une confidence. J'ai rencontré récemment Emilie, une fille de vigneron de Puligny. Elle me plaît bien. Nous pensons même nous fiancer bientôt.

Cette nouvelle ne fait pas spécialement plaisir à Françoise qui apprécie le célibat de son ami Henri. Le fait d'être veuve l'a rapprochée de lui. Ils ont beaucoup de points communs : même âge, pas d'attachement, habitant du même village. Elle craint maintenant qu'il ne s'intéresse plus à elle, s'il est épris d'une jeune femme avec qui il songe à se marier.

Un autre évènement attriste Françoise, c'est le rapatriement d'Algérie du corps de son mari, le 13 août, un lundi. La cérémonie est sobre, elle assiste à l'inhumation, dans le cimetière de Morleau, avec ses enfants. Agnès qui adorait son papa est en larmes. Cette nouvelle inhumation replonge Françoise deux ans en arrière quand elle a vécu le drame de son veuvage, quinze jours après son accouchement. La période qui a suivi a été horrible. Elle a été heureuse de quitter l'Algérie mais maintenant elle trouve que sa vie de veuve était plus simple et gaie là-bas. Elle a vraiment du mal à s'habituer à Morleau où elle se sent isolée.

Le jour du 15 août, il y a beaucoup de monde dans l'église du village pour la fête de l'Assomption. Tous les habitants ne pratiquent pourtant pas la religion. Certains préfèrent aller au café pendant que leurs femmes, plus dévotes, vont chanter pendant l'office. Et puis, il y a les communistes de plus en plus nombreux ici. Nombre d'habitants ne sont pas vignerons mais ouvriers à la Tuilerie de Chagny ou dans les minoteries du côté de la plaine de la Saône. Ceux-ci sont ouvertement anticléricaux. Mais cette fête religieuse est l'une de celles qui, avec Pâques, attire le plus de monde.

Françoise arrive à la messe cinq minutes avant le début de la cérémonie. Avec ses enfants, elle se place au deuxième rang à droite. Les habitants du village ont des places attitrées. Ce n'est pas officiel mais consacré par l'usage. Pendant le sermon, elle n'est pas concentrée et son esprit se met à voguer ; elle n'écoute pas grand-chose du discours du prêtre et se demande qui elle va rencontrer à la sortie de l'église car après la fin de la messe, les paroissiens se saluent et continuent à discuter souvent un bon quart d'heure.

Elle reste absorbée dans ses pensées jusqu'à la communion. Ses deux garçons trouvent le temps long et commencent à chahuter ; elle leur fait les gros yeux, puis les réprimande. Après le « *Ite missa est* » de conclusion, le prêtre au lieu de retourner directement à la sacristie vient la voir pour lui dire des mots de réconfort, suite à l'inhumation de son mari. Elle est touchée de cette attention mais le prêtre est bavard et elle craint de manquer des personnes avec qui elle aurait aimé discuter sur le parvis de l'église. La conversation finit par se tarir et elle peut enfin sortir. Grosse déception, il n'y a plus personne ! Le trajet du retour avec ses enfants les fait passer devant le cimetière :

— Venez, on va entrer pour faire une petite prière sur la tombe de votre papa

Françoise en profite pour leur parler de leur père qui est au ciel et veille sur eux. Quand ils sortent du cimetière, une voix se fait entendre :

— Bonjour Françoise, comment ça va ? et les enfants en forme ?

— Oh ! Georges ! Vous aviez disparu ! Ça me fait plaisir de vous voir ?

— Oui je suis désolé, j'ai dû aller à Paris précipitamment pour diverses affaires. Ce n'était pas prévu. J'ai reçu un télégramme. Je n'ai pas pu vous prévenir. Je vous présente mes excuses. J'ai eu la confirmation officielle du décès de mon épouse à Ravensbrück en mars dernier. Je m'y attendais mais ce n'est pas pareil d'en être sûr.

Françoise lui présente ses condoléances et l'embrasse sur les deux joues. Ils marchent ensemble en direction de leurs demeures respectives. Au moment de se quitter, Françoise dit à Georges :

— Venez déjeuner samedi prochain, si vous êtes libre. Je vous montrerai ma maison. J'aimerais avoir votre avis sur certains agencements.

— Oui très bien. Ça me fait plaisir, je viendrai. Mais ne vous dérangez pas trop pour le repas, je ne suis pas un ogre ! J'apporterai du vin rouge.

Le samedi arrive vite. Il est toujours difficile de trouver de la nourriture. Françoise a pu avoir un poulet et des pommes de terre. Dans son jardin, elle cueille des fruits pour en faire une salade. Quelques ronds de saucisson cuits à l'ail font une entrée. Un habitant du village lui a fait cadeau d'un fromage blanc avec un peu de crème fraiche.

Il fait beau et chaud en ce jour d'été à Morleau. Françoise s'habille légèrement mais avec sobriété, un corsage blanc et une jupe grise. Un collier berbère incrusté de pierres rouges et jaunes qu'elle a ramené d'Algérie. Un peu de rouge à lèvres tirant sur le carmin aussi. Un chignon haut sur la tête. De la sobriété mais beaucoup de distinction dans sa tenue.

Georges est ponctuel et fait sonner la cloche de la maison de sa voisine à 12h30 précises. Lui aussi s'est habillé simplement. Il est svelte et sa chemise bleue lui va bien. Il a rasé sa moustache et paraît plus jeune qu'avant. On lui donne 45 ans, pas plus ! Les enfants ont promis d'être sages et les deux ainés déjeunent à table avec eux mais ils n'ont pas le droit de parler. Romain, le plus jeune, fait la sieste. Agnès qui a douze ans a tenu à mettre sa plus jolie robe.

Pendant le déjeuner, la conversation porte beaucoup sur la reconstruction de la France, les prochaines élections législatives qui vont avoir lieu dans deux mois. Ce sont les premières élections nationales depuis la reddition allemande. Les femmes et les militaires ont le droit de voter. Françoise n'a encore jamais voté. Elle n'a pas de mari pour lui dicter sa conduite et entend bien se faire une opinion par elle-même.

Après le repas, Françoise fait visiter sa maison à Georges qui semble très intéressé. Il fait des suggestions de réagencement de certaines pièces comme s'il allait y vivre bientôt. A l'étage, elle lui montre toutes les chambres y compris la sienne qui a une double vue, sur la plaine de la Saône au sud et vers la côte et les carrières de Chassagne au nord.

— Vous devez être très bien dans cette grande chambre lumineuse ? lui dit Georges

— La chambre est belle. Mais je m'y sens un peu seule, répond-elle en soupirant

Georges lui sourit, compréhensif. La visite se termine par celle du bureau-bibliothèque installé dans la tour d'angle.

— J'aimerais beaucoup avoir un bureau comme celui-ci, ajoute Georges.

Ils sont seuls et Georges continue :

— Nous devrions peut-être songer à joindre nos solitudes. Je pourrais être un nouveau père pour vos enfants ? Nous sommes tous les deux veufs. Je suis plus âgé que vous mais peut-être pas trop ? Vous croyez que j'aurais mes chances ?

Françoise n'en revient pas de ce qu'elle vient d'entendre, d'autant plus qu'elle trouve du charme à son voisin, Georges, même s'il a pas loin de vingt ans de plus qu'elle. Mais elle sait qu'elle ne doit pas se jeter dans les bras de quelqu'un qu'elle connaît mal et dont la passé est quelque peu sulfureux. Elle lui fait cependant une réponse plutôt encourageante :

— Apprenons à nous connaître, nous verrons ce qu'il en ressortira.

Georges quitte ensuite Françoise, assez gaillard, lui proposant dans trois jours une promenade à Verdun sur le Doubs avec la perspective de se baigner dans la Saône, avec les enfants, si le temps s'y prête.

Revenu chez lui, Georges se met à rêver. Il se voit déjà quasi châtelain dans la maison de Françoise qu'il trouve belle femme et très distinguée. Bien sûr, il a quelques secrets à cacher, mais ils ne devraient pas être trop difficiles à dissimuler. De son côté les avances discrètes et respectueuses de Georges ouvrent de nouvelles perspectives à Françoise qui commence à voir Morleau d'un autre œil.

C'est avec un pique-nique qu'ils partent tous les cinq en voiture jusqu'à Verdun, le jour dit. Une trentaine de kilomètres qui sont vite franchis avec la 202 Peugeot de Georges. Tout le monde chante dans la voiture. Les enfants adorent se baigner. Le bord de mer était très agréable en Algérie et la mer chaude. A Verdun, le Doubs se jette dans la Saône où une petite plage a été aménagée. Un toboggan en bois, assez haut, permet aux audacieux de glisser vers l'eau à toute vitesse sur un charriot à roulette. Agnès et Michel n'ont pas peur et font plusieurs descentes. Françoise et Georges se sont mis en maillot de bain dans une des petites cabines en bois réservées aux baigneurs. Tous les deux se regardent discrètement et analysent du coin de l'œil leurs anatomies respectives. Ils se trouvent bien faits. Georges est musclé, presque athlétique. Les formes de Françoise sont harmonieuses. Son maillot noir une pièce, mouillé après un premier bain, lui colle à la peau et laisse deviner une poitrine encore ferme dont les tétons pointent sous le tissu. Georges ne peut s'empêcher de lui dire :

— Vous avez suggéré que nous apprenions à nous connaître. Je crois que nous sommes sur la bonne voie ! Votre maillot vous va très bien, vous êtes charmante !

Françoise ne répond pas mais sourit tout en pensant que ce Georges n'est pas désagréable lui non plus à regarder dans son maillot bleu marine. Après le déjeuner, les enfants jouent ensemble pendant que les adultes profitent du soleil. Il doivent attendre au moins deux heures après avoir déjeuné avant de retourner dans l'eau pour ne pas troubler la digestion. Vers cinq heures, ils vont tous prendre un dernier bain puis un goûter dans une pâtisserie de Verdun.

Deux jours plus tard, Georges invite Françoise et ses enfants à une grande marche jusqu'à la Roche Dumay en partant de Morleau. Près de six kilomètres. Romain est resté au village gardé par une voisine, étant encore trop petit pour une telle promenade. Ils passent d'abord par Puligny puis montent jusqu'au hameau de Blagny. Leur route continue ensuite en direction de Gamay ; ils obliquent sur la droite pour monter vers une caverne creusée dans la colline. Georges a pris des victuailles dans un sac à dos. En chemin, il joue à cache-cache avec Agnès et son frère dans les vignes qu'ils traversent. Françoise apprécie de voir ses enfants heureux de se divertir avec ce monsieur très à l'aise avec eux.

Georges raconte à Françoise qu'à la fin de la guerre il est resté caché plusieurs semaines près de la caverne, avec une réserve d'explosifs que les allemands n'ont jamais trouvée. Il lui fait même une confidence :

— J'ai toujours une planque tout près d'ici. J'y ai caché beaucoup d'argent. De l'or ! Mais ne le dîtes à personne !

Quand ils se quittent, Georges serre fort Françoise et lui fait sur la joue un baiser d'au revoir en murmurant « j'ai beaucoup de chance de vous avoir sur mon chemin ». Françoise est sous le charme et se demande où ceci va la mener.

Le lendemain matin Françoise a des soucis. La pompe qui amène l'eau dans sa cuisine est désamorcée. Plus d'eau dans la maison, c'est la catastrophe ! Elle ne sait que faire et décide d'aller demander de l'aide à son voisin Georges qui lui semble tout à fait au fait des problèmes techniques. La porte de la maison est entrouverte. Elle se permet d'entrer. Il n'y a personne dans la grande pièce à vivre mais elle entend des voix qui doivent venir de la chambre de Georges et de la musique issue d'un tourne disque. Elle s'avance et entend une voix dire :

— Georges je suis très heureux de t'avoir retrouvé. C'est comme si ces horribles années qui nous avaient séparés n'avaient pas existé.

Françoise, curieuse, va jusqu'à une porte mi close. Elle y aperçoit un grand lit sur lequel reposent deux hommes. Elle reconnaît rapidement Georges, entièrement nu. A côté de lui est allongé un homme plus jeune, nu lui aussi, dont le visage est dissimulé par les draps. Elle n'en croit pas ses yeux quand elle les voit s'embrasser sur la bouche, s'étreindre, certains détails de leur anatomie ne laissant pas planer le doute quant à leur excitation mutuelle. Françoise, horrifiée, s'en va rapidement, très mal à son aise. Sa conclusion est sans appel, Georges a peut-être été marié deux fois, mais il aime aussi les hommes. Elle est tombée sur un charmant voisin qui lui a quasiment proposé le mariage et qui aime aller au lit avec des hommes. C'est inouï ! Quelle déception ! Et qui est ce monsieur si tendre avec lui ?. Elle retourne chez elle consternée ne sachant pas si son voisin s'est rendu compte de sa présence quand elle a ébauché un cri de stupéfaction.

17

PARIS, FRANCE, SEPTEMBRE 1945

Victoria a fait le grand saut dans l'inconnu. Elle s'est décidée à louer un appartement à Paris pour venir y habiter. Elle vient juste d'emménager avec ses deux jumeaux et Peggy, sa cousine, qui va continuer à s'occuper d'eux. Son ami Serge a été de parole. Il lui a trouvé un appartement à louer en face des jardins du Luxembourg.

Victoria n'a pas pu recevoir de courrier de Phil car après son arrivée à la fin du mois d'août, elle a séjourné plusieurs jours à l'hôtel et n'a pas eu le temps de transmettre son adresse temporaire. Ce matin, elle écrit cette lettre pour lui faire la surprise de son installation :

Si cher Phil,
Une grande nouvelle ! J'ai changé d'adresse. Ma nouvelle rue porte le nom d'un
des plus célèbres aviateurs français. J'habite maintenant au 14 bis rue Guynemer.
Oui je suis à Paris, domiciliée dans le 6ème arrondissement ! C'est Serge, un vieil
ami d'origine russe qui m'a trouvé cette location au 5ème étage d'un bel immeuble
haussmannien, comme vous dîtes. La vue sur les jardins du Luxembourg est
superbe. J'ai aussi au 6ème étage une grande pièce sous les toits, très lumineuse,
qui va me servir d'atelier pour mon travail de peinture. Peggy est venue avec moi et
va continuer à m'aider pour les jumeaux qui vont très bien et saluent
chaleureusement le colonel Destivel. Maintenant, il ne me manque plus que toi.
J'ai hâte de te retrouver dans ta belle capitale…

Victoria aurait aimé être présente lors de la réception de sa lettre par Phil. Mais, bien sûr, ce n'est pas possible ! Il lui semble très épris et exprime une grande envie de trouver une solution pour qu'ils puissent continuer à vivre leurs amours si perturbées par la guerre depuis leurs débuts.

Certaines inconnues de taille viennent compliquer leur situation. A sa sortie de l'hôpital de Rauceby, Phil va rentrer en France. A ce moment-là, quelle affectation va-t-on lui proposer ? Victoria a été mariée au colonel Miller et est bien placée pour savoir que les officiers peuvent être envoyés dans les quatre coins du monde surtout par les grandes puissances coloniales comme la France et l'Angleterre. Peut-être a-t-elle pris trop rapidement sa décision de quitter Londres. Une décision plus affective que raisonnée.

Heureusement pour Victoria, sa vie parisienne est bien remplie. Peu de temps pour ruminer sur les incertitudes de son avenir. Son ami Serge est très présent et l'aide à renouer avec le milieu des peintres de l'abstraction dont la production est maintenant stimulée par la fin de la guerre. Dans trois jours, elle est invitée au vernissage d'une exposition à la galerie Jean-Louis, avenue de Messine. Des tableaux de plusieurs artistes, jeunes et moins jeunes, y seront exposés ; elle espère y rencontrer leurs auteurs, de même que Jean-Louis Raqué, le galeriste.

Le jour du vernissage, son ami Serge vient la chercher chez elle pour l'accompagner. Il connaît beaucoup d'artistes et a promis à Victoria de la présenter à des personnes qui pourraient l'aider. Ce vernissage a attiré beaucoup de monde. Le champagne est servi sans limites. Les gens se parlent devant les tableaux. Victoria remarque plusieurs toiles qui lui plaisent beaucoup notamment une, signée Poliakoff, un peintre qu'elle a connue à Paris avant la guerre. Ils avaient longuement bavardé d'art abstrait. Poliakoff lui avait donné force conseils qu'elle avait suivis à l'époque pour ses propres créations.

— Nicolaï, viens ici ! Je te présente Victoria, une grande amie, une artiste britannique qui vient d'arriver à Paris. Elle ne supportait plus que nous soyons séparés ! Je l'adore ! Victoria, je te présente le baron Nicolaï Vladimirovitch Staël von Holstein[8]. Tu as vu son tableau là-bas ? Un peu sombre peut-être, mais fantastique

Nicolaï vient saluer Victoria qui lui demande de lui commenter son tableau. Elle trouve cet artiste, d'une trentaine d'année, très à son goût, vraiment bel homme, encore plus beau que ses peintures ! Ils passent une demi-heure à bavarder ensemble. Elle lui donne son adresse et lui suggère de venir la voir quand il aura un instant. Elle aura plaisir à lui montrer les quelques tableaux qu'elle a peints récemment.

Serge la présente aussi au propriétaire de la galerie, Jean-Louis, un homme sérieux, coiffé en brosse, une cinquantaine d'années ou un peu plus. C'est lui qui, spontanément, demande à Victoria son adresse à Paris. Il aimerait voir ce qu'elle crée, étant toujours à la recherche de nouveaux talents pour l'exposition qu'il prépare et qui doit avoir lieu en novembre prochain. Victoria l'invite à passer la voir quand il le souhaitera, plutôt à l'heure du déjeuner.

Ensuite Serge propose à Victoria d'aller dîner à Montparnasse avec plusieurs peintres d'origine russes et leurs compagnes. Elle ne se fait pas prier pour accepter et dit à Serge :

— Tu es merveilleux de me faire connaître tout ce monde. Ils sont si gais. Je retrouve exactement le Paris d'avant la guerre. Je ne regrette pas ma décision d'être venue habiter ici.

— Tu vas voir, j'ai entendu quelques commentaires dans la galerie. Beaucoup t'ont trouvée très attirante. Tu ne vas pas t'ennuyer maintenant que tu es veuve et libre ! Je vais être rapidement jaloux quand ils vont tous te tourner autour !

---

[8] *Le peintre Nicolas de Staël.*

Quand elle rentre chez elle à pied, après ce dîner avec des artistes, le moral de Victoria est au plus haut. Grâce à son ami Serge, elle a déjà des contacts avec le directeur d'une galerie qui expose les créations de peintres peu conventionnels. Sa cousine Peggy n'est pas encore couchée quand elle ouvre la porte de son appartement. Elles se mettent à papoter en Anglais et à se raconter leur journée. Victoria lui fait part de ses nouveaux contacts avec beaucoup d'enthousiasme :

— Je pense que Jean-Louis, le directeur de la galerie où j'étais cet après-midi, va venir ici un de ces jours pour voir mes tableaux. Tu te rends compte, si une de mes toiles lui plaisait ! Il m'a dit qu'il pourrait la faire figurer dans sa prochaine exposition de novembre. Ce serait formidable ! Je vais me mettre au travail d'arrache-pied pour avoir suffisamment de toiles à lui montrer.

Peggy n'est pas en reste en matière de confidences et lui raconte que pendant l'après-midi, quand elle est allée au Luxembourg avec les jumeaux, un homme plutôt jeune s'est assis sur un banc à côté d'elle et a rapidement engagé la conversation.

— Il était vraiment sympathique. Un breton qui parle très bien notre langue. Nous avons discuté en anglais. On doit continuer notre conversation la semaine prochaine, sur le même banc au Luxembourg. J'en saurai plus sur lui, s'il vient à notre rendez-vous.

Deux jours après le vernissage, à quatre heures de l'après-midi, Victoria est dans son atelier, en tenue de travail, équipée d'un grand tablier blanc déjà couvert de tâches de peinture. Elle colorie de jolies formes géométriques préalablement dessinées au fusain. Pendant que Peggy promène les deux bébés au Luxembourg. Elle entend la sonnette de l'appartement retentir, va ouvrir et reconnait Jean-Louis Raqué :

— Entrez Jean-Louis. Excusez ma tenue, j'étais en train de travailler dans mon atelier. Suivez-moi, je vais vous montrer mes toiles.

Victoria a six toiles à lui présenter. Pour se justifier, elle lui raconte une partie de son histoire, ses œuvres détruites à Gaitford par un chasseur allemand qui s'est écrasé sur son atelier, sa venue à Paris avec ses enfants :

— Ah ! vous avez des enfants, vous êtes mariée. Je vous pensais célibataire.

— Je suis veuve. Mon mari est décédé il y a quelques mois. J'étais enceinte. J'ai eu des jumeaux après sa mort. Ma cousine est venue avec moi à Paris. Elle s'en occupe beaucoup. C'est grâce à elle que je peux continuer à peindre.

Jean-Louis s'attarde devant un de ses tableaux, une composition abstraite terminée la veille, alliant des formes allongées, régulières et colorées avec douceur de plusieurs nuances de vert et de gris. L'ensemble est vraiment harmonieux.

— Vous me laissez emporter celui-ci ? J'aime beaucoup. Si vous êtes d'accord, je l'exposerai lors de l'exposition de novembre. On reparlera d'un prix de vente. Il me faudra aussi quelques éléments biographiques. L'histoire de la destruction de vos tableaux par un avion allemand est touchante. Il ne faudra pas l'omettre. Mais permettez-moi une question : vous avez des ressources suffisantes pour vivre et assez de temps à consacrer à la peinture ?

— Oui je suis à l'aise financièrement et je peux consacrer plus de la moitié de mon temps à la peinture. Vous savez, j'ai envie de rattraper le temps perdu.

Jean-Louis repart rapidement, la toile sous le bras, la laissant totalement abasourdie. Exposer avec les grands peintres de l'abstraction, à peine arrivée à Paris ! Un galeriste renommé qui lui fait confiance. Quel bonheur ! Il faut qu'elle mette Phil au courant tout de suite. Elle lui écrit sans attendre, lui racontant ce qui vient de lui arriver.

18

RAUCEBY, ROYAUME UNI, SEPTEMBRE 1945

Phil commence à sortir de sa torpeur et découvre avec étonnement sa chambre d'hôpital et ses bandages. Depuis quelques jours, il n'a pas eu de douleurs. Les médecins ont commencé à diminuer les doses de sédatifs qu'ils lui administrent depuis trois semaines. Ils ont eu peur pour sa vie mais heureusement le tétanos est finalement resté localisé à ses membres. Ses muscles respiratoires n'ont pas été touchés. Péniblement, il demande à l'infirmière qui s'occupe de lui, quel jour on est. Elle lui explique :

— On est le 12 septembre ; vous êtes dans cette chambre depuis trois semaines. Je vois que vous allez mieux ce matin. Vous avez attrapé le tétanos mais vous allez guérir. Vous l'avez échappé belle ! Et du coté de votre greffe tout va bien. Regardez, vous n'avez plus qu'un pansement léger et la plaie de votre cuisse qui a servi pour le greffon, est complètement cicatrisée.

Phil fait un grand effort pour rassembler ses idées et demande s'il a eu du courrier pendant cette période. L'infirmière quitte sa chambre et revient avec deux lettres :

— Colonel, on a prévenu votre famille que vous aviez des problèmes de santé qui vous empêchent d'écrire, mais on ne leur a pas dit que vous avez contracté le tétanos.

Phil n'a pas assez de force pour ouvrir les lettres et les lire et il demande à l'infirmière de le faire à sa place. Mais les lettres sont écrites en français et Phil a bien du mal à comprendre ce qu'elle lui lit. La première lettre est de Maggy. Tout semble aller bien à Paris et les enfants vont bientôt reprendre les cours.

Quand il voit que la seconde lettre est de Victoria, son visage s'éclaire. A la première lecture, il ne comprend rien de ce que lui lit l'infirmière. Finalement, il lui demande la lettre et réussit à la lire tout seul. Apprendre qu'elle a fait le grand saut et habite maintenant à Paris lui fait extrêmement plaisir. Il ne peut s'empêcher de trouver stupide la situation actuelle : Lui, Français au milieu de l'Angleterre, confiné dans une chambre d'hôpital et elle, sa chérie, à Paris à l'attendre avec les jumeaux !

L'état physique de Phil s'améliore rapidement ce qui lui permet d'enclencher la rééducation de sa main. Son chirurgien lui a donné une balle en mousse pour qu'il la malaxe toute la journée. A la fin de la troisième semaine de septembre on lui enlève ses derniers pansements. La zone greffée a cicatrisé harmonieusement et l'apparence de sa main droite est quasi normale. Il n'en revient pas.

Un jour, on vient lui annoncer qu'il a de la visite et il a la surprise de voir arriver John Luxley :

— Hello Phil ! j'ai encore eu du mal à vous trouver. J'ai appelé la base de Gaitford pour avoir votre adresse et me voici ! Oh ! mais votre main droite est impeccable ! Ils savent vraiment bien s'occuper des brulures ici. Je suis content pour vous. Vous allez bientôt rentrer en France ?

— Oui, à la fin de la semaine prochaine, je pense. Sept mois d'hôpital en tout, pour mes deux séjours à Rauceby. Vous ne pouvez pas savoir comme c'est long ! En plus, j'ai attrapé le tétanos. J'ai eu de la chance d'en réchapper. Je suis juste guéri. Maintenant je vais pouvoir retrouver mes enfants, mes amis et reprendre une vie normale. C'est gentil de venir me voir. Et vous, comment allez-vous ? Je vois que vous marchez sans canne maintenant.

— J'ai complètement récupéré de mes fractures. Quelques cicatrices mais ce n'est pas grand-chose. J'ai repris mes fonctions à l'université d'Oxford mais j'éprouve le besoin de bouger. J'ai postulé pour aller aux Etats-Unis à Princeton mais le rêve est fini, je viens de recevoir une réponse négative. Je suis en train de me renseigner pour aller ailleurs.

Phil et John continuent à bavarder de la fin de la guerre, de la bombe atomique. Tous les deux ont fait partie des armada de bombardiers qui partaient en direction de l'Allemagne, chacun avec ses propres armements, contribuant au succès des opérations. Tous les deux sont frappés par la rupture induite par la destruction d'Hiroshima. John résume bien la situation :

— A la limite en ce moment, un seul avion, un seul pilote, une seule bombe suffisent pour gagner une guerre. La suprématie des USA est écrasante tant qu'ils sont seuls à posséder la technologie nucléaire. Que va-t-il se passer quand un autre pays va disposer de ce type de bombe ? J'imagine que les scientifiques russes sont en train de s'activer. Les pressions exercées sur eux doivent être énormes.

Phil est aussi perplexe que John devant cette nouvelle situation.

Phil, devenu le chouchou de l'équipe paramédicale, obtient la permission de garder John à déjeuner dans sa chambre. L'infirmière leur donne même une bouteille de vin rouge pour agrémenter leur repas.

Phil n'a pas bu d'alcool depuis plusieurs semaines et le mélange des sédatifs avec le vin fait rapidement son effet. Phil perd un peu de sa retenue et se met à faire des confidences à John.

— Savez-vous John, que vous avez bouleversé ma vie, le jour

où nous nous sommes rencontrés ? Vous vous souvenez ? Vous avez démontré mathématiquement, avec un simple calcul de probabilité, que j'avais moins d'une chance sur deux de m'en sortir vivant !

— C'était le jour où nous nous sommes rencontrés, le jour de mon accident avec le V1 qui ne m'a pas loupé ! Mes souvenirs sont très flous. En quoi ai-je bouleversé votre vie ? J'ai l'impression que ce jour-là, c'est plutôt moi qui étais bouleversé, haché menu même !

— Non, je vais vous expliquer. J'ai rencontré une belle anglaise, la femme d'un colonel mais son mari était prisonnier en Allemagne. Nous étions attirés l'un par l'autre mais je trouvais que c'était vraiment mal de séduire la femme d'un officier allié, prisonnier en Allemagne de surcroît. Je m'y refusais absolument. Puis éclairé par vos calculs, persuadé que j'allais y rester, j'ai changé d'avis et j'ai décidé de vivre intensément les jours qui me restaient.

— Et ensuite ? Votre vie a vraiment été chamboulée ?

— Oui vraiment car cette femme et moi nous sommes tombés amoureux. Son mari s'est évadé d'Allemagne mais il est mort rapidement. Après, on s'est revus.

— Et alors ?

— Je vous raconterai la suite un autre jour si nous nous revoyons.

John est délicat et ne cherche pas à en savoir plus, même s'il meurt d'envie de savoir si Phil continue à voir sa belle conquête.

— Mais vous, John, parlez-moi un peu plus de vous puisqu'on est dans les confidences.

— Moi, je commence à m'intéresser à la politique. Je trouve

notre système social très injuste. J'ai envie de militer pour plus d'égalités entre les citoyens. A Oxford, j'ai un ami mathématicien qui m'emmène à des réunions. C'est intéressant. Je suis en train de lire un livre de Karl Marx pour me cultiver. C'est quelquefois plus difficile à comprendre que les mathématiques ! Cette guerre nous a rapprochés des Russes qui ont été nos alliés et des combattants formidables.

Tous les deux restent encore à discuter jusqu'au milieu de l'après-midi. Quand John est sur le départ, Phil lui donne son adresse à Paris pour qu'il lui envoie des nouvelles, s'il a le temps.

Les derniers jours de Phil à Rauceby passent vite. Son séjour à l'hôpital se termine à la fin du mois de septembre. Un Halifax de la base de Gaitford, le ramène à Paris. Il est soulagé d'être arrivé au bout de cette épreuve et content de sa main toute neuve. Il n'a aucune séquelle esthétique ou fonctionnelle de ses brûlures et se sent prêt pour une nouvelle vie.

19

MARSEILLE ET COTE D'AZUR, FRANCE, SEPTEMBRE 1945

— Wilhelm, mets toutes tes affaires dans cette valise, on s'en va dans une heure. Une surprise !

— On s'en va mais pourquoi ? On est bien, ici !

Georges Guérin est aux abois à Morleau ! Il a entendu un cri dans sa maison, et les pas d'une personne qui s'en allait. Une personne rentrée chez lui les a vus ensemble, au lit, tout à leur plaisir. Mais Georges n'a pas pu distinguer qui était l'intrus ou l'intruse qui les a découverts. Si c'est sa voisine Françoise avec qui il a envie de se remarier, c'est catastrophique ! Tous ses plans sont à l'eau. Elle risque de raconter leur histoire et de susciter l'indignation. Si l'intrus est un autre habitant de Morleau, la nouvelle va faire le tour du village et bonjour les railleries, les quolibets et même les injures ! Georges n'a pas beaucoup de temps pour réfléchir. D'abord s'en aller avec Wilhelm ! Ensuite, il avisera.

Georges pense que le plus probable est que ce soit Françoise l'intruse ! Il faudrait lui clouer le bec, afin qu'elle garde pour elle ce qu'elle a peut être vu. Georges prend du papier à lettres et un crayon.

Chère Françoise,

Des évènements imprévus m'obligent à quitter Morleau sur le champ. J'ai appris que d'anciennes relations au courant de mes actions dans la Résistance, veulent ma peau et sont à ma recherche. Ne parlez-pas de nos relations et projets, ni de moi, à qui que ce soit, ils risqueraient de s'en prendre à vous et à vos enfants. Je vous enverrai une lettre plus détaillée avec mon adresse pour que nous puissions correspondre. J'espère que vous comprendrez le sens de cette missive. Affectueusement Georges

Georges va discrètement déposer cette lettre ambigüe dans la boite à lettres de sa voisine, sans être vu.

Une heure plus tard, Georges et Wilhelm sont en voiture, cap le Sud de la France. Georges explique à son compagnon qu'il préfère quitter le village de Morleau pour un temps, craignant la police française et ne souhaitant pas être interrogé sur ses activités au sein du Parti Populaire Français pendant les premières années de la guerre.

Ils arrivent à Lyon dans la soirée, dorment à l'hôtel dans deux chambres différentes et repartent au petit matin. Georges promet à son ami qu'il ne sera pas déçu ce soir, en arrivant au bout de leur périple. Il précise qu'ils vont séjourner un temps sur la Côte d'Azur sans lui indiquer leur destination exacte et qu'ils vont pouvoir prendre du bon temps. Wilhelm ne connaît pas cette partie de la France, mais il en a entendu parler. Ce sont comme des vacances imprévues qui s'offrent à lui en compagnie de l'ami de son cœur.

Ils parlent peu et restent longtemps d'abord sur une route nationale puis sur de petites routes que Georges semble bien connaître. Jamais, il n'a besoin de consulter une carte routière ou de demander son chemin. Wilhelm somnole en début d'après-midi, après leur pique-nique, bercé par le ronronnement du moteur. Georges respecte sa sieste pendant près d'une heure puis lui dit très gentiment :

— Réveille-toi ! On arrive bientôt. Ici, il faut absolument que je t'appelle William et que tu t'y habitues. Le mieux est que nous parlions anglais ensemble. N'oublie pas que tu es américain ! Il ne faut pas que l'on soupçonne ta véritable nationalité. Tu n'oublieras pas ?

— *OK boss* ! lui répond son ami, tout sourire.

Encore, un quart d'heure de voiture. A proximité d'un village, Georges prend un chemin de terre sur la gauche. Il y a beaucoup de pins parasol et quelques jolis villas clairsemées, visiblement délaissées par leurs occupants. Le ciel est tout bleu, il fait une douce chaleur bien agréable. On entend le bruit des cigales dans les jardins. Georges s'arrête devant un portail et sort de la voiture un trousseau de clefs à la main. Le portail s'ouvre sans difficulté. Il rentre la voiture et la gare dans un espace où elle ne peut pas être vue de l'extérieur. Tous les deux marchent ensuite jusqu'au bout d'un chemin sinueux qui se rétrécit progressivement. Ils arrivent à une petite maison sans étage que l'on ne distingue pas de la route:

— Surprise ! Je te présente ma maison du Sud de la France ! J'en ai fait l'acquisition, deux ans avant la guerre. L'endroit est très peu fréquenté. On est près d'une ville qui s'appelle Cassis. Tu verras, l'endroit est merveilleux. Ici on est à deux cents mètres de la Méditerranée. La côte est belle. Je n'y suis pas revenu depuis la mi 42, plus de trois ans ! Le jardin est en friche. Viens ! On va voir dans quel état est la maison.

La serrure n'a pas été fracturée. Un miracle ! La végétation exubérante d'un jardin non entretenu a dû décourager d'éventuels visiteurs. L'intérieur de la maison est très simple : des murs blanchis à la chaux, une cuisine, une chambre et une petite pièce avec un divan et deux vélos. Une douche installée à l'extérieur permet de se rafraichir. Une fois les robinets ouverts et le compteur électrique enclenché, l'eau coule et les ampoules veulent bien éclairer. Dans les armoires, Georges trouve la vaisselle qu'il avait laissée, des draps et des couvertures pour les lits.

Ils ont vite fait de faire le ménage. Georges s'occupe de récurer la cuisine et William balaie. Ensemble, ils mettent des draps dans le grand lit de la chambre. Tous les deux sont joyeux de se retrouver à l'écart du monde.

— Viens, on va faire une balade autour de la maison. Il y a des beaux sentiers pas loin d'ici.

Ils progressent lentement en direction du Nord, car le sentier n'est plus entretenu. Ils doivent contourner des ronciers qui ont eu le temps de se développer. Georges a pris un bâton dont il se sert pour écarter les branchages qui les gênent.

— Regarde où l'on arrive. Ici c'est cultivé. Des vignes. Il y a du bon vin à Cassis. Du rouge et du blanc. Ces collines sont tellement belles. On reste en retrait car il y a des vignerons en ce moment avec les vendanges qui sont proches.

William admire les collines alentour, toutes plantées de vignes. Ils se font une litière avec de hautes herbes très sèches puis s'allongent l'un à côté de l'autre et se tiennent par la main. William dit à Georges :

— Je ne regrette pas d'avoir pris tant de risques pour te retrouver. On est tellement bien ici tous les deux.

Ils restent ainsi une bonne heure, se parlant tendrement, récitant des poèmes à voix basse en allemand et en français. Ils font aussi des projets pour les jours qui vont suivre.

— Demain matin, nous irons au village. Je te montrerai le bord de mer, le port. Il y a sûrement des restaurants ouverts. Un autre jour, on ira voir les calanques. Tu verras, c'est incroyablement beau.

Leur soirée est chaude. Après un bon dîner pris sur des

couvertures, dans un coin du jardin, qu'ils ont débroussaillé, ils ont vite fait de se retrouver dans la chambre à l'abri des regards et de manifester leur attirance mutuelle. En fin de matinée le lendemain, Georges et William marchent ensemble jusqu'au village. Il y a du monde dans les rues, beaucoup de travaux. Des ouvriers, torse nu, enlèvent des gravats, sans doute des séquelles de la guerre.

— Au bout de cette rue, on arrive au port. La vue est très belle. Et on pourra acheter du poisson.

Georges aime rejoindre le port par cette rue un peu sombre qui s'éclaircit brusquement quand on atteint la mer. La guerre lui semble déjà loin. Il est heureux de faire découvrir la Côte d'Azur à son ami, jeune et tellement beau.

Quand ils arrivent au bout de la rue, Georges n'en croit pas ses yeux. Deux gros bateaux gisent sur le flanc à l'entrée du port et donnent une atmosphère de désolation à ce lieu si attachant. Il demande à un passant :

— Excusez-moi, Monsieur, ces bateaux, vous savez quand ils ont été coulés ?

— Ces bateaux ? Le plus gros, c'est le Sampiero Corso. Il fait plus de 100 mètres de long. C'est un bateau récent. Il emmenait les passagers en Corse. Le second, le plus petit, c'est le Président Dal Piaz. Comme les Allemands manquaient de bateaux, ils les ont réquisitionnés et incorporés dans leur flotte. Mais ces navires ont été torpillés en juin 44, le 22 si je me souviens bien.

— Torpillés ou sabordés ? Pourquoi les Allemands ont-ils détruit des bateaux qui leur étaient utiles ?

— Non, c'est un sous-marin allié qui les a torpillés avant le débarquement de Provence, pour affaiblir la flotte des Allemands. C'était justifié mais maintenant ça gâche toute le vue ici et ça gêne les pêcheurs.

Georges est déçu. Il faudra probablement des mois avant que l'on arrive à redonner à ce port son bel aspect d'avant la guerre.

Le lendemain, Georges et William vont jusqu'à Marseille. Il ne s'agit pas de visiter la ville mais de retrouver Giorgio, une relation de Georges, susceptible de faire fabriquer un faux passeport américain pour William. Giorgio tient le café de la Victoire récemment ouvert près de l'Opéra. Georges et lui se sont connus et rendus des services dans le cadre du PPF quand ils étaient au mieux avec les allemands. Giorgio a su ensuite, comme Georges, opter en 43 pour la résistance. Il a maintenant des contacts avec certains personnels du consulat américain. La demande que lui font Georges et William ne lui paraît pas incongrue. Simplement, il faudra payer et la somme annoncée n'est pas anodine. Les dollars, les pièces d'or sont acceptées, même encouragées mais pas l'argent français. Giorgio emmène William dans sa cave où il le prend plusieurs fois en photo. Ces photos seront utilisées lors de la fabrication du passeport qui devrait être prêt dans une semaine. Il semble habitué à ce type de transaction. Georges conclut l'entretien en lui remettant une enveloppe remplie de billets. La somme est recomptée. L'entretien aura duré une demi-heure.

Dans les jours qui suivent, Georges fait découvrir la Côte d'Azur à son ami. Ils se font de grandes ballades sur des sentiers côtiers de bord de mer. Ils se baignent souvent, nagent beaucoup et restent à lire et à se dorer sur le sable de longues heures, sans être dérangés. Ils visitent des villes et passent plusieurs jours à Nice. Ils sont logés au monastère bénédictin de Cimiez où Georges a eu le culot de solliciter un moine qu'il avait connu juste avant la guerre. William adore cette ville et veut y rester le plus longtemps possible. Ils découvrent aussi Entrevaux vers l'intérieur, dans les Alpes de Haute Provence, qu'ils rejoignent en train à partir de Nice. Ils escaladent de petits sommets, reviennent fourbus et dorment comme des angelots. Ils ont bien sûr des interrogations sur leur avenir, mais ils savent chacun les mettre de côté pour que le temps passe sans le souci du lendemain. Des périodes comme celle-ci, on a pas l'occasion d'en avoir tant que ça dans une vie !

Au retour, ils repassent par Marseille voir Giorgio et récupèrent le passeport sur lequel William Robins est de nationalité américaine ; il est journaliste de profession. Plusieurs faux tampons attestent d'un usage de ce document depuis 44. Impossible de détecter un faux, assure Giorgio !

Revenus à Cassis, ils partent un matin tôt de bonne heure, se promener dans les calanques. Après une heure de marche, ils descendent sur une plage déserte dont l'accès est difficile à cause de murets en béton construits par les allemands pour gêner d'éventuels débarquements de ce côté. Mais ils ont vite fait de franchir à pied ces petites fortifications surtout destinées à empêcher des véhicules à moteur de progresser trop rapidement.

La plage est déserte, ils prennent plaisir à nager nus dans les eaux tièdes et à se sécher mutuellement à l'abri des regards. Leur intimité est cependant troublée par un groupe de huit hommes qui arrivent sur la plage, armés de pics et de pelles. Eux-aussi se déshabillent et commencent par piquer un plongeon. Ils sont très exubérants et crient fort en chahutant. William écoute :

— Tu entends, Georges ? C'est bizarre, ces ouvriers, ils parlent allemand !

— Ça ne m'étonne pas, ce sont des prisonniers de guerre. Il y en a plein en France. Certains ont été pris en Italie ou en Allemagne par les alliés puis envoyés en France. D'autres viennent d'Allemagne. Ici visiblement, on les emploie à détruire les fortifications construites sur ordre des nazis.

Georges ajoute sarcastique :

— Tu veux aller leur dire bonjour ?

— Tais-toi, ça me fait quelque chose de les voir ici à travailler alors que moi je suis en vacances !

— Ils ne sont pas malheureux. Ils sont mieux qu'en Allemagne. Je crois qu'ils touchent même un petit salaire. Le soir, ils doivent rentrer dormir dans une sorte de cantonnement mais dans la journée ils sont quasi libres. Ils doivent faire les tâches qui leur sont assignées mais souvent il n'y a personne pour les surveiller.

— Je préfèrerais qu'on s'en aille maintenant si tu veux bien ?

Ils se lèvent, s'habillent et remontent vers les murets. Ils doivent passer là où les prisonniers sont en train de travailler. Une pierre roule sous la chaussure de William qui trébuche et tombe par terre. Il ne peut s'empêcher de jurer et un cri tonitruant sort de sa bouche :

— *Cheise* [9]!

William s'est exprimé en allemand et tout le groupe le regarde étonné. Un des prisonniers le dévisage longuement, détaillant sa physionomie et lui dit en allemand en s'approchant de lui :

— Mais c'est Wilhelm ! C'est incroyable que tu sois là ! Je te reconnais malgré ta barbe. Que fais-tu ici ? Tu es libre toi ?

William le regarde interloqué puis se reprend et dit en anglais :

— Désolé, je ne comprends pas ce que vous dîtes.

Mais l'autre lui répond en mauvais anglais :

— Mais on s'est bien connus, aimés même. A Stalingrad, tu te souviens. Tu ne peux pas avoir oublié. Je reconnais la cicatrice sur ton cou. En plus tu dis des jurons en allemand.

William a effectivement une cicatrice de brûlure, à peu près

[9] *Merde*

circulaire, d'environ trois centimètres de diamètre, sur le cou. William ne s'arrête pas, franchit le muret et rejoint Georges qui est n'a rien entendu de la conversation. Ils continuent leur balade dans les calanques. William tarde un peu à raconter ce qui vient de se passer avec les prisonniers allemands puis se décide à parler :

— Tu n'as pas entendu ? Un des prisonniers allemands m'a reconnu ! Un hasard étonnant. Nous étions devenus amis à Stalingrad. Je lui ai répondu en anglais en disant que je ne comprenais pas l'allemand mais il n'a pas été dupe. Il se souvenait de ma cicatrice sur le cou !

Georges réfléchit quelques instants et son visage s'assombrit progressivement :

— Mais c'est catastrophique ce que tu viens de me dire. On ne peut pas rester à Cassis. Il faut partir d'ici. Il faut même que nous nous séparions. Si la police française t'identifiait, je risquerais de me retrouver en prison pour longtemps et toi aussi !

Ils mettent fin à leur promenade. Georges décide de quitter les lieux après avoir fermé la maison. Au moment de partir, très sec, il donne de l'argent à son ami :

— Tiens voilà pas mal d'argent ! On va à la gare de Marseille. Tu vas prendre un billet pour Paris. On est obligé de se séparer. Désolé ! Maintenant c'est chacun pour soi !

William comprend que c'est la fin de leur idylle et reste sans voix. Arrivé près de la gare, Georges s'arrête.

— C'était bien entre nous mais on se quitte là ! On ne parle jamais de tout ça à personne. Bonne chance !

William se retrouve éberlué, seul sur le trottoir, une valise à la main et voit Georges démarrer en trombe. Il ne lui a laissé aucune adresse, aucune poste restante pour correspondre. William ne se précipite pas dans la gare et s'assied sur un banc. Il ne comprend pas que son ami l'ait laissé tomber brusquement comme une vieille chaussette, lui qui a pris tant de risques, parcouru tant de kilomètres pour venir le retrouver en France. Une rupture incompréhensible alors qu'ils étaient si bien ensemble sur la Côte d'Azur. Georges doit vraiment avoir beaucoup de choses à se reprocher pour avoir si peur d'être trouvé en compagnie d'un Allemand, porteur de faux papiers américains.

William reste longtemps à méditer sur son banc. Au bout d'une heure, il décide de rester encore un peu à Marseille et se trouve une chambre dans un hôtel discret à proximité du café où ils étaient allés voir Giorgio pour ses faux papiers.

Pendant ce temps, Georges conduit très vite sur des petites routes qui le mènent plein nord en direction de Lyon. Il ne regrette pas sa décision de laisser tomber William, même si les deux dernières semaines lui ont apporté beaucoup de plaisir. William était beau et gentil mais c'est tout de même à cause de ce putain d'Allemand que ses projets matrimoniaux risquent fort d'échouer. Il décide de revenir à Morleau parler à Françoise. Peut-être finalement ne l'a-t-elle pas vu au lit avec William ? Il veut s'en assurer avant de renoncer à elle.

Georges ne voit qu'au dernier moment, la charrette tirée par un cheval qui obstrue la chaussée après un virage. Il donne un brusque coup de volant à droite pour l'éviter et vient percuter de plein fouet un platane planté en bord de route. Son front heurte violemment le pare-brise. Georges est tué sur le coup !

20

PARIS, FRANCE, OCTOBRE 1945

Le Halifax qui ramène le colonel Destivel en France se pose vers 16h sur l'aérodrome de Villacoublay. Une valise à la main, Phil descend les quelques marches de l'escalier mobile amené près de l'avion. En ce début du mois d'octobre, il fait déjà un peu frais sur la région parisienne. Pour se couvrir, il a enfilé son imperméable de l'armée de l'air. Il a belle allure habillé ainsi, coiffé de sa casquette ornée de galons dorés.

Les formalités sont rapides. Une voiture avec un chauffeur de l'armée l'attend pour l'emmener où il voudra dans Paris. Deux jours de liberté, avant son rendez-vous avec le chef d'état-major de l'armée de l'air.

— Conduisez-moi dans le 15ème arrondissement, au début de la rue Lecourbe, près du métro aérien. Vous connaissez le chemin ?

— Oui, mon colonel. Pas de problème.

Phil n'a prévenu personne de la date exacte de son retour et va faire une sacrée surprise à Maggy et à ses enfants quand il va frapper à la porte de leur appartement dans moins d'une heure. Enfin, il va pouvoir mener une vie normale après ces deux années passées en Angleterre. Une vie presque normale plutôt ! Le visage de

Victoria lui vient à l'esprit et lui fait réaliser qu'il a encore du chemin à faire avant d'arriver à une harmonie de vie incluant Paul et Claire, ainsi que ses deux jumeaux qui ne portent pas son nom, Victoria qu'il aime et sa mère qui ne va pas manquer de lui mettre des bâtons dans les roues. La partie va être d'autant plus difficile que depuis deux ans, il s'est habitué à être parfaitement libre de ses décisions dans sa vie privée. Il est très impatient de retrouver Victoria, son amie si belle et affectueuse qui lui a fait la surprise de venir habiter à Paris. Il sent qu'il ne peut pas vivre sans elle. Pourquoi ne pas aller la retrouver tout de suite ?

— J'ai changé d'avis. Conduisez-moi rue Guynemer à côté des jardins du Luxembourg. J'irai rue Lecourbe, plus tard.

— A vos ordres mon colonel.

Arrivé à destination, Phil marche quelques instants dans les jardins et contemple l'immeuble où habite son amie. Il lui semble voir de la lumière au 5ème étage mais il n'est pas sûr que les fenêtres soient les bonnes. Il se décide à rentrer dans l'immeuble. Le hall est bien décoré avec plusieurs colonnes en marbre rose. Après s'être vu confirmer par le concierge que Madame Miller habitait bien au 5ème, il prend l'ascenseur et sonne à la porte, très ému de la situation. Peggy ouvre et le reconnait tout de suite :

— Oh ! Colonel, c'est une bonne surprise. Ma cousine était inquiète de ne plus avoir de vos nouvelles. Cela va la rassurer. Mais Victoria n'est pas là pour le moment. Elle est sortie avec un de ses amis, depuis une heure, pour se dégourdir les jambes. Ils ne devraient pas tarder maintenant. Les jumeaux commencent à avoir faim. Il faut que j'aille préparer leurs biberons. Peut-être voulez-vous les attendre dans le salon ?

Phil est déçu. Non il n'a pas envie de les attendre dans le salon mais de l'attendre elle et personne d'autre. « Et c'est qui d'abord cet ami ? Victoria vient d'arriver à Paris et elle a déjà des amis qui ne travaillent pas et viennent la voir en plein après-midi ? ».

Phil, pas très content, va rejoindre Peggy dans la chambre des enfants. Helen et George ont beaucoup changé depuis sa dernière visite à Londres. Ils ont bientôt cinq mois. Il donne le biberon à Helen pendant que Peggy s'occupe de George. La poupée sourit sans cesse au colonel Destivel et semble fascinée par ses galons dorés. Phil entend le bruit de la porte de l'entrée qui s'ouvre et la voix de Victoria qui dit à Peggy sans entrer dans la chambre :

— On monte dans l'atelier. A tout à l'heure.

Phil fait signe à Peggy de ne rien dire de sa présence. Il veut en faire la surprise à Victoria quand elle sera seule. Il trouve le temps un peu long, même s'il est occupé par la fin des biberons. Il a pris George dans ses bras. Un costaud, bien enrobé ! Peut-être un futur aviateur. Au bout d'un quart d'heure, de nouveau des voix :

— Au revoir Jean-Louis. Merci encore d'emporter cette toile pour votre exposition. Je suis flattée.

— Vous êtes vraiment charmante. J'aimerais vous inviter à diner. Vous voulez-bien ?. Nous irions dans un restaurant près des Champs Elysées. Samedi prochain ? Vous seriez d'accord ?

Victoria est étonnée de l'attention que lui porte son galeriste. Elle ne sait rien de sa vie privée. Il n'a pas parlé d'épouse. Mais ce Jean-Louis qui apprécie ses tableaux, c'est peut-être la chance de sa vie de peintre.

— Oui, samedi prochain, c'est très bien lui répond-elle rapidement.

Après avoir accompagné son ami jusqu'à l'ascenseur, Victoria revient vers la chambre des enfants et découvre Phil avec George sur les genoux :

—Ah ! Mon Dieu ! Phil ! Tu es là ! Tu es revenu ! Quelle

surprise ! J'étais inquiète d'être sans nouvelles même si je savais que tes lettres n'arrivaient peut-être pas, à cause de mon déménagement.

Phil donne le petit George à Peggy et vient étreindre Victoria tendrement. Il la maintient serrée contre lui, longuement, lui chuchotant à l'oreille :

— Plus de séparation, c'est fini ! Je veux t'avoir tout le temps avec moi. Ce dernier mois a été trop dur, ma chérie !

Phil lui raconte la fin de son séjour à Rauceby, ses problèmes de santé qui ont failli lui coûter la vie. Il lui montre fièrement sa main droite, quasiment indemne de cicatrice après la greffe. Victoria lui fait ensuite visiter son nouvel appartement et admirer le balcon qui donne sur les jardins du Luxembourg. Comme à Londres, elle dispose de trois belles chambres dont une pour Peggy.

— Viens voir mon atelier. Pour moi c'est une aubaine !

On accède à l'atelier par un petit escalier intérieur. Plusieurs chambres de service ont été réunies et les combles récupérées pour créer un bel espace lumineux qui donne lui aussi sur les jardins. Victoria y a installé son chevalet et ses boites de peinture. Elle a aménagé un coin salon avec une table basse, un sofa et deux poufs. Un réchaud à gaz permet de préparer facilement une collation.

— Ici, je suis merveilleusement bien pour travailler.

Victoria lui raconte avec enthousiasme comment elle a rencontré ce galeriste, Jean-Louis, avec qui elle vient de faire quelques pas au Luxembourg et qui va exposer deux de ses toiles lors d'une exposition le mois prochain. Elle, une artiste inconnue, aura des toiles accrochées à coté de tableaux d'artistes célèbres comme Kandinsky !

Elle lui prépare ensuite un thé accompagné de quelques *scones* qu'elle a pu ramener d'Angleterre. Inévitablement, ils se retrouvent tous les deux assis sur le sofa, l'un contre l'autre ce qui ne manque pas de troubler Phil dont les lèvres se rapprochent de celles de Victoria. Un long baiser langoureux, la main de Phil qui vient caresser les seins de sa bien-aimée et leurs langues qui se rencontrent. Phil a envie d'aller plus loin dans la redécouverte de son amie :

— Tu veux bien que je te déshabille ? Personne ne va monter ?

— Je voudrais bien mais ce n'est pas une bonne période pour moi. Je suis désolée. Tu es déçu ?

Phil est déçu mais comprend. Il évoque la suite de la soirée :

— Je n'ai pas prévenu ma famille de mon arrivée à Paris. Tu crois que je pourrais rester ici ce soir, cette nuit. Nous aurions toute la soirée pour nous ?

— Ce soir, j'ai un dîner de prévu avec des artistes. Il y aura des peintres et des sculpteurs. Ça m'est difficile d'annuler. Je dois amener le plat principal. Ce n'est pas loin d'ici. Si tu m'avais prévenu, je me serais libérée.

Phil comprend mais il est attristé. Il sent qu'il a raté son retour à Paris. Son amie s'est rapidement organisée une vie à laquelle il n'a pas accès. Lui va retrouver très bientôt les contraintes liées à sa famille, la présence de sa mère qui ne va pas manquer d'être inquisitrice et ses grands enfants à qui il va devoir consacrer du temps.

18h30. Il n'a guère le choix et décide d'aller maintenant chez lui, rue Lecourbe.

— Reviens vite me voir. Si tu passes à l'improviste, c'est plutôt à l'heure du déjeuner que tu es sûr de me trouver. Je m'occupe des enfants le matin et Peggy prend le relai l'après-midi. Va maintenant retrouver tes grands enfants. Ils vont être tellement heureux de retrouver enfin leur papa !

Ils se quittent en se disant au revoir tendrement.

La rue Lecourbe n'est pas très loin. Un kilomètre et demi à parcourir. Phil marche songeur, sa valise à la main, dans la rue de Vaugirard. Il regrette d'être arrivé directement chez Victoria. Il réfléchit à sa vie qui va être compliquée à Paris, ou ailleurs, car il ne sait même pas où il va être muté. Heureusement, au fur et à mesure qu'il se rapproche de chez lui, la pensée de revoir ses enfants le remplit de joie et lui fait presser le pas. En arrivant, il ne prend pas l'ascenseur et c'est presque en courant qu'il monte les marches jusqu'à son palier. Cela fait dix mois qu'il a quitté ses enfants à Meknès quand il était venu les voir au Maroc à Noël 44 après sa sortie de l'hôpital de Rauceby.

— Coucou me voilà ! crie Phil après avoir ouvert la porte de son appartement avec ses clefs

C'est Claire, sa fille, qui arrive la première, suivie de son frère Paul et de Maggy qui pousse des cris de joie :

— Oh ! Mon Phil ! Tu nous fais la surprise. Tu es revenu d'Angleterre. On a été inquiet sur ton état de santé mais tu as l'air en forme. Tu restes avec nous maintenant ? Tu ne nous quittes plus ? Et ta main, montre nous ta main opérée ?

La main de Phil est inspectée, palpée sous tous les angles et admirée par ses deux enfants qui ne tarissent pas d'éloges sur les chirurgiens anglais. Ils ont l'impression d'avoir un père remis à neuf, comme s'il sortait de chez le carrossier après un accident.

Phil contemple ses enfants et les trouve grandis. Paul fait vraiment homme maintenant avec ses épaules musclées par la natation et ses poils de barbe, visibles mêmes rasés, qui viennent colorer ses joues et son menton. Claire est maintenant une jolie brune aux yeux bleus, aux traits réguliers et aux cheveux courts avec presque les formes d'une femme.

Il est rapidement l'heure du dîner. Phil est pressé de questions sur ses derniers mois passés à Gaitford, l'ambiance après la reddition des allemands, son hospitalisation. Ensuite Paul et Claire racontent leurs vacances en Vendée et leur séjour à la montagne. De temps à autre, Phil est songeur et ne les écoute qu'à moitié. Il se sent mal à l'aise quand il pense à Victoria et à ses deux autres enfants tout petits dont Paul et Claire ne connaissent pas l'existence.

Maggy est plus douce qu'à l'ordinaire et n'exaspère pas son fils sauf quand au moment d'aller dormir, elle lui tend, péremptoire, une liste de tâches à exécuter rapidement dans l'appartement, rédigée à son intention il y a quelques semaines. Phil sent comme un carcan venir peser sur lui. Il s'est habitué depuis près de deux ans à ne plus avoir de contraintes.

Malgré la fatigue, Phil peine à trouver le sommeil, perturbé par son retour au bercail. Mais les deux jours qui suivent, un samedi et un dimanche, lui permettent de reprendre sa place auprès de ses enfants, tellement contents de son retour.

Le lundi matin, il a rendez-vous au Ministère avec le général Valin, chef d'état-major de l'armée de l'air, un des premiers aviateurs à avoir rejoint les Forces Françaises Libres du général de Gaulle dès 1940. Phil a eu l'occasion de le rencontrer plusieurs fois à Gaitford et à Londres. Il n'a que six ans de plus que Phil et se trouve déjà à la tête de l'aviation française dont l'importance est grandissante.

Le général l'interroge sur son état de santé, sur son opération et constate sa bonne forme physique. Ils évoquent les élections législatives prévues le 21 octobre.

— Vous vous rendez compte, Destivel, que nous les militaires de carrière, nous allons pouvoir voter et participer à l'élection de nos députés et les femmes aussi ! C'est très important pour l'avenir que les militaires aient une conscience politique et ne soient pas de simples exécutants aux ordres du pouvoir en place. Il y aurait eu peut-être plus d'opposants au régime de Vichy, si nous avions eu le droit de vote avant la guerre. Bon ! Mais parlons de vous maintenant. Vous avez accumulé une sacrée expérience à la tête d'un groupe de bombardement puis d'une base de bombardiers lourds avec 2500 personnes. Ce que vous avez appris en Angleterre va être utile à notre aviation même en temps de paix.

— Mon général, dès mon arrivée en Angleterre en 43, j'ai été surpris par le très haut degré d'organisation des bases aériennes. Beaucoup de personnels au sol avec des fonctions très clairement définies ; pareil pour les aviateurs, toute une logistique. Chacun sait ce qu'il doit faire, quand il doit le faire. En France, les navigants sont bien formés mais au quotidien, on a moins de rigueur, on suit moins de procédures. Vous voyez ce que je veux dire ?

— Tout à fait. Même si je ne vole plus depuis quelques années, j'ai entendu parler d'accidents qui auraient pu être évités en Afrique du Nord. Pour votre affectation, vous avez un souhait à formuler ?

Phil est pris au dépourvu car il n'a pas prévu une telle question. Il ne sait pas où il peut y avoir un poste libre et a eu jusqu'à maintenant l'habitude d'être muté, que ça lui plaise ou pas.

— Je ne sais pas, mon général, vous avez quelque chose à me proposer ?

— Oui, nous avons pensé pour vous au commandement de la base d'Oran. La situation politique en Algérie n'est pas si facile et avec le ministre, nous voulons renforcer la présence française et développer cette base qui a beaucoup servi aux Américains ces derniers temps.

Phil n'a pas besoin de réfléchir longtemps. Partir en Algérie conduirait à un véritable cataclysme dans sa vie privée. Il ne se voit pas proposer à Victoria de le suivre et il serait probablement encore séparé de ses enfants.

— Mon général, j'ai déjà été plusieurs années au Maroc, puis en Angleterre. Maintenant, j'aimerais rester en France, à Paris de préférence. Je suis veuf, j'ai deux enfants que je n'ai pas vus pendant deux ans. Non Oran, ça ne m'enchante pas du tout !

— Je vois que je ne suscite pas votre enthousiasme. Réfléchissez-y tout de même. Ce serait très bon pour votre carrière. Revoyons-nous dans une semaine.

Phil ne dit rien à Maggy et à ses enfants du résultat de cette entrevue. Pour lui, c'est tout vu. Il ne veut pas aller à Oran. Mais va-t-il pouvoir s'opposer à sa hiérarchie ? Pour l'instant, on lui a donné une semaine de liberté avant de reprendre ses activités. Il a bien l'intention d'en profiter. Ses enfants sont au lycée, matin et après-midi, ce qui lui laisse beaucoup de temps libre.

Lors de sa première journée de vacances, il déjeune chez lui avec Maggy qui ne semble pas vieillir malgré le temps qui passe et ses 72 ans récemment fêtés. C'est l'occasion pour lui de la sonder afin de déterminer si elle fait des projets pour les années qui vont suivre.

— Maman, je te remercie encore de t'être si bien occupée des enfants pendant toute la guerre. Sans toi, je ne sais pas comment j'aurais fait. Maintenant, ils commencent à être grands ; ils sont presque autonomes. Leur bac n'est pas si lointain. Comment vas-tu occuper tes journées ? Tu vas avoir plus de temps. Tu as des projets ?

— Plus de temps ! Tu veux rire ! Qui va faire le ménage, les courses, la cuisine, le lavage ici ? Tant que tu ne t'es pas remarié, je ne me vois pas avec du temps libre.

Phil se dit qu'elle a malheureusement raison. Il évoque l'idée d'avoir une bonne ou une femme de ménage.

— Une bonne ! Mais en as-tu les moyens ? Tu as fait tes

comptes ? Et puis c'est de l'argent gâché ! Remarie-toi d'abord ! Ensuite, on verra. Tu as 41 ans. Il te faut une femme, plus jeune mais pas trop jeune, qui ait l'expérience de la vie, de la classe et qui saura tenir son rang de femme de colonel, une femme avec qui tu pourras encore avoir des enfants. Tu es colonel, c'est quoi le grade après colonel, capitaine ?

— Mais non Maman, j'ai déjà été capitaine. Tu n'arrives pas à te mettre les grades de l'armée dans la tête. Après colonel, c'est général de brigade.

— Oh mon Dieu ! général, tu vas devenir général ! Je ne veux pas mourir avant d'avoir vu ça. Mon fils général !

— Si ça arrive, ce n'est pas pour tout de suite. Je viens juste d'être nommé colonel.

Maggy n'hésite pas quand elle dresse le portrait de la future femme idéale. Elle a déjà pensé à tout ça. Elle n'a pas tort quand elle lui demande s'il a fait ses comptes. Il ne les a pas fait. Depuis deux ans, il a quelque peu perdu le sens des réalités. En Angleterre à Gaitford, il n'avait aucun souci d'intendance. Il était nourri, blanchi, conduit *gratis pro deo*. Maintenant, il lui faudrait acheter une voiture, dépenser de l'argent pour les vacances, les vêtements de tous. Ses réserves d'argent, il n'en a pas. La maladie de son épouse défunte, lui a couté une fortune. La guerre a tout désorganisé . Il y a aussi les jumeaux, ce serait normal, qu'il donne de l'argent pour eux à Victoria. Il devra aborder ce point la prochaine fois qu'ils se verront.

Le lendemain, Phil déjeune rapidement avec sa mère et prétexte un rendez-vous avec un collègue pour la quitter rapidement, sans même prendre le temps de déguster un café. Phil part habillé en civil, ce qui étonne Maggy :

— Tu as rendez-vous avec un collègue et tu n'y vas pas en uniforme ?

Phil reconnaît bien là, sa mère inquisitrice et ne peut s'empêcher de soupirer :

— Ce collègue aussi, a quelques jours de liberté. Nous devons nous retrouver dans les jardins du Luxembourg..

Maggy ne semble pas convaincue par ce que lui dit son fils qui trouve infernal de devoir donner des explications à sa mère.

Phil marche d'un pas allègre. Il a vite fait d'arriver à pied rue Guynemer et de monter sonner au 5ème étage chez son amie. Peggy lui ouvre et le fait monter dans l'atelier de Victoria, en train de peindre.

— Oh Phil ! je suis contente que tu viennes me voir !

— Je suis en vacances pour quelques jours. J'étais très impatient de te voir à nouveau. La dernière fois c'était raté ! J'avais peur que tu ne sois pas là aujourd'hui. Tu as un peu de temps ?

— Oui tout le temps que tu veux. Cette toile peut attendre. Veux-tu un café ? Moi j'en prendrais bien un. Après on ira voir les jumeaux.

Assis sur le divan ils bavardent, chacun une tasse à la main. Mais Phil passe sous silence son entrevue avec le général Valin qui lui propose de partir à Oran commander la base aérienne. Victoria lui parle de ses tableaux, de ses amis d'avant la guerre qu'elle a retrouvés à Paris, des dîners et des boites de nuit dans le quartier de Saint-Germain-des-Prés, des trompettistes, saxophonistes et chanteurs de jazz blancs et noirs qui ne cessent d'affluer .

Phil est rapidement troublé par la présence physique de son amie et a envie de l'embrasser. Leurs lèvres se rencontrent et leurs doigts délicatement déboutonnent, dégrafent, ouvrent, pour ressentir la chaleur de leur peau, doucement la caresser et se donner les plus beaux des plaisirs.

Ils restent ensuite un moment sans parler, heureux et apaisés. De nouveau vêtus, ils vont se promener dans les jardins du Luxembourg au milieu des arbres déjà dorés par l'automne. Phil dit à son amie qu'il connaîtra bientôt sa prochaine affectation.

.

21

MARSEILLE, CASSIS ET MORLEAU, FRANCE, OCTOBRE 1945

William reste plusieurs jours à Marseille, abattu, sortant peu de sa chambre d'hôtel. Alternant entre tristesse et colère, il n'en revient toujours pas que son ami Georges l'ait brusquement laissé tomber. Il ne peut pas en rester là. Il a besoin de revoir Georges au moins une fois, de s'expliquer avec lui. On ne peut pas avoir pensé à quelqu'un pendant plusieurs années après avoir découvert l'amour, fait des centaines de kilomètres pour le rejoindre, confronté à bien des dangers, puis passer des jours merveilleux avec lui et se séparer sans explications en quelques minutes.

Il ne sait pas où est Georges mais le plus vraisemblable est qu'il soit retourné en Côte d'Or dans sa maison de Bourgogne. William décide de quitter Marseille et d'aller en train jusqu'à Morleau. C'est un peu long mais direct jusqu'à Chagny.

Pendant le voyage, il passe beaucoup de temps à réfléchir à Georges et à ce qu'il va lui dire. Peut-être s'est-il trompé sur le personnage, pourtant si charmant en apparence ? Peut-être Georges a t'il juste voulu séduire un homme plus jeune que lui et en profiter au maximum ? Si c'est seulement cela, quelle déception !

Arrivé à Chagny en milieu d'après-midi, il fait à pied, une

petite valise à la main, les trois kilomètres qui le séparent de Morleau. Dans sa valise, au milieu d'une chemise, il a dissimulé un pistolet acheté clandestinement à Marseille. Sa colère monte au fur et à mesure qu'il se rapproche du domicile de Georges. C'est très violemment qu'il frappe à sa porte. Plusieurs fois il cogne mais personne ne répond. William était pourtant persuadé de le trouver chez lui et maintenant le voilà décontenancé. Il prend conscience de l'absurdité de son comportement. Georges est peut-être sorti faire un tour ou bien il est loin, ailleurs, et il ne saura jamais où. Abattu, il tombe assis devant sa porte et se met à pleurer à gros sanglots. Il n'entend pas l'homme en train de monter l'escalier extérieur qui mène à la porte d'entrée où il se trouve.

— Vous étiez un ami de Georges, Monsieur ?

William regarde éberlué le visage d'un homme d'une cinquantaine d'années. Il se reprend et dit en français avec un fort accent américain.

— Je cherche Georges Guérin. Savez-vous s'il est à Morleau en ce moment ?

— Monsieur, je suis le maire du village. Je suis désolé mais j'ai une mauvaise nouvelle à vous apprendre. Monsieur Guérin est mort dans un accident de voiture dans le sud de la France, il y a quatre jours, vers 19h.

— Quoi ! Georges est mort dans un accident de voiture ! Ce n'est pas possible ! C'est très triste ! Je pensais le trouver ici. Comment cela s'est-il passé ?

— Il a heurté un arbre sur une route dans le Sud de la France. C'est tout ce que je sais. Vous êtes de sa famille ? On cherche à joindre sa famille pour organiser des obsèques. Monsieur Guérin avait cette maison depuis plusieurs années mais personne ne sait s'il a de la famille près d'ici.

— Non je suis un ami. Je suis américain, journaliste. Je ne connais pas sa famille.

— C'est bien dommage ! Passez à la mairie s'il vous revenait quelque chose à propos de M Guérin. Maintenant je dois vous quitter, j'ai du travail à terminer.

Le maire quitte les lieux au moment où Françoise arrive. Elle voit combien ce monsieur est troublé. Elle a envie d'être gentille avec lui mais aussi, d'en savoir plus !

— Voulez-vous venir prendre une tasse de thé chez moi. J'habite dans la maison à côté. Nous pourrons parler de Georges. Je viens, moi aussi, d'apprendre qu'il est décédé dans un accident de voiture.

— Oui merci, je veux bien. Je suis très remué par cette nouvelle.

Pendant que Françoise prépare un thé, William assis dans le salon, se tient la tête dans ses mains et pleure. L'accident de Georges s'est produit il y a quatre jours vers 19h, c'est-à-dire peu après qu'ils se soient quittés. William se dit qu'il ne saura jamais la vérité quant à l'authenticité des sentiments que Georges pouvaient avoir pour lui. Il n'est plus en colère contre son ami, mais seulement triste de sa mort.

Françoise revient dans le salon avec deux tasses de thé et l'envie d'en savoir plus sur William :

— Vous connaissiez Georges depuis longtemps ?

— Oui depuis plusieurs années

— C'était un homme attachant. Je suis arrivée à Morleau récemment avec beaucoup de problèmes à résoudre. Il m'a vraiment aidée.

— Je suis sûr que tout le monde l'appréciait

— Pas tout le monde. Il y avait des bruits sur lui dans le village

William pense tout de suite à l'homosexualité de son ami :

— Des bruits ?

— Oui, il a été soupçonné d'avoir tué sa première femme. Ce n'est pas banal. Mais on n'a trouvé aucune preuve.

— Quoi, Georges a été marié ?

Françoise voit soudain le regard de l'américain devenir haineux :

— Marié ? Oui bien sûr. Deux fois même ! Mais sa deuxième femme a été envoyé à Ravensbrück par les nazis. Elle y est morte. Il cherchait à se remarier.

William est déstabilisé. Georges ne lui a jamais dit qu'il allait aussi avec des femmes. C'est comme s'il venait de prendre un coup de marteau sur la tête :

— *Was für ein Bastard*[10] *!*

William n'a pu s'empêcher de jurer en allemand. Comme il a baissé la voix, Françoise a vu qu'il était furieux mais n'a pas entendu ce qu'il disait. William lui demande s'il avait des enfants.

— Non, pas d'enfants. Il m'avait dit qu'il n'avait pas de famille proche. Il était fils unique. Ses deux parents étaient décédés. Il ne doit pas avoir d'héritier direct.

— C'est dommage. Georges avait l'air d'avoir beaucoup d'argent. C'est ce qu'il m'avait encore dit récemment. Que vont devenir ses biens maintenant ?

---

[10] *Quel salaud !*

— Je sais qu'il avait une cachette pendant la guerre près d'ici. C'est lui qui me l'a dit, mais je ne sais pas s'il y a laissé quelque chose depuis l'armistice ?

— Vous savez où était cette cachette exactement ?

— Je connais le coin où elle se trouve mais je manque de précisions pour pouvoir la localiser.

Françoise réfléchit. Elle pense que c'est ce monsieur qui était au lit avec Georges quand elle a découvert qu'il était homosexuel, en pleine action. Elle a été frappée par son changement de physionomie quand elle a expliqué qu'il avait été déjà marié deux fois. Si elle est dans le vrai, ils ont un point commun. Ils se sont mis à détester Georges quand ils ont découvert fortuitement certains aspects de sa vie. Elle a envie d'en savoir plus. Peut-être pourraient-ils faire alliance ?

— Monsieur, avez-vous de quoi vous loger ce soir ?

— Non, Georges m'avait invité pour quelques jours. Je vais me trouver un hôtel à Chagny.

— Si cela peut vous arranger, au moins pour une nuit, ma maison est grande. Je suis veuve, j'y vis avec mes trois enfants et il y a plusieurs chambres de libre. Je peux vous loger si vous voulez ?

William n'a aucune envie de se retrouver seul ce soir et accepte volontiers l'invitation. Il n'est pas très bavard pendant le dîner. Françoise se rend compte qu'il a été secoué par le décès de son ami. Elle se demande qui il est vraiment et décide d'attendre le lendemain pour tenter d'en savoir plus.

Le matin suivant, quand ils sont seuls, ses deux grands enfants étant à l'école, Françoise reparle de la cachette :

— La cachette de Georges, vous savez où elle se trouve ?

— Il m'en a parlé mais il ne m'a pas donné assez d'informations pour que je puisse la trouver. J'ai des renseignements précis mais partiels .

Françoise a une intuition et sans vergogne se lance :

— C'est dommage ! Cette cachette, si elle contient de l'argent, celui-ci risque de rester enfoui pendant de longues années, des siècles peut-être ! Nous devrions nous dire chacun ce que nous savons. Si nous réussissons à retrouver son trésor, nous pourrions partager. Il n'a pas d'héritier. Qu'est-ce que vous en pensez ?

— Vous êtes une femme directe. Vous manquez d'argent ?

— Oui, j'en manque et j'ai mes enfants à élever. Ce n'est pas très facile pour moi en ce moment.

— Je comprends. Pour moi aussi, la vie est compliquée et j'ai aussi besoin d'argent.

— Mais si nous trouvons la cachette, qui me dit que vous n'allez pas tout emporter ? Vous avez la force physique pour vous ! Je vous connais à peine. Dîtes-moi des choses sur vous que vous n'aimeriez divulguer à d'autres personnes.

William comprend qu'elle ne dira rien s'il ne lui révèle pas quelque chose d'important sur lui :

— D'accord, je vais vous dire quelque chose que vous garderez pour vous, vous me le jurez ?

— Oui, je vous le jure.

Françoise pense que William est sur le pont de lui révéler son homosexualité :

— Je ne suis qu'à moitié américain. Mon père était allemand, mais ma mère, américaine. Je ne sais pas si mes parents sont encore vivants. Ils étaient à Dresde quand la ville a été bombardée. Mes papiers sont faux. C'est Georges qui me les avait procurés à Marseille. Pendant ces dernières années, j'étais dans la *Wehrmacht*. J'ai connu Georges quand notre armée a occupé Morleau. A cette époque, il faisait des affaires avec les Allemands. Nous avons occupé votre maison en 1942. Ensuite, je suis parti sur le front russe. A la fin de la guerre, j'ai pu déserter et revenir jusqu'ici.

— Retrouver Georges ?

— Oui exactement

Françoise pourrait être choquée. Elle l'est un peu mais a vite fait de mettre de côté les petites bouffées d'indignation qui viennent la tarauder :

— C'est bien ! Vous venez de me confier un vrai secret. Je pense que je peux avoir confiance en vous. On se dit ce que l'on sait sur la cachette ? Moi je sais qu'elle se situe sur une colline à trois kilomètres d'ici, près d'une caverne. Et vous que savez-vous ?

— Georges m'a expliqué la chose suivante : A partir d'un endroit que je ne connais pas, on fait deux cents pas vers le Nord puis cent pas vers l'Est. On trouve alors un massif de buis sauvage. La cachette est au milieu du massif. Mais il ne m'a pas dit où se trouve le point de départ, là où l'on commence à compter ses pas?

— A nous deux on va peut-être y arriver. Demain matin, on pourrait aller ensemble à la colline et commencer nos recherches. D'accord ?

Le lendemain, quand les deux grands enfants de Françoise sont à l'école et son junior chez une voisine, ils partent tous les deux en vélo avec une pioche, une bêche et un grand sac. Françoise emmène William à la Roche Dumay. La route monte d'abord vers Blagny au milieu des vignes, puis ensuite redescend vers Gamay. Quand la route commence à redescendre, ils laissent leurs vélos en bordure de route et gravissent à pied la colline jusqu'à la caverne. Françoise pense que ce pourrait être là le point de départ qui pourrait les mener jusqu'à la cachette de Georges. Elle a pris une boussole afin de pouvoir déterminer avec précision les directions du nord puis de l'est.

Ensemble, ils font d'abord les deux cents pas vers le nord. Ce n'est pas facile car la pente est forte. Ensuite les cent pas vers l'est sont plus faciles à franchir car le chemin ne monte plus. Au terme de leur trajet, ils regardent autour d'eux pour trouver le massif de buis, mais ils ne voient rien qui ressemble à une telle végétation. Ils ont beau marcher tout autour de leur point d'arrivée. Pas de massif de buis ! Dépités, ils finissent par rentrer à Morleau, bredouilles.

Le lendemain matin, Françoise constate que William ne se réveille pas et continue à dormir alors que ses enfants sont déjà partis à l'école. Vers 11h, elle frappe à sa porte et n'obtient pas de réponse. Elle rentre dans sa chambre. William n'est pas dans son lit ! Ses affaires ne sont plus là ! Elle craint d'avoir été bernée, va dans sa remise et voit qu'un deux des vélos manque à l'appel. Ce petit salaud est parti sans elle, continuer les recherches ! Probable que les renseignements qu'il lui a donnés n'étaient pas ceux que Georges lui avait transmis. Il y a peu de chance que William revienne la voir s'il a trouvé quelque chose. Comment peut-on être aussi naïve ? Elle s'est laissée berner

Françoise est de méchante humeur toute la journée et jure de se venger. Elle n'hésitera pas à envoyer ce salopard en prison si elle en a l'occasion ! Vers neuf heures du soir, elle entend frapper à sa porte. Elle ouvre et stupéfaite, voit William, tout sourire, qui lui dit :

— Ça a été difficile mais j'ai trouvé la cachette de Georges ! Cette nuit, j'ai eu des doutes et me suis dit qu'il fallait que je tente quatre cents pas vers le nord et deux cents vers l'est. J'ai mis du temps. J'ai essayé au moins vingt fois mais ça a marché ! Une vraie caverne d'Ali Baba !

22

PARIS, FRANCE, FIN OCTOBRE ET DEBUT NOVEMBRE 1945

Samedi 20 octobre, le colonel Destivel est quelque peu perplexe. Demain, ce sont les premières élections législatives depuis la fin de la guerre. Phil va aller voter pour la première fois de sa vie. Ce droit de vote, les militaires l'ont obtenu très récemment, en août 45, après les femmes ! Ils peuvent voter mais ne sont pas autorisés à adhérer à un parti politique. Il a beaucoup réfléchi et c'est le mouvement républicain populaire, le MRP, pour lequel il se sent le plus d'affinités, comme beaucoup de résistants. Il ne se voit pas voter pour des socialistes ou des communistes. Ces élections sont importantes car non seulement on élit des députés mais on demande aussi aux citoyens s'ils sont d'accord pour qu'une nouvelle constitution soit préparée par la nouvelle assemblée.

Paul et Claire accompagnent leur père et Maggy au bureau de vote, près de chez eux, dans le quinzième arrondissement de Paris. Ils s'intéressent à l'actualité depuis leur retour du Maroc et ont envie de voir comme se passe une élection. Paul prend son père en photo au moment où il dépose son bulletin de vote dans l'urne. Maggy est contente car pour elle aussi ce sont les premières élections nationales auxquelles elle peut participer. Rétrospectivement, elle ne comprend pas pourquoi les femmes ont dû attendre si longtemps pour obtenir ce droit. Et ceci d'autant plus, qu'avec un fond de caractère plutôt autoritaire, elle supporte mal que l'on ne tienne pas compte de ses avis ! Paul la prend aussi en photo et immortalise sa grand-mère en train de glisser son bulletin du MRP dans l'urne.

Phil espère que le climat politique va s'adoucir. Les Français sont très divisés. Au début de la semaine, l'ancien président du conseil Pierre Laval a été fusillé, quelques jours après Joseph Darnand, le chef de la milice. Les communistes risquent d'être majoritaires au parlement. Ils ont été actifs dans la résistance pendant la deuxième moitié de la guerre et vont surement récolter les fruits de leur engagement. Effectivement ce sont eux qui remportent la mise. Mais le Mouvement Républicain Populaire, le MRP, tout nouveau parti, soutenu par le général de Gaulle, ne s'en tire pas mal car il obtient 150 députés alors que le parti communiste, vainqueur, en obtient 159.

Le mardi, le colonel Destivel a de nouveau rendez-vous avec le chef d'état-major de l'armée de l'air, le général Valin. Il est quelque peu anxieux car il a très peur de se faire envoyer à Pétaouchnok !

Après quelques mots cordiaux, le général Valin rentre dans le vif du sujet :

— Mon cher Destivel, nous avons bien réfléchi. Nous pensons que vous pouvez être particulièrement utile à l'armée de l'air en allant outre-mer.

Phil en entendant ces mots commence à avoir le vertige, très anxieux de ce qui va suivre. « Que vont ils me proposer, Tahiti, la nouvelle Calédonie, le Viet Nam ? Tout ça est très loin. Autant dire adieu tout de suite à Victoria ! A moins qu'il ne démissionne et trouve rapidement un autre poste dans le civil ! »

— Oui, nous avons des bases aériennes un peu partout dans le monde, qui ne sont pas forcément très bien organisées, ni très bien nanties. Tout ceci est à revoir et avec votre expérience acquise en Angleterre, vous saurez sûrement les regarder d'un œil nouveau.

— Mais, mon général, où serai-je basé ? Loin ?

—Non, non, rassurez-vous ! On veut vous nommer inspecteur des forces aériennes d'outre-mer. Un beau poste. Vous serez basé à Paris et vous devrez vous déplacer de temps en temps pour des inspections. Plutôt sympathique comme poste en temps de paix ! Pas trop de routine, quelques voyages. Vous êtes content de notre offre ?

— A priori oui, mon général, très satisfait. Cette affectation me semble intéressante. Je vous en remercie.

Phil quitte le ministère le sourire aux lèvres. Instantanément, il a compris le parti qu'il pouvait tirer d'un tel poste sur un plan très personnel, le plus important pour lui étant de rester à Paris.

Quand il annonce la nouvelle à Maggy et à ses enfants, ils sont tous ravis. Paul et Claire savaient que leur père allait recevoir une nouvelle affectation et avaient peur d'être de nouveau séparés de leur papa ou de devoir émigrer en province ou à l'étranger. Phil n'a pas insisté sur les déplacements qu'il aura à effectuer. Chaque chose en son temps !

Dans les jours qui suivent, il prend possession de son bureau au Ministère de l'air, Boulevard Victor, pas très loin de chez lui. Quel changement après toutes ces années de guerre !

Rapidement, il en informe Victoria en passant chez elle à l'improviste, en semaine, à l'heure du déjeuner. Victoria vient de se lever et prépare pour Phil un breakfast à l'anglaise : du thé, des saucisses, quelques haricots et des toasts avec de la confiture d'orange. Phil admire la beauté de son amie, son teint frais, ses yeux au regard si intense. Il lui donne des nouvelles de son nouveau poste :

— Ça y est ! On m'a donné ma nouvelle affectation. Je reste basé à Paris avec quelques voyages de temps en temps. Nous allons pouvoir continuer à nous voir et même plus facilement qu'avant. J'ai quelques idées pour me libérer.

Victoria est heureuse de cette nouvelle. Après avoir terminé leur collation, Phil entraîne son amante toujours en robe de chambre, à l'étage au-dessus, dans son atelier. Elle est peu vêtue et il est aisé pour le colonel Destivel de venir caresser ses seins, accessibles sous sa robe de nuit. Quel plaisir pour lui de retrouver le velouté et la chaleur de sa peau ! Mais il a peu de temps et doit retourner travailler. Avant de partir, Phil lui fait la proposition suivante :

— Dans quinze jours, je dois aller en Algérie faire une inspection. Je pourrais en revenant venir passer deux jours avec toi si tu veux bien me recevoir. Je n'en dirai rien à ma mère et à mes enfants qui me croiront toujours de l'autre côté de la Méditerranée. Tu veux bien ?

— Oh oui ! Très bonne idée ! On sera comme un vrai couple pendant deux jours !

Phil est obligé de repartir au ministère, non sans avoir passé quelques minutes avec les jumeaux.

La base aérienne de Blida, tout près d'Alger, est celle qu'il a choisie pour commencer sa série d'inspections. Il ne s'est pas donné énormément de temps pour le travail préalable de préparation de cette mission et, de ce fait, doit travailler intensément dans les jours précédant son départ. Il lui faut réunir les informations sur les personnels volant et au sol, les avions disponibles, leur maintenance, les pièces détachées, l'organisation au quotidien. Mais il lui faut aussi anticiper le rôle stratégique de cette base à court et moyen terme, et prévoir les évolutions technologiques dans les cinq prochaines années et au-delà.

Phil retrouve avec bonheur, pour quelques jours, l'Algérie, sa douce température en cette période et ce d'autant plus qu'il sait qu'il ne va pas y rester longtemps ! Son inspection, la première qu'il réalise, se passe au mieux. Très organisé, secondé par un adjoint efficace, il réunit l'ensemble des informations dont il a besoin pour établir son rapport.

Il est de retour à Paris le mercredi 5 novembre, ravi de son séjour et impatient de retrouver Victoria. Il arrive directement chez elle, peu avant l'heure du dîner. Phil est surpris de l'atmosphère qui règne dans son appartement. De nombreuses personnes sont là, chez elle, un verre à la main, assis ou debout, des blancs et quelques noirs. Elle lui explique :

— J'ai organisé une soirée musicale en ton honneur, ce soir dans mon atelier avec des musiciens de jazz que je connais depuis peu. Des spécialistes du Bebop. Tu te souviens, nous avions dansé sur ces rythmes quand tu m'avais emmenée au bal sur la base aérienne de Badvington pour célébrer la libération de Paris[11]. On va faire la fête. J'ai invité tous mes amis peintres. Ça te plaît ?

Phil n'est pas franchement emballé. Il a plutôt envie de se retrouver en tête à tête avec son amie mais ne veut pas faire le rabat-joie.

— De la musique très bien ! Tu crois qu'on pourra danser ?

— Sûrement ! Dans mon atelier on ne peut pas gêner les voisins, il n'y en a pas !

Victoria a pu se procurer de la bière, du vin et même du champagne. Tout le monde boit beaucoup et fume. L'atmosphère est vite opaque. Les tenues sont décontractées. Certains ont des accoutrements un peu bizarres. Phil essaie de discuter avec un des invités, d'environ vingt-cinq ans, qui porte les cheveux longs et est

---

[11] *Voir le volume 1 « Un Bel Eté à Gaitford », chapitre 18*

vêtu d'une veste à carreaux qui lui descend presque jusqu'aux genoux. Son pantalon informe et court est lui aussi à carreaux et laisse voir des chaussettes blanches immaculées. Il ne se sépare pas d'un parapluie qu'il a accroché à son bras gauche. C'est un « zazou », un de ces passionnés de jazz qui choquent les bourgeois. Mais Phil ayant quitté la France depuis plusieurs années, n'est pas au courant de ce courant Zazou qui a réussi à traverser la guerre en se foutant de tout, aussi bien des Allemands que du gouvernement de Vichy et des résistants! Lors des lois raciales, certains se sont même mis à porter par dérision une étoile jaune comme les juifs avec « zazou » marqué en son centre. Ils sont plusieurs dans ce style. Phil, naïvement lui demande :

— Vous êtes plusieurs ici avec cette tenue si originale, vous allez nous donner un spectacle de cirque, de clowns ?

Son interlocuteur le regarde l'air étonné et lui dit :

— Vous venez de la planète Mars ou quoi ? Et vous qui êtes-vous ?

— Moi, je suis colonel d'aviation

— Colonel d'aviation ! Mais ça sert à rien l'aviation, conclut le zazou qui lève les yeux au ciel et quitte Phil étonné.

Phil se sent en décalage avec les invités présents. Il ne peut même pas parler avec Victoria, occupée à accueillir ses invités. Elle semble parfaitement à l'aise au milieu de cette faune, ne voit pas le temps passer et ne se soucie guère de Phil. Heureusement des musiciens arrivent rapidement et tous montent dans l'atelier de Victoria pour une *jazz party*. Victoria trouve tout de même le temps de venir voir Phil et lui explique que plusieurs instrumentistes connus doivent venir jouer ce soir.

Quatre musiciens s'installent avec accordéon, contrebasse, guitare et percussions. Leur chef est l'accordéoniste. C'est Joe Privat, surnommé le gitan blanc, qui conjugue, Bebop et musique manouche. Il est bien en chair, les cheveux gominés avec des pattes qui descendent en dessous de ses oreilles. Il commence par jouer une courte mélodie pour se mettre en forme, après s'être mis une casquette sur la tête et avoir allumé une cigarette qui s'éteint rapidement mais qu'il garde au bec. Il commence par remercier Victoria de l'invitation, parlant argot avec un fort accent « parigo ». Puis il présente ses compagnons musiciens et conclut en disant :

— Victoria m'a dit qu'il y avait ici un pote à elle qu'elle voulait fêter ce soir, un colonel qui a commandé une grande base de bombardiers en Angleterre. Ou est-il ce colonel ? Moi j'aime pas les militaires mais j'fait une exception ce soir. Allez, démasque-toi le mirlo ?

Phil est gêné et Victoria vient à la rescousse :

— Voici le colonel Destivel. Il est très modeste et voulait rester dans l'anonymat. Mais c'est trop tard. Joe, qu'allez-vous jouer pour lui ?

L'accordéoniste lui répond

— Du spécial, très swing, qui convient bien au mirlo colonel bombardier. Voici « Atomic swing » Boum, Boum ! composé après l'explosion de la première bombe atomique.

Le morceau est effectivement très swing. Phil découvre que l'accordéon musette convient bien aux rythmes jazzy. Il ne voit pas de lien direct entre la mélodie et l'explosion d'une bombe mais peu importe !

Joe continue ensuite à jouer avec son petit orchestre. Quelques couples se forment pour danser des Bebop mais le manque de place décourage les autres couples de danser.

Au bout de trois quarts d'heure, Joe donne à ses musiciens le signal du départ, remercie Victoria, et le mégot à la main, lui fait un gros « poutou » sur la joue. Après une interruption, deux autres musiciens, fraichement arrivés, se préparent à jouer. Eux aussi ont dans les trente-cinq ans. Le premier est guitariste et doit être d'origine manouche ; il est franchement brun et porte une petite moustache. Ses cheveux sont luisants, impeccablement peignés. Il est en veste avec en dessous une chemise blanche immaculée, sans cravate. Le second au physique distingué, les cheveux impeccablement coiffés en arrière, passe du temps à accorder un violon. Ensuite, le gitan prend la parole :

— Victoria, tu nous as demandé un morceau spécial pour un de tes amis militaires qui doit être ici. Ou est-il ce Monsieur que tu veux gâter ? Là-bas, très bien ! Avec Stéphane, on a passé toute la matinée à répéter, pour t'être agréable, ma chérie ! Voici, pour vous tous, une interprétation inédite et plus spécialement pour toi, mon colonel, sans oublier Victoria pour qui, comme vous le savez, j'ai vraiment un faible.

C'est le violoniste qui commence. Il joue doucement, avec beaucoup de sensibilité, les premières notes de la Marseillaise. Le colonel Destivel applaudit, mais s'arrête vite car le morceau ne continue pas comme il le prévoyait. Le guitariste intervient en plaquant quelques accords percutant puis accompagne avec brio, sur un mode jazzy, très swing, le violoniste qui continue à interpréter la suite de la Marseillaise. Phil est choqué une seconde puis complètement fasciné par la dextérité du guitariste qui ne se sert que de deux doigts de sa main gauche pour jouer.

Victoria arrive et prend le colonel Destivel par la main. Phil se laisse faire et tous les deux, joyeux, dansent un Bebop endiablé sur ces sonorités patriotiques. Les musiciens et les deux danseurs sont très applaudis à la fin du morceau.

Victoria explique à Phil que ces deux artistes, Stéphane Grapelli d'origine italienne et Django Reinhardt, un pure gitan, commencent à être très connus dans les milieux du jazz à Paris. Phil a aimé mais se dit que sa hiérarchie n'aurait pas apprécié de voir un colonel danser sur la musique de l'hymne national revu et corrigé à la sauce jazz.

Les musiciens continuent ensuite leur concert très apprécié de l'auditoire. Quand il s'arrêtent un moment pour se rafraichir et boire un coup, Phil s'approche du gitan :

— Je vois que vous avez eu la main brulée. Vous avez des cicatrices et vous n'avez plus que deux doigts de mobile, à gauche. C'est à peu près ce qui m'est arrivé en 44. J'ai fait plusieurs mois d'hôpital en Angleterre mais finalement j'ai tout récupéré après une opération sur les tendons et une greffe de peau. Vous n'auriez-pas envie de vous faire opérer ? Je pourrais vous aider, je connais les bons chirurgiens à consulter outre-Manche

— Merci, c'est sympa, mais maintenant je me débrouille vraiment bien avec mes deux doigts. Ça marche au poil ! Pas envie de tomber entre les pattes des toubibs !

Phil n'insiste pas, même s'il pense que ça doit être plus facile de jouer avec quatre doigts plutôt que deux. Stéphane et Django continuent leur concert jusqu'à ce que des bruits de voix venant de l'étage en dessous viennent perturber leur musique. Victoria demande à Phil d'aller voir.

Devant la porte, Phil trouve Peggy parlant difficilement le français avec deux agents de police et un commissaire. Il intervient :

— Colonel Destivel ! Il y a un problème, Monsieur le Commissaire ?

— Colonel ! Hum ! Je voudrais bien voir ça. Vous pouvez me montrer vos papiers ?

Heureusement Phil les a dans la poche arrière de son

pantalon. Il tend des papiers civils et militaires au commissaire qui les examine attentivement et s'adoucit :

— Mon colonel, je suis désolé mais des voisins se plaignent du bruit, et on m'a dit que des musiciens avaient caricaturé la Marseillaise ?

— Du bruit ! Désolé, on pensait que de l'étage au-dessus on ne dérangeait pas le voisinage. Je vais leur dire d'arrêter. Quant à la Marseillaise, non je ne vois pas, ils ont dû mal entendre.

— Je veux bien passer l'éponge mais il ne faudrait pas que ça continue. D'accord ?

— Bien sûr, je vais faire le nécessaire.

Les policiers s'en vont et Phil remonte expliquer à Victoria de quoi il en retourne. Il est tard et elle est obligée de demander aux musiciens d'arrêter de jouer. Ceux-ci comprennent car ils rencontrent le même problème partout. C'est dans les caves qu'il faut jouer maintenant pour ne pas être dérangé !

Il est vraiment tard. Victoria emmène Phil dans sa chambre. Elle rangera son atelier demain ou plus tard. Victoria n'en peut plus de fatigue et demande à Phil de la déshabiller. Celui-ci ne se fait pas prier. Il lui retire d'abord ses chaussures et ses bas. Ses cuisses nues et bien en chair le troublent. Il caresse ses genoux et remonte jusqu'à son slip qu'il écarte un peu pour admirer sa toison abondante et blonde. Il l'aide à enlever son cardigan, son corsage et contemple pendant quelques instants son soutien-gorge en soie blanche, qui fait pigeonner ses seins. Doucement, il le dégrafe et vient flatter sa poitrine et ses tétons. La main douce de Phil et ses attentions soutenues dans des zones bien intimes réveillent Victoria qui sent le désir venir réchauffer son bas-ventre et contracter ses fesses. Elle a vite fait de dégager le sexe de Phil qui ne la déçoit pas. Ensuite viennent des plaisirs rapides mais intenses malgré l'heure avancée.

Tard dans la matinée, Phil renonce à ses rêves et redevient conscient quand Victoria, en peignoir blanc, arrive dans la chambre poussant une table roulante avec deux *breakfasts* très anglais dans leur composition et leur variété. Deux petits déjeuners dignes d'un grand hôtel de luxe où se mêlent oranges pressées, thé, scones, œufs sur la plat, toasts bien grillés et confiture d'orange.

Victoria et Phil ont eu beaucoup de mal à se retrouver depuis plus d'un an. Ce matin, ils sont comme deux jouvenceaux rieurs et fringants. Ils finissent par s'habiller et vont retrouver Peggy qui s'est occupée des jumeaux pendant la matinée. Après leurs siestes, leurs parents les emmènent bras dessus, bras dessous, se promener dans les jardins du Luxembourg. Il fait beau et les arbres ont leurs couleurs d'automne. Leurs deux jours de vacances sont magnifiques et se poursuivent jusqu'au lendemain soir, le moment pour Phil de rejoindre ses enfants et sa mère, comme s'il venait de sortir de l'avion qui l'a ramené de son inspection en Algérie.

Il marche jusqu'à chez lui, sa valise à la main, repensant à la soirée musicale organisée en son honneur par Victoria. Elle l'étonne par sa facilité de contact qui lui permet d'avoir des amis si originaux, des artistes talentueux qu'il n'aurait aucune chance de rencontrer sans elle. La plupart de ses relations à lui sont des officiers d'aviation, d'excellents camarades mais pas vraiment le même genre ! S'il vivait avec Victoria, il évoluerait sûrement dans un monde totalement différent de celui qui est le sien actuellement. Mais ses amis plairaient-ils à son amie ? Ceci est loin d'être évident !

23

MORLEAU, FRANCE, DEBUT NOVEMBRE 1945

Françoise a fait des bonds de joie, le mois dernier, quand William est revenu lui annoncer qu'il avait retrouvé le trésor de Georges. Elle lui a rapidement demandé de quoi était composé le magot. William a sorti dix lingots d'or de son sac à dos, en ajoutant que cela n'en représentait qu'une petite partie. Impossible pour lui de tout ramener. C'était trop lourd et volumineux. Ils devaient y retourner.

Le lendemain, ils sont repartis de bon matin, en bicyclette, avec sacoches et sac à dos, en faisant attention à ne pas monter ensemble jusqu'à la cachette pour ne pas attirer l'attention, bien que l'endroit soit généralement désert. Françoise a ouvert de grands yeux quand elle a aperçu tout ce qu'ils avaient encore à ramener à bon port : des lingots d'or, des pièces d'or, mais aussi des bijoux. Euphoriques, ils sont repartis chargés, ayant même du mal à pédaler à cause du poids du précieux métal. Impossible de transbahuter la totalité en une seule fois. Ils ont dû faire plusieurs voyages.

Le soir, fatigués mais radieux, ils ont attendu que les enfants soient couchés pour dresser un inventaire de leur butin, lequel s'est avéré considérable ! Quatre-vingt-douze lingots d'or de un kg, 1532 pièces de 20 francs or Napoléon et des bijoux, plein de bijoux, avec de gros diamants, des rubis dont ils ne connaissaient pas le prix, mais qui faisaient baver d'envie Françoise.

Ils ont caché l'ensemble dans des cageots en bois qu'ils ont recouverts de vieux journaux et mis à la cave. Le lendemain, William a creusé un grand trou dans un endroit reculé du jardin, en ne gardant dans la maison que 100 pièces, quelques lingots et les bijoux.

Pour pouvoir partager le magot en deux parts sensiblement égales, il leur a fallu faire estimer les bijoux! Ils ont divisé l'ensemble en quatre lots et ont confié chaque lot à un bijoutier différent pour estimation. Cette stratégie les a contraints à effectuer quatre voyages en car à Autun, Beaune, Chalon sur Saône et Dijon. Ils n'ont pas rencontré de problème particulier pendant ces périples. Leur conclusion a été que ce bon vieux Georges avait eu beaucoup de goût lors du choix de ces joyaux ! Rien que des pierres de grande valeur, de plusieurs carats, d'une grande pureté, et de belle couleur. Beaucoup d'argent en perspective à la revente !

Les élections législatives du 21 octobre ont rendu Françoise perplexe. Trop occupée par le magot, elle n'a pas pris le temps d'y réfléchir et a regretté de ne pas avoir un mari pour la conseiller. Ce n'est pas avec William qu'elle a pu en parler ! Elle avait envie d'en discuter avec son ami Henri, l'ancien maire. Mais finalement, prise par le temps, elle n'a pas été voter. Pourtant cela faisait plusieurs années qu'elle militait pour le droit de vote des femmes !

On est au début du mois de novembre ; Françoise et William sont en mesure aujourd'hui de partager leur trésor, près d'un mois après sa découverte. Pour justifier la présence de William chez elle, Françoise a dû mentir et le présenter comme un cousin américain, blessé pendant la guerre avec le Japon, et venu pour un mois en convalescence apprendre le français en Bourgogne. Leur complicité au cours de ces semaines, les a rendus très amis.

Une fois le partage effectué, Françoise aborde le futur avec William :

— Que vas-tu faire maintenant ? Moi je voudrais bien te garder encore, mais les gens vont finir par cancaner. Tu comprends ?

William ne sait pas quoi répondre. Si quelqu'un découvre en France ou ailleurs que ses papiers sont faux, il risque de se retrouver prisonnier de guerre avec l'angoisse d'être envoyé en Russie.

— Oui, je sais que je ne peux pas rester plus longtemps mais je ne sais pas où aller. Ma situation n'est pas facile. Je crois que je vais essayer de partir pour l'Amérique du Sud et de me refaire une vie là-bas ! Qu'est-ce que tu en penses ?

Françoise réfléchit. Le destin de William n'est pas dissocié du sien. S'il est pris puis interrogé, il risque de parler d'elle et de leur complicité. Les ennuis vont commencer.

— Moi je pense que tu devrais retourner en Allemagne en emportant seulement quelques pièces d'or. Tu viendras récupérer le reste plus tard. Tu n'auras qu'à déclarer là-bas que tu as perdu tes papiers. Tes parents sont peut-être encore vivants ?

— Retourner en Allemagne ! Je n'en ai pas très envie ! Mais c'est vrai que j'aimerais savoir ce que sont devenus mes parents, même si je suis sans illusion !

— Essaie tout de même d'y réfléchir. L'Allemagne n'est pas loin d'ici. J'ai décidé de passer mon permis de conduire et d'acheter une voiture. Je pourrai ensuite t'aider à ramener ton or chez toi. Une fois que tu auras des papiers, je suis sûre que tu pourras trouver facilement un poste de professeur d'anglais ou de français, ou même de journaliste dans ton pays. Vous avez eu tellement de morts. Les professeurs de langue doivent être très recherchés. !

— Je vais réfléchir à tout cela rapidement. Je te donnerai ma conclusion demain.

C'est par prudence que Françoise ne veut pas garder William

plus longtemps chez elle. Sa présence ne la dérange pas du tout. Les enfants l'apprécient et Agnès a appris quelques mots d'anglais avec lui. Il passe du temps à jouer au ballon dans le jardin avec les garçons et a enseigné le jeu d'échec au plus grand. Il a trouvé des échasses dans la cave et leur a montré comment s'en servir. Tout le monde rigole bien ! On ne pense plus tellement à Georges qui commence à passer aux oubliettes ! La fortune inattendue, tombée du ciel, a bouleversé la vie de Françoise qui considère maintenant son avenir sous de bien meilleures augures.

Le lendemain, après le dîner, quand ils sont seuls, William annonce à Françoise qu'il s'est rangé à son avis et le surlendemain, il quitte la maison avec ses faux-papiers américains, déguisé en photographe du Washington Post, direction Strasbourg, avec comme objectif, le passage du Rhin. Des pièces d'or, dissimulées dans son sac à dos doivent lui permettre de subsister en Allemagne jusqu'à ce qu'il ait de vrais papiers et un travail. Emus tous les deux, les deux complices se disent à bientôt et jurent, quoiqu'il arrive, de toujours garder le silence sur ce qui vient de se passer.

Françoise se sent bien esseulée après le départ de son ami. Mais quelques jours plus tard, elle reçoit une lettre qui vient la distraire.

Chère Françoise,

Peut-être vous souvenez-vous de moi ? Nous nous sommes rencontrées sur la base aérienne de Meknès. Vous étiez venue régler des problèmes d'argent et nous avons dîné ensemble chez moi. Vous m'avez donné votre adresse en Bourgogne ce qui me permet de reprendre contact. Je ne sais pas si vous êtes revenue d'Algérie mais je tente le coup. Moi je suis de retour à Paris depuis juillet et j'aurais plaisir à vous revoir. Faites-moi signe si vous venez à Paris. J'habite avec mon fils et mes petits enfants dans le 15ème arrondisssement...

Marguerite Destivel (Maggy pour les intimes)

Cette lettre fait sourire Françoise. Elle avait été surprise par le caractère de Maggy qui l'avait reçue chez elle à Meknès et qui voulait continuer à gouverner son fils comme s'il s'agissait encore d'un adolescent !

24

PARIS, FRANCE, NOVEMBRE 1945

Depuis qu'elle est rentrée du Maroc, Maggy a passé du temps à écrire à toutes les personnes qu'elle a rencontrées là-bas et avec qui, elle a sympathisé. Elle a rédigé plus de vingt lettres. Une tâche laborieuse car l'écriture n'est pas son fort. Bien occupée pendant quelques temps, elle se sent maintenant libérée.

Aujourd'hui Dimanche, Maggy a invité son cousin Fernand à déjeuner. Elle aime bien ce cousin germain, veuf depuis une dizaine d'années. Enfants, ils ont passé plusieurs fois des vacances ensemble chez les parents de Maggy, à côté d'Orléans, puis ont continué à se voir régulièrement au fil des années. Seule la guerre a interrompu leurs relations qui ont repris depuis le retour de Maggy du Maroc.

Fernand est une fine gueule. Sa femme était un véritable cordon bleu et Maggy se sent toujours obligée de mettre les petits plats dans les grands quand il vient déjeuner. Fernand est d'un naturel plutôt gai et fait rire tout le monde pendant le repas. Paul et Claire ainsi que Phil passent un bon moment avec lui. Après le café et les digestifs, Maggy et Fernand décident d'aller se promener tous les deux, avenue de Breteuil. Phil s'est toujours demandé si sa mère et lui n'avaient pas eu des relations qui dépassaient le simple cousinage quand ils étaient plus jeunes. Mais il n'a jamais osé le demander à Maggy.

En marchant vers les Invalides, ils bavardent, évoquent leur jeunesse. Cependant, après quelques minutes, Fernand prend un air quelque peu mystérieux, baisse la voix comme pour faire une confidence à sa cousine :

— Maggy, il faut que je te pose une question. Pas cette semaine mais la semaine d'avant, le jeudi après-midi, j'ai aperçu Phil au bras d'une charmante jeune femme avec deux bébés, en train de se promener dans les jardins du Luxembourg. Ils avaient l'air de vraiment bien s'entendre si tu vois ce que je veux dire. Alors ton Philippe va se remarier ? Raconte-moi

Maggy est pour le moins étonnée :

— Tu dois te tromper. Phil était en mission en Algérie à cette date. Il est rentré le vendredi soir.

— Non, je n'ai pas pu me tromper. Phil est passé à deux mètres de moi. J'étais assis sur un banc à lire le Figaro. Il ne m'a pas vu mais moi, je l'ai vu de près. Je suis sûr de moi. Ensuite je les ai suivis. Ils se tenaient par la main et se sont embrassés plusieurs fois. A la fin de leur promenade, ils sont rentrés tous les quatre au 14 bis rue Guynemer, une rue au bord des jardins du Luxembourg.

Maggy est furieuse de ce qu'elle vient d'entendre mais ne veut pas le montrer à son cousin :

— Je ne suis pas au courant. Je lui demanderai ce qu'il en est. Merci de m'avoir prévenue. Même s'il a l'âge de raison, j'aime bien savoir comment il occupe ses journées !

Maggy réussit à se dominer et se met à parler de tout autre chose avec son cousin. Rentrée chez elle, elle réfléchit :

« Bien sûr, elle pourrait d'emblée interroger son fils mais il est probable qu'il ne lui dirait pas grand-chose. Or ce qu'elle veut, c'est savoir qui est cette femme, qui sont ces enfants. Certes, son fils doit se remarier mais pas avec n'importe qui ! Il lui faut une vraie compagne qui puisse tenir sa maison mais aussi son rang de femme de colonel et peut-être bientôt de général. Si sa future femme était quelque peu fortunée, cela ne gâcherait rien. Un point très important, c'est que sa future m'aime bien. Si jamais j'avais envie de continuer à vivre avec Phil et les enfants, il ne faudrait pas qu'elle me cherche des noises et veuille m'envoyer vivre dans un hospice ! »

Mentalement Maggy construit ainsi le portrait-robot de la future épouse de Phil et veut savoir si cette femme vue avec son fils, correspond à ce qu'elle souhaite pour lui mais aussi pour elle-même !

Elle a mémorisé l'adresse de la personne : 14 bis rue Guynemer, mais ne sait comment en savoir plus maintenant ?

Après deux jours de réflexion, Maggy décide d'utiliser les grands moyens. Elle se pointe à 10 heures du matin au 74 bis rue d'Aboukir dans le 2ème arrondissement de Paris. Elle monte directement au 1er étage et sonne à la porte de l'agence Leduc. Elle a choisi d'utiliser les ressources d'un détective privé pour obtenir des réponses aux questions qu'elle se pose, malgré le coût que cela représente.

Elle expose en détail son problème à Monsieur Leduc, un ancien commissaire de police qui a fondé cette agence d'investigations. Elle lui donne une photo de son fils en lui indiquant également l'adresse de l'immeuble dans lequel Phil et cette femme sont rentrés. Le détective réfléchit quelques instants et dit à Maggy :

— Votre problème doit être assez simple à résoudre, si l'adresse que vous me donnez est bien celle de la dame. Revenez me voir dans une semaine. En attendant pouvez-vous me laisser un acompte ? La moitié de ce que je vous facturerai.

Maggy trouve la note salée mais, résignée, sort de son sac à main une enveloppe remplie de billets et, laborieusement, en extrait la somme demandée.

Une fois sortie de l'agence, Maggy regrette de s'être décidée si rapidement : « Qu'est-ce que je suis conne ! Puisque j'ai une adresse, j'aurais pu essayer d'en savoir plus avant de me précipiter chez un détective et amputer mes petites économies d'une somme rondelette ».

Le lendemain matin, Maggy n'en peut plus, et décide de mener, elle-même, ses propres investigations. A dix heures, elle se tient en face du 14 bis rue Guynemer, persuadée que la dame avec ses deux enfants va sûrement sortir de chez elle pour aller les promener. Elle trouve l'endroit cossu et agréable avec la proximité des jardins du Luxembourg. Au bout d'un quart d'heure, elle aperçoit une jeune femme qui sort de l'immeuble, poussant un grand landau, suffisamment vaste pour deux bébés. La dame traverse la rue et entre dans les jardins. Maggy la suit et la voit s'asseoir sur un fauteuil en métal dans une petite allée, avec le landau à côté d'elle.

« Dommage que cette femme ne se soit pas assise sur un banc, j'aurais pu m'asseoir à côté d'elle, engager la conversation et la voir de près » pense Maggy qui la regarde attentivement, quand elle est à sa hauteur.

Maggy est frappée par le jeune âge de la personne. « Une gamine qui doit avoir vingt ans de moins que mon fils ! Phil a perdu la tête ! Cette petite greluche ne ressemble pas du tout à une femme de colonel » pense Maggy.

La greluche sort un paquet de cigarettes de son sac et en allume une avec un briquet.

« En plus, elle fume ! Dans un jardin public ! Comme les hommes ! Je rêve ! C'est vraiment le monde à l'envers » pense Maggy, consternée, qui a vraiment envie d'en savoir plus, mais ne voit pas comment procéder. Résignée, elle décide d'attendre les résultats de l'enquête du détective, car elle ne veut prendre aucun risque.

La semaine est longue. Maggy est exaspérée par son fils qu'elle voit pendant les repas, parfaitement naturel, de bonne humeur, alors qu'il lui cache l'essentiel. Mais elle arrive à faire comme si de rien était, car elle sait qu'elle sera beaucoup plus forte pour prendre les décisions qui s'imposent si les informations du détective viennent corroborer ce qu'elle-même a découvert.

Deux jours avant la fin de cette semaine d'attente, Phil lui annonce qu'il va probablement partir au Maroc, dans quelques jours ou semaines, pour inspecter la base aérienne d'Agadir. Elle aimerait bien connaître la date exacte de ce déplacement mais l'organisation du voyage reste à finaliser.

C'est aujourd'hui à midi qu'elle a rendez-vous avec son détective. Parfaitement à l'heure, elle se demande ce qu'elle va apprendre de plus que ce qu'elle a découvert elle-même. Monsieur Leduc met toujours un point d'honneur à être ponctuel et à midi pile, il rend compte du résultat de ses démarches :

— Il ne nous a pas été très difficile d'identifier l'amie de votre fils en graissant un peu la patte du concierge. Il s'agit de Madame Victoria Miller. Elle est anglaise, veuve du colonel Miller, qui était prisonnier en Allemagne et a pu s'échapper en 44 de l'oflag où il était retenu. Il a juste eu le temps de faire deux enfants à son épouse, deux jumeaux, un garçon et une fille et il est décédé peu après. Madame Miller est arrivée en France, il y a environ trois mois, et a loué cet appartement de la rue Guynemer.

— Une femme de colonel ! mais quel âge a-t-elle ?

— A peu près 35 ans.

Maggy ne comprend pas. La femme qu'elle a vue est beaucoup plus jeune. Elle ne veut pas parler de ses propres investigations mais souhaite comprendre :

— Mais mon cousin qui les a vus, m'a parlé d'une femme beaucoup plus jeune !

— Madame Miller loge chez elle sa cousine, une dénommée Peggy, qui s'occupe des enfants. Elle est effectivement beaucoup plus jeune. Madame Miller est artiste peintre. Elle a besoin de temps pour son art. C'est pour cela qu'elle fait garder ses enfants, d'autant plus que, paraît-il, elle sort souvent diner en ville et revient très tard.

Maggy comprend sa méprise. Elle a pris la nurse des enfants pour l'amie de son fils. Elle est plutôt rassurée par les 35 ans de Madame Miller mais peu enthousiasmée par son activité artistique :

— Vous savez à quelle genre de peinture s'adonne Madame Miller ?

— Le concierge qui vient faire du ménage chez elle, m'a dit qu'il s'agissait d'art abstrait, des formes colorées sans signification

— Ah bon ! C'est ridicule. Elle fait ça parce qu'elle ne doit pas savoir vraiment dessiner. Je vois ! Et vous me dites qu'elle rentre tard. Vous pouvez m'en dire plus ?

— Non Madame. Vous nous avez chargé d'identifier l'amie de votre fils, et c'est chose faite. Nous pouvons, si vous le souhaitez, mettre en place une filature. C'est plus cher mais très efficace.

— Encore payer ! Qu'est-ce-que ça peut m'apporter de plus ?

— Beaucoup ! Un compte-rendu précis d'activité de la dame sur 24 h ou 48h, avec éventuellement l'identité des personnes qu'elle rencontre, des photos compromettantes s'il y a lieu. Vous voyez ?

La somme demandée par Monsieur Leduc est élevée Les économies de Maggy ne sont pas gigantesques. Mais s'il s'agit de tirer son fils d'un mauvais pas, il ne faut pas mégotter ! Maggy accepte la proposition du détective qui la préviendra quand les filatures auront été faites.

25

PARIS, FRANCE ET MASSIF DU HOGGAR, ALGERIE, NOVEMBRE ET DECEMBRE 1945

Victoria est fébrile car elle vient d'apprendre que le vernissage de l'exposition auquel elle participe est programmé le samedi 8 décembre à 18 heures. Trois de ses tableaux y seront présentés mais elle n'est pas satisfaite du dernier qu'elle a récemment transmis au directeur de la galerie. Elle veut essayer, dans les quinze jours, de se surpasser afin d'exposer une toile plus percutante. Assise à son chevalet, elle passe du temps à chercher l'inspiration, à tenter quelques esquisses, et recommence ses essais jusqu'à être satisfaite de son projet. Il s'agit pour elle d'une occasion à ne pas rater.

En début d'après-midi, on sonne à la porte de son atelier. Très peu de personnes connaissent l'existence de cette porte à laquelle on ne peut accéder que par l'escalier de service. C'est son ami Serge Andropov qui vient lui rendre visite :

— Bonjour Serge, pourquoi passes-tu par l'escalier de service ? Et d'abord, comment connais-tu l'existence de cette porte ?

— Tu oublies ma chérie, que c'est moi qui t'ai trouvé cet appartement. Je l'ai visité intégralement avant de te le proposer.

Serge est volubile et appelle les femmes « ma chérie », quand il les trouve à son goût. L'haleine de Serge, comme souvent, n'est pas exempte de toute vapeur d'alcool et Victoria n'aime pas trop, dans ce cas, se retrouver seule avec lui, redoutant ses avances souvent cavalières.

— Ça fait trois heures que je suis assise. Si on allait faire une promenade au Luxembourg ? Il y a une belle lumière aujourd'hui Je voudrais parler avec toi d'art abstrait.

— Je vois ! Tu as peur de moi ! Mais d'accord. De toute manière, je suis resté toute la nuit avec une femme terriblement ardente qui m'a épuisé.

Assise un peu plus tard sur un banc, devant l'Orangerie des jardins du Luxembourg, Victoria discute sérieusement avec Serge des différentes théories qui sous-tendent l'art abstrait et des peintres qui en sont représentatifs comme Kandinsky, Hartung et Miro. Victoria cherche à se trouver une place au sein d'un des mouvements qui ont pris naissance pendant la guerre et qui fleurissent en cette fin 1945. Clairement elle ne s'intéresse pas qu'à la beauté de formes purement géométriques et trouve un espace d'expression riche dans la transcription en couleurs, formes et textures d'émotions individuelles.

Cette conversation conforte Victoria dans son envie de faire évoluer sa peinture vers des représentations plus touchantes. Les idées lui viennent et après ces échanges elle ne songe qu'à retourner à son chevalet. Elle a encore deux heures devant elle avant de devoir s'occuper de ses deux enfants qui sont avec sa cousine Peggy. Serge, lui, a envie de rester encore un peu. Ils se lèvent pour se dire au revoir. Victoria veut lui faire un baiser sur la joue quand lui, facétieux retourne son visage et l'embrasse sur la bouche. Elle se dégage mais connaissant son ami, ne se formalise pas et le quitte en riant.

Dans les jours qui suivent, Victoria peint une toile incorporant des formes presque géométriques, mais moins précises. Les plages colorées sont hétérogènes, vives, et lui permettent d'exprimer des émotions, des angoisses, mais aussi le bonheur, la sérénité. Un deuxième tableau vient compléter le premier, de la même veine, mais avec plus de maîtrise de sa nouvelle technique.

Jean-Louis Raqué, le directeur de la galerie, accepte sans sourciller ces deux toiles qui vont se substituer aux précédentes et encourage Victoria à poursuivre dans cette voie :

— C'est vraiment bien, tout à fait dans les courants actuels. Mais c'était moins une, car je dois aller chez l'imprimeur cet après-midi pour finaliser les textes qui seront diffusés aux visiteurs. Il faut me donner un titre pour chaque tableau.

Victoria réfléchit et lui dit :

— Pour le premier, j'ai été inspirée par la destruction de mon atelier en Angleterre par un chasseur allemand qui a fini sa course dans mes murs. J'étais à quelques mètres ! C'était horrible et grandiose à la fois. Comme titre, « Explosion Finale » me convient bien. Le second, je voudrais l'appeler « Renaissance à Paris ». Depuis que je suis ici avec mes enfants, j'ai vraiment l'impression d'avoir commencé une deuxième vie. Je l'ai exprimée dans cette peinture aux couleurs vives et gaies.

Pour le vernissage, début décembre, le directeur de la galerie fait imprimer une biographie courte de Victoria racontant comment toute sa production picturale a été anéantie en un instant par le Junker allemand venu s'écraser en Angleterre sur son atelier ; les visiteurs sont émus par ce récit ce qui incite un journaliste du Monde à écrire un article sur cette nouvelle peintre. Kandinsky et Nicolas de Staël, présents lors du vernissage, viennent bavarder avec Victoria et l'encouragent à continuer. Le directeur de la galerie a fixé un prix relativement élevé pour les deux tableaux de Victoria. La stratégie est bonne car un visiteur suisse les achète sans discuter, convaincu du potentiel de cette peintre. Elle est stimulée par l'accueil que lui réserve les amateurs d'art moderne à Paris et ne songe plus qu'à enrichir sa production.

Que la vie est belle maintenant pour Victoria, après quatre années difficiles passées dans une petite ville d'Angleterre. Sa peinture plaît et on l'encourage à continuer. Ses héritages l'ont mise à l'abri du besoin. Paris est une ville en pleine effervescence culturelle depuis le départ des allemands. Victoria est sous le charme d'un aviateur séduisant grâce à qui les enfants qu'elles n'attendaient plus sont arrivés. Bien sûr, la suite de ses relations avec le colonel Destivel est incertaine mais la vie leur offre un moment de répit dont ils savent profiter.

Phil doit arriver en France le lendemain et séjourner deux jours chez elle après son retour de mission, avant de retourner à son domicile, rue Lecourbe. Victoria se demande s'il ne leur faudrait pas, à elle et Phil, aborder un tant soit peu leur avenir ensemble.

Au même moment, Phil se pose les mêmes questions à 3000 m d'altitude, dans un avion, un Siebel 204 d'origine allemande mais construit en France par la SNCAC en 44. Il a organisé un vol de reconnaissance au-dessus du massif montagneux du Hoggar avec l'idée de développer plus avant une base aérienne militaire à Tamanrasset où il n'y qu'une piste construite pendant la guerre et utilisée ponctuellement. La ville est devenue stratégique dans le sud du Sahara, une sorte de portail vers l'Afrique noire. Phil a fait prendre des photos des massifs montagneux et des plateaux adjacents. L'avion vole vers Tamanrasset-Aguenar pour s'y poser dans une heure. Ils sont quatre dans l'appareil, un pilote, un navigateur, un mécanicien et lui-même en passager.

Phil laisse voguer son esprit et pense à Victoria qu'il a hâte de retrouver chez elle, le lendemain soir. Il se demande s'il ne devrait pas, au moins une fois, l'inviter à déjeuner chez lui un dimanche pour lui présenter sa famille. Bien sûr, il y a le problème de Maggy qui risque de ne pas être aimable. Mais s'il sait être diplomate et lui parler de Victoria préalablement, peut être trouvera t'elle grâce à ses yeux ?

Phil entend le navigateur dire au pilote :

— J'ai un problème ! Le radiocompas ne marche plus, je n'arrive pas à nous localiser, je vais tenter de le dépanner. Essaie d'avoir un vol circulaire pour que nous restions dans la même région.

Le pilote regarde ses instruments :

— Aie ! c'est souciant ce qui nous arrive. La nuit va vite tomber maintenant. J'ai de l'essence pour une heure mais pas plus !

Phil a entendu et comprend très vite le problème. S'ils ne se localisent plus par rapport aux balises terrestres, ils risquent de tournicoter autour des massifs montagneux et d'être obligés de se poser n'importe où quand le réservoir sera vide. Et là, dans ces massifs rocheux, à la nuit tombante, ils ont peu de chance d'en réchapper !

Phil est très angoissé. Il ne va tout de même pas finir dans un accident d'avion en temps de paix après avoir survécu à nombre de missions de guerre dangereuses et fait sept mois d'hôpital après son accident ! Que vont devenir ses enfants et Victoria qu'il doit rejoindre demain ? Il trouve plus difficile de garder son calme en passager que lorsqu'on pilote soi-même l'avion.

Phil voit le navigateur s'énerver avec le radiocompas. Mais rien n'y fait ! Il ne sait plus où ils sont et la nuit est en train de tomber. Le pilote très concentré, met toute son énergie à éviter les massifs montagneux qui, dans cette région du Sud de l'Algérie, culminent à près de 3000 mètres. Il cherche maintenant une zone pas trop accidentée qui leur donnerait plus de chance en cas d'atterrissage forcé.

Le pilote voit maintenant que son réservoir est presque vide et annonce qu'il va tenter un atterrissage sur un endroit relativement plat qu'il vient de repérer mais qui malheureusement n'est pas indemne de gros rochers.

Le pilote réduit le régime des moteurs. Il veut tenter de se poser sur le ventre et préfère ne pas sortir son train. L'avion bascule d'abord doucement vers l'avant et la descente est rapide. Phil vérifie nerveusement l'accrochage de sa ceinture de sécurité et attend le choc, haletant. Il se cramponne aux accoudoirs de son siège et bloque ses pieds sur le siège devant lui. Le choc survient, énorme ; l'avion rebondit légèrement puis laboure le sol à 180 km à l'heure. Le bruit est cataclysmique. L'avion n'en finit pas de glisser avec le risque, à tout moment, de finir sa course dans un gros rocher qui viendrait les déchiqueter. Tous sont violemment secoués, à la limite de l'évanouissement. Phil a son siège arraché et vient heurter la paroi latérale. Mais il n'est pas été sérieusement atteint. L'appareil termine sa trajectoire après un virage inopiné à 180 degrés. Il y a de la poussière partout qui obscurcit l'intérieur de la carlingue, rapidement envahie par une odeur d'essence. L'avion immobilisé, les quatre aviateurs groggy sortent tant bien que mal de l'avion pour éviter le feu qui peut survenir à chaque instant. Ils ont de la chance car rien ne se passe et après quelques minutes retournent à l'intérieur de l'avion chercher les quelques vivres et bidons d'eau qu'ils ont emportés, ainsi que des couvertures car il fait déjà très frais dehors. Ils n'en reviennent pas d'être vivants mais sont choqués.

Ils restent silencieux quelques instants, reprenant leur souffle avant de pouvoir parler. La radio de l'avion fonctionne toujours et le navigateur émet un message pour dire qu'ils sont sains et saufs mais perdu quelque part dans le massif du Hoggar. L'équipage installe ensuite son bivouac. Ils se contraignent à ne boire qu'un verre d'eau toutes les trois heures, car leurs réserves sont limitées et ils ne savent pas quand ils pourront être secourus.

Leur nuit est chaotique car l'endroit est infesté de scorpions et de tarentules, qu'ils doivent chasser quand ils sont assaillis. Au petit matin, ils prennent tous les quatre une collation rudimentaire, espérant voir bientôt un appareil de reconnaissance arriver. Le temps s'écoule lentement. Ils ont peur de mourir de soif, s'ils ne sont pas rapidement repérés. Vers midi, ils entendent du bruit, et aperçoivent un avion, encore loin, qui est peut-être à leur recherche. Ils allument un feu avec un peu d'essence et font bruler du bois mort pour dégager de la fumée. Quelques minutes plus tard, un Dakota de l'armée de l'air les localise et vient faire des passages à basse altitude au-dessus de leur campement de fortune. Ils établissent un contact radio. Le pilote de cet avion leur parachute ensuite des vivres et des boissons. C'est la joie pour les quatre occupants de l'appareil Ils sont sauvés.

Une colonne de secours avec deux camions de la compagnie saharienne de Tamanrasset est envoyée pour les rapatrier. Elle n'arrive jusqu'à eux, qu'après deux jours de voyage car le relief est accidenté et les chemins en mauvais état et peu nombreux. Phil prend ensuite un avion que le ramène à Paris avec trois jours de retard. Sa famille a pu être prévenue mais pas Victoria.

Phil se fait conduire chez elle, à sa descente d'avion. Il la trouve morte d'inquiétude, persuadée qu'il lui est arrivé de nouveau quelque chose de grave comme à Gaitford. Une fois encore, la chance de son compagnon l'émerveille quand celui-ci lui raconte ce qui est arrivé. Elle ne souhaite pas le voir partir tout de suite et lui demande s'il peut rester avec elle au moins une soirée et une nuit mais Phil se sent des obligations familiales :

— J'aimerais vraiment rester avec toi mais il faut que je m'occupe de mes grands enfants pendant le reste du week-end. Si tu veux bien, je passerai lundi à l'heure du déjeuner. Je voudrais aborder avec toi plusieurs points qui concernent notre avenir et celui des jumeaux.

— Oui, on parlera de tout ça, mon chéri. Je suis tellement contente que tu sois vivant. Encore une fois, c'était moins une !

Phil la quitte sur ces entrefaites. Il marche jusqu'à son domicile, bien décidé à faire avancer les choses avec Victoria. Il ne voit maintenant qu'une seule solution, c'est qu'ils habitent ensemble, elle, les jumeaux, ainsi que Paul et Claire. Reste le problème de Maggy auquel il va devoir réfléchir. Mais elle semble elle-même avoir trouvé la solution.

26

PARIS, FRANCE, DECEMBRE 1945

Ce lundi matin, Maggy va tôt chez son détective, comme il lui a demandé par pli, le samedi précédent, suggérant qu'il disposait de résultats qui allaient l'intéresser. Monsieur Leduc a préparé un dossier à son intention avec deux feuilles dactylographiées contenant un texte résumant les filatures. Sa conclusion est sans appel :

— Madame Miller, l'amie de votre fils, sort souvent le soir et rentre fort tard la nuit ! Quelques fois au petit matin ! Elle fréquente les club de jazz et dîne souvent au restaurant avec des peintres et des sculpteurs. Elle boit beaucoup d'alcool ! Mais elle n'a pas l'air de consommer de drogues prisées par ces artistes, comme la cocaïne. Elle a un ami russe dont le comportement est ambigü. Voyez cette photo prise dans les jardins du Luxembourg en pleine après-midi.

Maggy met ses lunettes et voit nettement sur la photo, Madame Miller en train d'embrasser un monsieur sur la bouche. Son opinion est faite. Il n'y a pas à tergiverser, cette femme n'est pas faite pour son fils :

— Merci Monsieur Leduc, j'en sais assez maintenant.

Maggy règle le solde et part avec son dossier, résolue à ne pas laisser longtemps dormir la photographie que le détective lui a remise.

212

Arrivée à son domicile, elle décide de passer à l'action. Elle veut envoyer à son fils une lettre anonyme, avec la photo de cette femme en train d'embrasser un autre homme que lui. Ce sera peut-être un peu dur mais au moins il disposera de preuves tangibles d'une conduite pas très irréprochable ! La rupture ensuite ne devrait pas tarder.

Maggy prépare une grande enveloppe, y insère la photo et découpe des lettres dans un journal de manière à rajouter la date et l'heure de la photo. Pas la peine d'en mettre plus. Le contenu est suffisamment explicite. Ensuite, elle va dans un bureau de poste d'un autre arrondissement pour faire partir ce courrier qui devrait arriver deux ou trois jours plus tard. Il ne lui passe pas par la tête qu'elle pousse peut-être le bouchon un peu loin en s'immisçant à ce point dans la vie privée de son fils !

Pendant ce temps, Phil est dans son bureau, occupé à rédiger un compte rendu de sa mission quand sa secrétaire lui annonce qu'un ancien officier de la Royal Air Force est à l'entrée du ministère et souhaiterait le rencontrer. Il s'agit du capitaine John Luxley. Phil n'en revient pas. John arrive toujours impromptu quand on le pense ailleurs. Très curieux de savoir pourquoi il est à Paris, le colonel Destivel accepte de le recevoir sans attendre. Tous les deux sont heureux de se revoir. John s'exprime en Anglais et lui fait part de sa nouvelle situation :

— Je suis devenu parisien depuis une semaine. J'ai obtenu un poste de mathématicien pour deux ans au Collège de France. Vous vous souvenez ? J'avais postulé pour Princeton aux Etats-Unis, mais j'ai reçu une réponse négative. Les français ont une école de mathématiques prestigieuse et par chance, ils m'ont rapidement accepté. Je suis dans l'équipe de Mandelbrojt. Il était venu à Londres à la fin de la guerre. Une mission de scientifiques auprès des forces françaises libres. Je crois qu'il a été impressionné par mes années de pilote de bombardier. C'est vraiment une nouvelle vie pour moi.

J'évolue maintenant vers des recherches pluridisciplinaires. Je correspond avec un mathématicien américain qui s'appelle Norbert Wiener. Un petit génie, en train d'inventer une nouvelle discipline !

— Et où habitez-vous ? Vous avez trouvé quelque chose de sympathique ? Ce n'est pas évident en ce moment dans le Paris de l'après-guerre ?

— J'adore Paris ! Je loue un deux pièces sous les toits, rue Mouffetard et je me suis déjà fait des amis dans l'immeuble. La politique aussi, est intéressante dans votre pays. Beaucoup de progressistes. Bien plus qu'en Angleterre. Je fais des efforts tous les jours pour mieux parler votre langue mais je ne suis pas encore très performant.

Phil note son adresse et lui dit qu'il l'invitera à déjeuner pour discuter plus longuement et lui présenter sa famille. Peut-être, John pourrait-il donner des cours de conversation anglaise à Paul et Claire ?

Ce même Lundi, Phil se rend disponible à l'heure du déjeuner et vient sonner chez Victoria. Peggy vient lui ouvrir. Immédiatement il voit à son air sombre que quelque chose ne va pas :

— Victoria n'est pas là. Tôt ce matin, elle a eu une douleur intense dans sa jambe et sa cuisse. Le médecin appelé en urgence a vu que sa jambe était enflée et elle a été hospitalisée sur le champ à l'hôpital Cochin.

Phil marche jusqu'à cet hôpital qu'il connaît bien car son père y avait été soigné pour son cœur. Il trouve facilement Victoria dans le service de médecine du professeur Florian. Malheureusement Victoria est dans une chambre à quatre, ce qui gêne les conversations un tant soit peu personnelles, mais c'est mieux qu'une salle commune Elle a une phlébite et on l'a mise d'emblée sous traitement anticoagulant, avec des piqures d'héparine pour dissoudre le caillot qui obstrue la veine.

Il voit que son amante est angoissée et se sent perdue dans cet univers glauque qu'elle ne connaît pas. Elle se demande combien de temps elle va y séjourner et tout d'un coup pessimiste se cramponne à Phil et lui demande de bien veiller sur les jumeaux, s'il lui arrivait quelque chose. Mais elle ne perd pas son sens de l'humour et lui fait une suggestion :

— Si je meurs, tu pourrais épouser Peggy. Elle est jolie et sait très bien s'occuper des enfants !

— Arrête de dire n'importe quoi ! Ta veine va se déboucher et tu vas bientôt être sur pied. Puisque tu penses à l'avenir, je voudrais bientôt t'inviter à déjeuner chez moi, un dimanche, pour te présenter mes enfants et mon dragon de mère. A propos d'elle, j'ai des interrogations. Elle a un cousin qu'elle aime bien depuis longtemps. Il est veuf et elle aussi. Je me demande s'ils n'ont pas envie de se marier même s'ils ne sont plus tout jeunes. Ils en parlaient l'autre jour sans savoir que je les entendais. Ils n'avaient pas l'air de plaisanter. Ma mère lui a dit qu'elle avait encore besoin de six mois pour conclure certaines affaires. Je me demande bien de quelles affaires elle parlait.

— Oui, maintenant ça me ferait plaisir de connaître tes enfants. Et si ta mère veut aller vivre ailleurs, ce n'est pas plus mal après tout ce que tu m'as raconté sur elle !

Au bout de trois quarts d'heure, Phil est obligé de la quitter et lui promet de revenir le surlendemain à l'heure du déjeuner. Phil a beaucoup de travail. Il doit rédiger un double rapport. Le premier sur l'intérêt stratégique de Tamanrasset pour l'aviation française et le second sur les circonstances de l'accident qui a retardé son retour de trois jours et qui a failli lui coûter la vie. Mais le soir, dans son lit, l'inquiétude le gagne et il aimerait savoir son amie sortie d'affaires.

Quand il arrive deux jours plus tard dans la chambre où séjourne Victoria, la porte est ouverte et plusieurs médecins et étudiants, tous en blouse blanche, sont à l'intérieur de la chambre. Il attend dehors, soucieux, car il a vu qu'ils s'affairaient autour de Victoria. Une infirmière à qui il demande des nouvelles dans le couloir, lui explique que Madame Miller a fait un malaise, qu'elle a des problèmes respiratoires et qu'ils ont appelé le chef de service. Quand celui-ci sort de la chambre au bout d'un quart d'heure, le colonel Destivel, en uniforme, se précipite vers le médecin le plus âgé pour avoir des nouvelles. Le chef de service lui explique :

— Madame Miller a fait une embolie pulmonaire. C'est grave, il ne faudrait pas qu'elle en refasse une autre. Nous allons augmenter les doses d'anticoagulants. Elle n'est pas bien en ce moment, vous devriez revenir demain. Il est préférable qu'elle se repose.

Phil quitte l'hôpital soucieux. Il n'a pas la force de se concentrer sur son travail et passe en fin d'après-midi voir Peggy pour lui donner des nouvelles. Elle aimerait aller voir Victoria mais il n'y a qu'elle pour s'occuper des jumeaux.

Le lendemain, quand Phil arrive dans le service de médecine, l'infirmière avec qui il a parlé hier, l'arrête dans le couloir, le fait rentrer dans un bureau et lui annonce sans ménagement que Madame Miller est décédée brutalement il y a une heure, suite à une nouvelle embolie pulmonaire. Son corps a déjà été transporté au funérarium de l'hôpital. Personne ne peut la voir pour l'instant.

Phil prend le choc de plein fouet ; accablé, il est obligé de s'asseoir sur un banc dans le couloir et reste ainsi un long moment avant de pouvoir reprendre un tant soit peu ses esprits. L'infirmière vient lui demander s'il est de la famille et sur sa réponse négative lui demande si Victoria a des membres de sa famille à Paris. Il lui explique que Victoria vivait avec sa cousine et ses deux enfants dans un appartement près du Luxembourg et qu'il va contacter cette cousine.

Peggy est effondrée par la nouvelle que lui apporte Phil. Tous les deux sanglotent sans pouvoir s'arrêter jusqu'à ce que Peggy lui dise :

— Je vais devoir retourner en Angleterre avec les enfants, rapidement. Légalement, ce sont les enfants du colonel Miller même si je sais que c'est vous leur père. Victoria m'avait fait des confidences et souhaitait cependant que votre paternité reste secrète. La situation est complexe. Vous, que souhaitez-vous ?

La question est directe et surprend Phil, incapable de répondre. Il quitte Peggy peu après.

Le soir au dîner, Maggy voit combien son fils va mal. Il ne dit pas un mot, prétexte des soucis professionnels et quitte la table avant la fin du repas pour aller dans sa chambre. Une heure plus tard Maggy cogne doucement à sa porte et trouve son fils en larmes. Elle interprète sa peine en imaginant qu'il a reçu la photographie de son amie en train d'embrasser un homme. Elle vient vers lui, affectueuse :

— Qu'as-tu, tu as des ennuis ?

— Oui, la femme que j'aime est décédée ce matin à l'hôpital Cochin ! Une embolie pulmonaire. Je l'avais rencontrée en Angleterre et elle était venue habiter à Paris récemment. Je voulais te la présenter. Mais laisse moi, j'ai besoin d'être seul.

Maggy ne comprend pas bien et laisse son fils comme il lui demande. Visiblement, il n'a pas reçu la photo qu'elle a envoyée. Pas la peine de faire souffrir son fils encore plus, puisque de toute façon, le danger que représentait cette femme est écarté. Le lendemain matin, Maggy récupère le document qui fait partie du courrier arrivé chez le concierge. Elle le détruit sans attendre.

Dans les jours qui suivent, Phil va plusieurs fois voir Peggy qui organise son départ et le rapatriement du corps de Victoria. Il veut absolument être présent à ses obsèques en Angleterre. Une date est facilement trouvée pour le rapatriement du corps mais Peggy n'arrive pas à obtenir du consulat une date pour l'inhumation. On lui dit que les autorités anglaises décideront de la conduite à tenir une fois le corps rapatrié. Le permis d'inhumer sera donné à ce moment-là, sans doute quelques jours après le retour du corps. Phil déprimé, se voit dans l'impossibilité d'organiser sa présence aux obsèques de sa bien-aimée et fait le serment d'aller se recueillir bientôt sur sa tombe dans le cimetière de Reading où elle reposera.

Pour compenser son absence, Phil, aidé par Peggy, organise une cérémonie d'adieu, dans le funérarium de l'hôpital Cochin, avec tous les amis, qu'elle s'était rapidement fait depuis à Paris, depuis son arrivée.

Une quinzaine de personnes assistent à la cérémonie, beaucoup d'hommes, probablement sensibles à la beauté et au charme de Victoria, surtout des peintres et des musiciens. Plusieurs prennent la parole et dédient à Madame Miller quelques poèmes de leurs crus, qui font pleurer l'assistance. Jean-Louis Raqué, le galeriste, souligne plusieurs fois son immense talent qui allait être reconnu. Son ami Serge insiste sur sa beauté et son caractère trempé. Il prononce même le mot tempérament qui fait sourire plusieurs de ses amis. Peggy la remercie pour les derniers mois magnifiques qu'elle a passés avec elle, d'abord à Londres puis à Paris, et lui promet de continuer à veiller sur ses jumeaux qu'elle aime comme s'ils étaient ses propres enfants. Phil prend la parole en dernier. Il revient sur sa rencontre avec Victoria, au bord d'une rivière, avec la pêche comme premier point commun. Il est discret et parle de leur trajet à tous les deux, à mots couverts comme s'il voulait rester énigmatique pour que ses paroles ne puissent être comprises que d'elle. Il termine, la voix cassée, submergé par ses émotions et sa tristesse. La plupart de ceux qui sont là ont les larmes aux yeux.

Avant de quitter Paris, Peggy lui laisse l'adresse de ses parents pour qu'ils puissent correspondre. Une fois en Angleterre, elle doit se renseigner auprès d'un homme de loi et écrire à Phil. Lui-même est très ennuyé de cette situation. Il ne se voit ni élever les deux bébés sans leur mère, ni les abandonner à leur sort en Angleterre.

La disparition de Victoria laisse un immense vide dans la vie du colonel Destivel qui trouve sa destinée injuste. A 41 ans, le voici veuf deux fois de suite alors que lui-même a réchappé miraculeusement à plusieurs accidents particulièrement graves.

Six mois se sont écoulés, depuis le décès de Victoria.

27

MORLEAU EN BOURGOGNE, FRANCE, JUIN 1946

La petite cloche du portail de Françoise vient de sonner. Celle-ci se penche à la fenêtre de sa cuisine pour identifier le visiteur et est bien surprise de reconnaître Maggy, la maman du colonel Destivel, qu'elle a rencontrée au Maroc deux ans auparavant et avec qui elle a eu récemment un échange de lettres. Malgré son âge, Maggy est fringante dans sa robe d'été blanche à pois noirs et ses chaussures à talons. Françoise est surprise de cette visite impromptue. Quand elle va lui ouvrir la porte, celle-ci lui donne quelques explications :

— Je suis allée faire une visite à des cousins près de Macon et je me suis dit qu'au retour, j'allais passer vous dire un petit bonjour. Je suis désolée de ne pas vous avoir prévenue. Dites-moi si je vous dérange ?

— Non pas du tout. Je n'ai rien de prévu. J'allais commencer à préparer notre repas. Vous allez rester déjeuner avec nous, bien sûr ?

— C'est gentil et j'accepte volontiers ; j'ai mon train à Chagny à 16h30 pour revenir sur Paris.

— Je vais vous présenter mes enfants et vous faire visiter la maison.

Dans ses lettres, Maggy avait d'abord invité Françoise à venir la voir à Paris. Françoise lui avait répondu que c'était malheureusement compliqué et qu'elle ne pouvait pas facilement laisser ses enfants. Maggy lui avait alors dit que dans ce cas c'est elle qui passerait si elle en avait l'occasion. Mais sans lui donner de date.

Les enfants de Françoise sont toujours contents quand ils voient du monde arriver et trouvent d'emblée Maggy rigolote. Celle-ci est impressionnée par le fait qu'ils vouvoient leur mère. Elle trouve cela « très classe » comme chez les aristocrates. Elle est aussi favorablement impressionnée par la maison de Françoise quand celle-ci lui fait visiter les lieux :

— Oh ! Mais c'est un château que vous avez là ! Cette tour d'angle est très belle, un vrai donjon !

Françoise a fait repeindre toutes les pièces, moderniser la cuisine et installer une pompe électrique qui amène directement l'eau collectée dans la citerne jusque dans la maison. Les graviers de la cour devant la maison ont été changés et un jardinier a planté des fleurs dans les massifs. C'est vrai que l'ensemble a belle allure. Maggy est enthousiaste :

— Mais c'est immense chez vous ! Vous avez combien de chambres ?

— Oui c'est assez grand, il y a neuf chambres. Elles ne sont pas toutes utilisées actuellement. En dehors du salon et de la salle à manger, il y a aussi un grand bureau dans la tour.

Françoise installe Maggy dans le salon et demande à ses enfants de lui tenir compagnie pendant qu'elle prépare le déjeuner. Maggy, restée seule avec les enfants, en profite pour, mine de rien, leur poser des questions assez personnelles sur leur maman :

— Votre maman est courageuse de vivre seule dans cette maison. Je veux dire sans mari. Heureusement qu'elle vous a. Elle n'est pas trop malheureuse depuis la mort de votre papa ?

C'est Agnès l'ainée qui répond :

— Depuis quelques mois, elle est plus gaie. Ce n'est pas comme avant, quand elle pleurait tout le temps ?

— Elle a peut-être un ami qui vient la distraire ?

— Avant, il y avait William, son ami et cousin américain qui me donnait des leçons d'anglais mais ça fait plusieurs mois qu'il est reparti dans son pays. Il doit repasser par ici un de ces jours

— Il habitait dans le village ?

— Non, il est resté chez nous pas mal de temps. Il avait une chambre dans la maison

Agnès a attisé la curiosité de Maggy qui a envie d'en savoir plus, mais elle ne se voit pas continuer à questionner le jeune fille comme elle est en train de le faire.

Françoise vient chercher tout le monde pour passer à table. Au passage, Maggy ne perd pas une miette de l'ameublement et de la décoration, Quand elle traverse le salon et l'entrée,. Elle aperçoit des meubles de style partout, des toiles anciennes accrochées aux murs avec des portraits d'ancêtres. Françoise lui donne les noms de certains de ses aïeux dont certains étaient comte ou vicomte. Maggy est émerveillée.

— Bravo Françoise ! Vous avez vraiment une belle maison. Quelle classe !

Pendant le repas, Françoise et Maggy se racontent leur retour en France, Maggy venant du Maroc et Françoise d'Algérie. Puis Maggy change de sujet et prévient son amie qu'elle va lui faire une confidence :

— Vous allez sans doute sourire, mais je vais bientôt me remarier. Avec un cousin, veuf comme moi. On a eu une histoire tous les deux quand on était jeunes, puis on s'est séparés. Fernand a dû aller travailler ailleurs et on a tous les deux rencontré quelqu'un. C'est drôle la vie tout de même ! Me remarier, à mon âge !

— Donc, vous allez devoir quitter votre fils ? Mais comment va-t-il ?

— Il va très bien. Il est colonel maintenant, bientôt général. Ses enfants grandissent. Paul a 17 ans et Claire 16. Mon fils et ses enfants n'ont plus besoin de moi. C'est mieux que j'aille habiter ailleurs. Ce sera plus simple pour lui quand il va se remarier.

— Il va se remarier ?

— Je ne crois pas qu'il ait fait de rencontres depuis son retour d'Angleterre. Mais il ne va pas vivre sans femme toute sa vie ! Je suis sûre qu'il est très sollicité. Quand je le vois partir le matin, je trouve qu'il a belle allure dans son uniforme ! C'est un sacré parti. Et vous-même, vous ne voulez pas vous remarier ?

Françoise esquive la question, montrant les enfants et signifiant qu'elle n'a pas envie d'aborder la question devant eux.

Quand ils sont en train de prendre le café dans le salon, la clochette de la grille retentit à nouveau. Françoise va voir et revient avec quelqu'un à son bras.

— Les enfants, devinez qui vient nous voir ! Vous allez être ravis !

Françoise entre avec William alias Wilhelm. Les enfants font des bonds de joie. Françoise fait les présentations. Maggy se dit que William doit être son jeune amant, ce qui vient compliquer la situation et entraver ses plans.

William entre et annonce qu'il vient passer quelques jours

avec eux sans demander à Françoise si elle peut le loger. Pour lui, la cause semble entendue. Il est ici en terrain conquis !

Pour Maggy, il est rapidement l'heure de retourner vers Chagny afin de prendre son train pour Paris. Françoise lui propose de l'emmener :

— J'ai une voiture maintenant. Je vais vous raccompagner jusqu'à la gare, ce n'est pas bien loin

— Vous avez une voiture. Bravo ! A la campagne ça facilite la vie ; vous êtes plus indépendante comme ça.

Maggy ne peut s'empêcher de demander des informations supplémentaires sur la voiture :

— C'est quoi, votre voiture ? Une Citroën ?

— Non c'est une Hotchkiss. On en avait une, avant la guerre avec mon mari.

Maggy n'est pas une grande spécialiste des voitures mais elle sait que la marque est plutôt prestigieuse ce qui ne lui déplaît pas. Elle accepte volontiers la proposition de Françoise de l'emmener à la gare, en se disant qu'elles allaient être tranquilles dans la voiture pour discuter en attendant son train. Effectivement, quand elles arrivent à la gare, elles sont en avance et ont un quart d'heure pour bavarder. Maggy essaie d'en savoir plus sur William. Françoise a peur qu'elle s'imagine que William et elle sont amants. Elle met les choses au point :

— William est un cousin américain, venu passer quelques temps en France après une blessure pour se reposer et perfectionner sa connaissance du français. Il va retourner dans son pays dans quelques jours.

Maggy est soulagée mais, directe, elle lui demande si elle a un homme dans sa vie. Françoise lui dit que non et qu'elle ne s'en trouve pas plus mal pour l'instant. Elle lui raconte l'épisode avec Georges, qui laisse son amie pantoise quand elle explique :

— Il voulait se marier avec moi quand j'ai découvert qu'il aimait aussi les hommes ! Vous vous rendez compte ! Je l'ai échappé belle !

Maggy lui reparle de son fils, lui vantant ses qualités morales :

— Depuis quelques mois, il passe beaucoup de temps à s'occuper d'une association qui aide les aviateurs blessés ou tués en service aérien ainsi que leur famille.

— C'est intéressant ce que vous me dites, je ne connais pas cette association. Quel est son nom ?

— C'est l'association des « Ailes brisées », je crois. Vous devriez devenir adhérente. Je vous enverrai les coordonnées exactes. Je suis sûre que cela pourra vous être utile.

Au moment de se quitter, Maggy insiste pour que Françoise vienne lui faire une visite à Paris avec ses enfants :

— Venez passer quelques jours. Si vos enfants aiment les animaux, il y a le zoo de Vincennes, le jardin des plantes, l'aquarium du Trocadéro. Et pour voir Paris d'en haut, la tour Eiffel, c'est formidable ; ça intéressera vos enfants.

Françoise trouve que c'est un peu difficile à organiser mais que pendant des vacances, ça serait très instructif pour eux de découvrir la capitale.

Dans le train, Maggy fait le point : Françoise a beaucoup de classe, semble très à l'aise financièrement, possède un quasi château en Bourgogne où elle-même apprécierait de passer des vacances. Elle n'a pas de fiancé, a l'expérience de la vie et ses enfants sont bien éduqués. Elle ferait une sacrée épouse de général si Phil voulait bien s'intéresser à elle. Mais elle sait qu'elle doit se montrer diplomate, ne surtout pas prendre son fils de front et susciter une rencontre entre Françoise et Phil. Là encore, elle va devoir jouer serré. Mais l'association des « Ailes brisées » pourrait peut-être l'y aider.

Une fois Maggy partie, Françoise retourne chez elle, impatiente de savoir ce qu'est devenu William dont elle n'a pas eu de nouvelles depuis plusieurs mois.

William lui raconte son histoire, son retour en Allemagne sans trop de difficultés à la mi-octobre, caché dans un camion qui lui a fait passer le pont de Kehl près de Strasbourg, un pont en bois, pas très solide, reconstruit provisoirement.

Il s'est d'abord mis à la recherche de ses parents et a appris, comme il le craignait, leur décès lors du bombardement de Dresde. Puis, ayant besoin de papiers, il est allé voir les militaires américains, leur faisant part de sa double nationalité, leur racontant sa guerre dans la Wehrmacht, sa fuite lors de l'avancée des armées russes, tout en leur cachant son séjour en France. Après plusieurs interrogatoires et vérifications diverses, on lui a refait des papiers d'identité. Les américains ont été intéressés par sa connaissance des langues et lui ont proposé de travailler pour eux dans le cadre de la recherche des criminels de guerre nazis ce qu'il a accepté avec enthousiasme.

Basé à Nuremberg, il est actuellement impliqué dans la préparation du procès de médecins nazis soupçonnés d'avoir fait d'horribles expérimentations humaines dans les camps d'extermination, notamment sur des enfants rom.

Il conclut en disant à Françoise :

— Tu as eu raison de me conseiller de retourner en Allemagne. C'est bien mieux que d'avoir fui en Amérique du sud. Tout ceci m'offre des perspectives pour plus tard, peut-être aux USA. Je verrai dans deux ans. J'ai pu avoir quelques jours de liberté et un passeport officiel pour venir te voir. En fait, je voudrais récupérer quelques lingots. Pas plus de cinq, car je voyage en train. Ça m'aidera en Allemagne où la vie est tellement difficile en ce moment.

William les quitte au bout de deux jours. Il laisse à Françoise son adresse à Nuremberg et leur fait la promesse de revenir bientôt. Françoise lui recommande la prudence lors de ses démarches pour vendre lingots et bijoux. Quelques jours plus tard, Françoise et ses enfants reçoivent une carte postale de Nuremberg confirmant que leur ami allemand est arrivé sans encombre et que le passage de la frontière a été rapide, simplifié par sa carte professionnelle.

28

PARIS, FRANCE, JUIN A OCTOBRE 1946

Phil a été anéanti par le décès brutal de Victoria en décembre. Le coup a été terriblement rude, presque pire que celui causé par la mort de sa première femme.

Le retour rapide de Peggy en Angleterre avec les jumeaux de cinq mois, Helen et George, l'a achevé et mis face à une réalité complexe et déprimante. Légalement, il n'est rien pour ses enfants. Sa qualité de père est difficile voire impossible à prouver. Peggy, lors de leurs dernières conversations, lui a raconté que Victoria ne voulait pas que ses enfants puissent être considérés comme des bâtards et qu'elle ne souhaitait donc pas que la paternité du colonel Miller soit remise en question tant qu'elle et Phil ne vivraient pas ensemble, mariés. Comme Peggy est la seule à pouvoir témoigner du fait que Victoria et Phil ont eu une relation qui a conduit à une grossesse, Phil ne voit pas du tout comment il pourrait revendiquer quoi que ce soit.

Il y a trois mois, n'ayant pas de nouvelles de Peggy, il lui a écrit à l'adresse qu'elle lui avait laissée à Reading, mais sa lettre est restée sans réponse. Phil va renvoyer une nouvelle lettre et envisage de partir sur place voir de quoi il en retourne si elle ne lui répond pas.

Aujourd'hui Maggy qui était depuis quelques jours chez des cousins près de Macon revient à Paris. Elle arrive tard après le diner et remet au lendemain la narration de son arrêt-déjeuner chez Françoise Dumaine dont elle n'a pas parlé à son fils avant de partir. Le lendemain samedi, au déjeuner, elle raconte son histoire à Phil :

— Hier, je ne t'ai pas dit, mais je me suis arrêtée quelques heures chez Françoise Dumaine, près de Chagny, tu sais, une dame que tu connais, une veuve dont j'avais fait la connaissance à Meknès. Je l'avais invitée à diner.

Phil, étonné, se demande ce que cela cache. « Maggy veut peut-être me marier avec elle ? ». Il lui demande néanmoins des nouvelles, s'attendant à ce que sa mère ne tarisse pas d'éloges sur elle :

— J'ai vu sa maison. Assez modeste comme bâtisse, somme toute, un peu délabrée et pas beaucoup de terrain ! Le mobilier est vieillot et les tableaux pas très gais. Elle vit plutôt en recluse avec ses trois enfants qui m'ont paru difficiles. Sa vie doit être compliquée dans ce petit village où il n'y a même pas l'eau courante. Je pense qu'elle pourrait bénéficier de l'aide de l'association dont tu t'occupes. C'est bien les « Ailes brisées » son nom ? Tu me donneras les coordonnées. Je lui ai dit que je les lui enverrai. Elle n'a pas embelli, la pauvre ! je l'ai trouvée vieillie ! Elle commence à avoir des cheveux blancs et des grosses rides sur le front. Pas étonnant avec tous ses soucis. Elle devrait se faire teindre. Mais j'ai tout de même l'impression qu'elle est en train de refaire sa vie là-bas. Elle m'a parlé d'un voisin, un petit agriculteur qui lui fait du plat. Il ne lui plaît pas tant que ça mais la vie est difficile pour elle !

Phil est étonné. Il s'attendait à une toute autre description de Françoise. C'est dommage car il se souvenait d'une belle femme, intelligente, avec qui il avait aimé discuter en Afrique du Nord.

La stratégie de Maggy est élaborée. Après réflexion, elle est arrivée à la conclusion que si elle dressait un portrait peu avantageux de Françoise Dumaine, Phil, s'il la rencontrait, n'en serait que plus surpris et charmé. Elle ne veut surtout pas que son fils pense qu'elle le pousse dans les bras de cette femme.

Après la période sombre qui a fait suite à la mort de Victoria, Phil a ressenti le besoin d'être très occupé, un moyen comme un autre de ne pas trop penser et donc de ne pas trop souffrir. Il est devenu rapidement vice-président de cette association, les « Ailes brisées » et n'est pas avare de son temps pour la développer et la faire connaître.

Après la demande de Maggy, il fait envoyer par l'association à Madame Françoise Dumaine, une lettre lui présentant les objectifs de celle-ci et les différentes prestations qu'elle assure. Françoise devient rapidement adhérente. Un mois plus tard, les « Ailes brisées » décident de lui verser une contribution financière pour l'éducation de ses trois enfants, pupilles de la nation, d'un montant égal à celui qu'elle aurait pu toucher à l'occasion des fêtes de Noël 1945, si elle avait été connue des « Ailes brisées ». Françoise remercie vivement l'association et se porte volontaire pour aider « les Ailes brisées » si on lui propose des tâches qu'elle pourrait effectuer à distance. Une lettre de remerciements lui parvient peu après mais sans proposition de bénévolat pour l'instant.

Françoise après la découverte du magot qu'elle a partagé avec William, est passée par une phase prolongée d'euphorie. Cet argent a effectivement transformé sa vie. Mais après quelques mois, elle sent qu'elle ne peut pas continuer à vivre toute l'année dans son petit village de Bourgogne où sa vie sociale est trop restreinte.

Au début du mois d'août, elle prend la décision d'aller faire un séjour dans la capitale avec ses enfants. Elle ne connaît pas bien Paris où elle n'a jamais habité et vient y passer quelques jours à l'hôtel au moment des fêtes du 15 août pour préparer son éventuelle venue.

Les enfants apprécient les visites de zoo qu'elles leur fait faire, surtout les garçons ! Plusieurs fois, elle prend des taxis en demandant au chauffeur de passer dans certains quartiers de Paris qu'elle explore ensuite à pied. Elle découvre ainsi le village d'Auteuil, le quartier des Invalides, la Muette, la butte Montmartre mais c'est finalement l'environnement de Saint-Germain-des-Prés qui lui apparaît le plus attractif. Elle trouve rapidement un appartement à louer au 6 bis rue Bonaparte dans un bel immeuble du 18ème siècle. Le salon, un peu sombre, donne sur la rue mais il y a trois chambres, très au calme et ensoleillées, qui ont vue sur un petit jardin. Une chambre de service lui permettra de loger une bonne qu'elle a bien l'intention d'embaucher début octobre. Les quais de Seine sont à proximité. Il suffit de marcher cinq minutes pour se retrouver dans l'effervescence du Boulevard Saint Germain. Françoise prolonge d'une semaine son séjour pour faire l'acquisition d'un minimum de meubles et de vaisselle. Son emménagement est prévu pour la mi-septembre.

Le 14 septembre 1946, Françoise arrive à Paris en voiture, avec ses enfants. Elle a mis six lingots d'or dans sa valise ainsi que quelques bijoux qu'il lui sera facile de négocier à Paris où les bijoutiers sont nombreux. Elle écrit une longue lettre à son ami William à Nuremberg pour lui raconter son déménagement et lui donner son adresse à Paris. Elle passe les deux premiers jours à l'hôtel, le temps que son mobilier soit livré.

Françoise a trouvé en Bourgogne une bonne dénommée Suzanne qui vient à Paris pour l'aider. Celle-ci est originaire de Dezize les Maranges, un petit village de Saône et Loire, pas très loin de Morleau. Suzanne loge dans une chambre de service au septième étage. La pièce est assez grande mais plutôt spartiate. On y accède par l'escalier de service ; il n'y a pas l'eau courante, les toilettes sont communes mais Suzanne est bien contente d'avoir son indépendance. Françoise est une patronne plutôt sympathique qui ne cherche pas à l'exploiter. Elle la rémunère très correctement et lui aménage des horaires réguliers qui lui laissent du temps pour elle.

Deux jours plus tard, l'appartement de Françoise est propre et fonctionnel, même si la décoration reste à affiner. Elle fait préparer un bon diner par Suzanne, pour fêter leurs nouvelles vies à tous.

Le 18 septembre, Françoise allume, pendant le dîner, le nouveau poste de radio Philips, qu'elle vient d'acheter. Elle prend connaissance du contenu du discours que Winston Churchill, pour qui elle a une grande admiration, a prononcé le jour précédent à l'Université de Zurich. Une exhortation à construire les Etats Unis d'Europe, incluant tous les pays qui le souhaitent, même l'Allemagne ce qui n'est pas facile à accepter après toutes les horreurs commises par les nazis. Mais elle se dit qu'il a sans doute raison, si l'on veut garantir la paix.

Françoise trouve facilement où scolariser ses enfants. Agnès doit aller au collège d'Hulst, rue de Varenne et Michel dans un petit établissement de la rue des Saints Pères. Romain, le plus jeune, est encore trop petit pour aller à l'école et sera gardé régulièrement pour que sa maman puisse avoir un peu de liberté.

Après la rentrée scolaire d'octobre, Françoise qui a plus de temps libre, marche jusqu'au siège de l'association les « Ailes brisées » avenue Daniel Lesueur dans le 7ème arrondissement de Paris, pour prendre contact et proposer ses services, de manière tout à fait bénévole. Une secrétaire, pas toute jeune, lui demande de remplir un dossier en précisant ses disponibilités et compétences. Quand Françoise a terminé, la secrétaire lui explique qu'on lui écrira, ce qui ne la satisfait qu'à moitié car elle aurait préféré pouvoir discuter d'emblée avec quelqu'un de ce qu'elle pourrait faire. Elle s'apprête à quitter les lieux quand elle entend une voix qui lui dit :

— Madame, si vous avez un peu de temps à nous consacrer, j'ai quelque chose à vous proposer. Je suis le lieutenant Maria, en congé de l'armée de l'air, encore pour quelques semaines, pour raison de santé. Allons dans un bureau. Je vais vous expliquer.

La secrétaire, pas très contente, fait remarquer au lieutenant que ce n'est pas la procédure habituelle mais le lieutenant hausse les épaules et conduit Françoise dans une petite pièce au fond de l'appartement qui sert de siège à l'association.

Le lieutenant doit avoir environ vingt-cinq ans. Il est grand, carré, très brun, massif et commence par raconter son histoire:

— Mes problèmes de santé n'ont rien de glorieux. J'ai eu un choc sur la colonne vertébrale lors d'un match de rugby, il y a deux mois et le médecin de notre escadrille m'a mis au repos, mais ça va beaucoup mieux. Pour passer le temps, je fais du bénévolat pour les « Ailes brisées ». J'essaie de récolter des fonds auprès des industriels et j'ai besoin d'être aidé. Et vous-même ?

Françoise lui raconte sa situation de veuve de guerre et son déménagement récent à Paris. Ce que lui propose le lieutenant l'intéresse, à savoir identifier des sociétés qui pourraient être sollicitées pour effectuer un don aux « Ailes brisées », se procurer le nom des dirigeants, se renseigner sur eux, rédiger des lettres personnalisées et assurer le suivi de ces contacts. Ils se mettent d'accord pour trois demi-journées par semaine. Le lieutenant Maria conclut l'entretien en disant qu'il va mettre le bureau de l'association au courant mais qu'il n'y aura aucun obstacle. Françoise le quitte, heureuse de cet accueil. Elle doit commencer ce travail dans une semaine. Les tâches qu'on lui a proposées lui plaisent car elles impliquent beaucoup de contacts humains avec des personnes diversifiées, ce dont elle a été plutôt privée à Morleau.

Françoise avait suivi de près, par la radio, le déroulement du procès de Nuremberg, Le 16 octobre, elle apprend avec satisfaction, la pendaison des principaux chefs nazis qui ont fait tant de mal à l'Europe, à la France et à sa famille en particulier.

C'est la première fois de sa vie que Françoise a une activité régulière, quasi professionnelle, même si elle n'est pas rémunérée. Etienne, c'est le prénom du lieutenant Maria, l'a installée avec lui dans son petit bureau. Françoise ne le voit en général qu'une demi-journée par semaine, mais quand il est présent, il ne cessent de papoter. Etienne est bavard, a beaucoup d'humour et fait rire sa compagne de bureau. On les entend souvent s'esclaffer dans le couloir, même si la porte de leur bureau est close. Cela n'empêche pas Françoise d'avancer dans son travail, surtout quand le lieutenant n'est pas là. Les lettres qu'elle écrit à destination d'éventuels généreux donateurs sont d'abord relues par Etienne puis transmises au bureau de l'association pour dernière relecture et signature. Etienne n'apporte que peu de modifications aux projets que Françoise lui soumet.

Un jour, alors qu'ils sont en train de bavarder, on frappe à la porte. Quelqu'un entre et dit à Etienne

— Bravo lieutenant, d'avoir introduit des descriptions concrètes des familles atteintes par le décès d'un aviateur dans les lettres de demandes de subventions. Je crois que ça émeut les industriels et leur donne plus envie de faire un geste.

— C'est une idée de Madame Dumaine. Je vous présente Françoise qui vient nous aider plusieurs fois par semaine.

Françoise se retourne et reconnaît après quelques hésitations le colonel Destivel qu'elle n'a pas revu depuis quatre ans. Lui-même l'identifie rapidement, surpris de cette rencontre.

—Oh Madame Dumaine ! Quelle surprise ! Je croyais que vous habitiez toujours en Bourgogne.

Phil est d'autant plus surpris, qu'il a devant lui une femme encore jeune, tout à fait jolie et distinguée, légèrement maquillée. Une allure bien différente du portrait dressé par Maggy, il y a peu de temps.

Françoise et Phil sortent discuter quelques instants dans un des salons de l'appartement. Ils s'informent de leurs situations respectives. Françoise lui apprend son déménagement à Paris et lui dit apprécier ses activités au sein des « Ailes Brisées », notamment du fait du lieutenant Maria, un homme très sympathique. Phil vérifie toutes les lettres qu'elle a rédigées avant de les faire partir. Il la félicite pour la qualité de son travail qui commence déjà à porter ses fruits. Plusieurs industriels, sollicités récemment, viennent déjà de faire des dons importants à l'association.

Phil revient plusieurs fois au siège des « Ailes Brisées » pendant le mois d'octobre. Régulièrement, il entend, à travers la porte, Françoise Dumaine en grande conversation avec le lieutenant. Leurs discussions sont entrecoupées de silences, mais aussi d'éclats de rire qui finissent par l'énerver. Il en arrive à penser que, peut-être, ces deux-là ont une liaison. Il sait que le lieutenant n'est pas marié et que Françoise est veuve. Bizarre tout de même leur relation ! Le lieutenant doit avoir dix ans de moins qu'elle et n'a pas un physique des plus distingués, plutôt celui d'un costaud du Sud-Ouest dont il est d'ailleurs originaire. Phil regrette de ne pas avoir de conversation en tête à tête avec Françoise qui lui plaît bien.

Le hasard fait, qu'au Ministère, Phil reçoit la visite du directeur du personnel de l'armée de l'air, le général de brigade Noiret. Celui-ci lui explique brièvement le but de sa visite :

— Mon cher Destivel, nous devons trouver une affectation pour le lieutenant Maria qui va être promu capitaine. Je sais que tu le connais bien puisqu'il était dans ton groupe à Gaitford et je voudrais savoir ce que tu penses de lui. Où bien, nous le gardons à Paris pendant un temps comme adjoint du major général ; c'est un poste plutôt administratif, ou bien il prend la tête d'une escadrille basée en Algérie, à Blida avec beaucoup de vols d'entrainement. Qu'est-ce que tu en penses ?

Phil ne réfléchit pas longtemps et donne son avis :

— Maria, c'est un excellent pilote et il fera surement un bon chef d'escadrille. Un poste administratif, ce n'est pas pour lui. Il sera surement très content d'être muté en Algérie. Tu n'as pas à hésiter.

Le général Noiret est surpris par la rapidité de la réponse du colonel Destivel, plus mesuré d'habitude dans ses avis. Mais il se dit qu'effectivement un poste administratif n'est pas bien adapté à un pilote qui a payé de sa personne pendant deux ans en Angleterre, a été décoré de *Distinguished Flying Cross* et a sûrement encore envie de piloter et plus généralement de pratiquer son métier d'aviateur.

Treize mois se sont écoulés, depuis le décès de Victoria.

29

PARIS, FRANCE, FEVRIER ET MARS 1947

Début février, Maggy organise un grand repas de famille avec son fils, ses petits-enfants, son cousin Fernand, devenu un habitué de l'appartement de la rue Lecourbe, et tous les cousins et cousines qui habitent dans la région parisienne. Dix-huit invités au total ont été sollicités par Maggy pour renforcer la cohésion familiale et fêter l'élection de Vincent Auriol, le premier président de la 4ème république, nommé il y a trois semaines. Deux tables ont été mises en enfilade pour asseoir tout le monde. Maggy a fait appel à un traiteur qui a cuisiné des colins froids servis avec une macédoine de légumes et une abondante crème mayonnaise. Phil s'est procuré du vin blanc de Meursault pour accompagner le poisson. Au dessert, plusieurs bouteilles de champagne viennent agrémenter un vacherin meringué particulièrement réussi.

Au moment de sabler le champagne, Maggy se lève pour faire un petit discours. Les invités sont étonnés de ce qu'ils entendent sortir de la bouche de leur hôtesse, un peu pompette :

— Je lève mon verre à la santé de notre nouveau président dont je me fiche absolument, vu que l'on m'a dit qu'il n'avait aucun pouvoir ! J'ai surtout quelque chose de très personnel à vous dire. J'ai le plaisir de vous annoncer mon remariage avec Fernand, mon cousin, que vous voyez à ma droite. Rassurez-vous il est au courant !

Nous sommes veufs tous les deux, et avons l'intention de bien profiter des années qu'il nous reste à vivre…

Phil n'est pas vraiment surpris, ayant déjà entendu Maggy en parler, sans que celle-ci ne s'en rende compte. Il est même ravi de la perspective de voir sa mère quitter son appartement.

En revanche, Paul et Claire sont très étonnés, n'imaginant pas que l'on puisse penser au mariage et tout ce qui va avec, après cinquante ans !

Les cousins et cousines viennent féliciter les deux futurs mariés et les bouteilles de Champagne tombent à pic pour fêter l'événement. Phil se sent obligé de dire quelques mots, après avoir levé son verre à la santé des futurs mariés :

— Je suis très heureux pour vous deux ! Je tiens encore une fois à remercier maman pour tout ce qu'elle a fait pour moi et pour les enfants pendant ces années de guerre. Sans elle, je ne sais pas comment j'aurais pu m'en sortir. Je termine en disant quelques mots qui vont lui faire plaisir. J'ai appris, il y a deux jours, que j'étais nommé général. Je ne t'ai rien dit, Maman, jusqu'à aujourd'hui pour te faire la surprise. Je sais que ça te tenait à cœur, peut-être encore plus qu'à moi !

Maggy est aux anges ; elle en rêvait depuis plusieurs années, le grade de général représentant pour elle le comble de la réussite sociale. Les invités viennent tour à tour féliciter leur jeune cousin. Ils sont flattés d'avoir un général de 43 ans dans leur famille, la plupart agriculteurs ou techniciens, n'ayant jamais fait d'études supérieures.

Deux semaines plus tard, Phil a invité son ami anglais John, le mathématicien-pilote, à déjeuner. Celui-ci a fait de gros progrès en français depuis leur dernier entretien, même si son accent très prononcé qui fait rire Claire, donne rapidement des idées sur sa nationalité. Il est toujours heureux de vivre à Paris et trouve sa position au Collège de France très stimulante. Le déjeuner est animé. Paul est captivé par les récits d'aviation de John et par son travail pendant la guerre quand il était mathématicien au quartier général du bombardement en Angleterre. Claire lui pose une question que Maggy trouve déplacée dans la bouche d'une jeune fille. Elle lui demande s'il trouve les parisiennes jolies et s'il a une petite amie. John lui répond qu'effectivement les parisiennes ont du charme et sont élégantes et que pour cette raison, il a du mal à en choisir une.

Après le déjeuner et le café, Phil et John ont une conversation en aparté. L'Anglais félicite Phil pour sa récente nomination au grade de général et s'enquiert de ses nouvelles fonctions. Phil lui répond que pour l'instant, il est maintenu dans ses occupations d'inspecteur de l'aviation d'outre-mer. Il lui explique que son rôle est non seulement technique, mais aussi stratégique. Il doit en effet anticiper sur l'évolution des relations de la France avec les principaux pays impliqués dans la deuxième guerre mondiale et notamment avec la Russie communiste qui pose de plus en plus de problèmes.

Pour terminer, John lui demande s'il voit toujours son amie anglaise dont il lui avait parlé lors de leur dernier entretien. Phil lui apprend son décès et John lui dit combien il est désolé de cette nouvelle. A la fin de leur entretien Phil lui demande s'il pourrait donner quelques leçons de conversation anglaise à ses enfants le samedi matin ou après-midi. Il ajoute que naturellement, il le rémunérerait. John ne dit pas oui tout de suite car il semble être souvent occupé le samedi et souhaite voir d'abord s'il peut réorganiser sa journée. Ils se quittent sur ces entrefaites.

Aux « Ailes Brisées », les choses ont changé. Le lieutenant Maria a été muté en Algérie, au grand dam de Françoise Dumaine. Elle adorait leurs conversations et leurs blagues. Ils étaient devenus très amis et avaient toujours plaisir à se retrouver. Quand Etienne lui a annoncé son prochain départ, il lui a fait en souriant une confidence qui l'a troublée :

— Tu sais, je crois que c'est mieux que je parte, j'ai l'impression que je suis un peu amoureux de toi malgré les dix ans qui nous séparent. Maintenant, je vais aller faire connaissance avec les « fatma » d'Algérie pour me consoler !

Françoise a pris ses paroles à la rigolade, mais elle a été forcée de reconnaître que le lieutenant, même avec son physique de costaud un peu mastoc, avait du charme, qu'il savait la faire rire et qu'heureusement, il était resté très correct même quand ils étaient tous les deux enfermés à travailler dans leur petit bureau. Elle aurait peut-être eu du mal à résister à ses avances s'il lui en avait faites. Elle est étonnée quand on lui annonce qu'elle travaillera maintenant directement avec le général Destivel, qui passe de temps en temps à l'association.

Pendant trois semaines, elle travaille seule, de plus en plus furieuse que Phil, qu'elle connaît tout de même un peu, ne prenne pas la peine de la contacter et la traite comme quantité négligeable. Quand, il vient la voir à l'improviste, un après-midi, elle a du mal à cacher son énervement :

— Bonjour général, toutes mes félicitations pour votre avancement. Mais je me demande si, du fait de vos nouvelles fonctions, vous aurez assez de temps à me consacrer. Cela fait trois semaines que je travaille seule, j'ai beaucoup de questions à vous poser et des textes à vous faire valider. Je ne suis pas d'accord pour continuer ainsi !

Phil est surpris de l'accueil glacial et lui répond assez froidement :

— C'est vrai que je n'ai pas que ça à faire en ce moment. Le mieux est que je vous appelle au téléphone, quand j'ai un peu de liberté.

Le reste de l'entrevue est tendu car Phil ne peut pas

s'éterniser. Il demande à Françoise de sélectionner les questions les plus importantes qu'elle veut lui poser. Pour les lettres à signer, il les relira plus tard. Il lui donne rendez-vous pour dans trois semaines, ne pouvant se libérer avant. Françoise est estomaquée par sa désinvolture et se demande quelle sera la suite de son implication dans les activités des « Ailes Brisées ». Elle regrette son ami Etienne et le dit à Phil :

— J'avais une meilleure méthode de travail avec le lieutenant Maria. Il était présent une fois par semaine, à jour régulier. C'était très efficace pour avancer.

Phil sort du bureau l'air un peu pincé sans dire au revoir. En fait, Phil est de très mauvaise humeur car un document confidentiel qu'il a ramené récemment chez lui, a disparu. Il s'agit d'une analyse préliminaire de l'impact potentiel des armes atomiques sur les guerres au sol. Même si les Français ne possèdent pas de bombe atomique pour l'instant, les militaires se rendent compte qu'avec ce type d'armes, rien n'est plus comme avant et qu'il est nécessaire de s'y préparer.

Le Dimanche précédent, John s'était finalement déplacé pour donner une leçon d'anglais à Paul et Claire. Tous les trois, ils s'étaient mis dans la petite pièce qui sert de bureau à Phil. La leçon a duré une heure et demie. Les enfants ont apprécié la façon dont John a réussi à soutenir leur attention pendant toute ces minutes. Le soir, après le diner, Phil a voulu travailler sur ce document sur lequel est marqué « confidentiel » mais il lui a été impossible de le retrouver. Les enfants ont juré leurs grands dieux qu'ils n'y avaient pas touché. Personne d'autres que John n'est rentré dans la pièce. L'appartement est resté vide pendant l'après-midi.

Le lendemain matin, Phil s'était senti obligé de déclarer la perte de ce document aux renseignements généraux, sans rien cacher des circonstances de cette disparition. Une enquête sur John Luxley a été diligentée et son appartement discrètement perquisitionné. Le document n'a pas été retrouvé mais un brouillon de lettre, très ambigu, a été saisi, possiblement en rapport avec le rapport qui s'est volatilisé. L'enquête a aussi révélé que John a beaucoup d'amis communistes, et qu'il aide à vendre le journal l'Humanité, le dimanche matin. De plus, il participe régulièrement à des réunions de cellule. Tout ceci a conduit à soupçonner John d'avoir transmis le document recherché à des communistes en cheville avec des Russes. Tout le monde sait que le parti communiste français est en adoration devant Staline. Cependant rien d'illégal dans la vie de John n'a pu être trouvé. Dans ces conditions, Phil a prétexté une accumulation de devoirs et d'examens pour ses enfants et a annulé les leçons d'anglais à venir, prodiguées par John.

Phil a beaucoup de travail car il part dans quelques jours au Vietnam pour une inspection d'une semaine. Ce voyage l'intéresse particulièrement ; le pays est apprécié par les nombreux Français qui ont l'occasion d'y séjourner et lui-même n'y est jamais allé.

Après ce déplacement, son travail l'occupe considérablement et ce n'est qu'un mois après son entrevue avec Françoise, qu'il trouve le temps de venir la voir au siège de l'association. Françoise n'est pas contente et prétexte une obligation qui l'oblige à partir, quand elle le voit arriver. Elle a vraiment envie de le mettre au pas et comprend mal que l'on traite de cette façon une bénévole. Phil l'attend une heure puis se résout à quitter les lieux, se demandant s'il n'aurait pas dû lui téléphoner avant de se pointer, sans prévenir, avec une semaine de retard.

Trois jours plus tard, une après-midi où il a su par la secrétaire que Françoise était présente, il lui téléphone dans son bureau :

— Excusez-moi pour mes goujateries. Je ne me suis pas bien comporté depuis le départ du lieutenant Maria. J'ai eu beaucoup d'ennuis, je vous raconterai.

Phil lui donne un autre rendez-vous à l'association en

promettant cette fois-ci de ne pas lui poser de lapin.

Quand ils se voient, Phil renouvelle ses excuses sans rentrer dans les détails et tous les deux se plongent dans le travail qu'ils doivent faire ensemble. On est en hiver mais il fait assez chaud dans l'appartement. Décontractée, Françoise a enlevé la veste de son tailleur et Phil celle de son uniforme. Ils travaillent efficacement pendant deux heures. Phil la complimente sur sa maîtrise du français et la qualité de son style. L'acrimonie de Françoise à l'égard du général retombe et lui-même, la regardant, est frappé par sa classe naturelle et le charme discret qui se dégage de sa personne. Il lui trouve un sourire vraiment agréable. A la fin de leur entrevue, Phil a une idée :

— Pour continuer à me faire pardonner, ça me ferait plaisir de vous inviter au restaurant, un soir, si vous pouviez vous libérer. Vous seriez-d'accord ?

Françoise semble hésiter un instant, mais dans son for intérieur, elle est très contente. Le général Destivel ne manque pas de prestance et ne semble pas avoir de femme dans sa vie. Elle aurait bien tort de refuser et accepte l'invitation. Phil lui propose de venir la chercher chez elle à 20 heures le mercredi qui suit. Il a maintenant une voiture de fonction, une Citroën traction 15 ch et un chauffeur, pour son travail mais aussi pour certains de ses déplacements privés.

Phil a réservé à la brasserie « La Coupole », boulevard de Montparnasse, un restaurant, tout à fait à la mode, où il n'est jamais allé auparavant. On y rencontre de nombreux peintres et écrivains qui y passent leur vie. Quand ils arrivent, Françoise est impressionnée car une femme noire, assise en train de diner à une table en face de la leur, fait un petit bonjour de la main à Phil qui la reconnaît sans peine. Il s'agit de Joséphine Baker, la chanteuse venue donner un récital sur la base de Gaitford en Mai 45 et que Phil avait accueillie en tant que commandant de la base. Il explique cela à Françoise qui trouve étonnant qu'elle le reconnaisse d'emblée, ce qui le vexe un peu. Puis c'est au tour de Stéphane Grapelli, le violoniste de jazz, de lui mettre la main sur l'épaule, en chantonnant la Marseillaise.

Françoise et Phil prennent un whisky en apéritif, ce qui les rend d'emblée bavard.

Françoise demande à Phil s'il n'a pas rencontré une belle Anglaise quand il était à Gaitford. Elle est gênée quand il lui raconte brièvement son histoire :

— Oui j'ai rencontré une femme que j'ai aimée. Une histoire qui s'est mal terminée. Elle est venue habiter à Paris et est décédée d'une embolie pulmonaire quelques mois après son arrivée.

— Oh général, je suis désolé ! Je vous ai posé cette question pour badiner. Excusez-moi !

— Vous êtes toute excusée, vous ne pouviez pas savoir. Et vous-même, si je ne me trompe pas, cela fait bientôt quatre ans que vous êtes veuve. Vous n'aimeriez pas retrouver un compagnon ? Vous en avez peut-être retrouvé un ?

— Non pas vraiment. Dans mon village, il y avait un voisin, un ingénieur qui s'intéressait à moi. J'ai découvert par hasard qu'il était homosexuel, ce que je ne soupçonnais pas du tout. Ensuite il est décédé dans un accident de voiture.

— Beaucoup de morts autour de nous, mais nous n'y sommes pour rien !

Ils parlent ensuite de leurs enfants. Phil ne fait pas allusion aux jumeaux. C'est son secret qui souvent le réveille la nuit. Phil demande à Françoise si, avec ses enfants à élever, elle s'en sort financièrement. Sur ce sujet, elle reste évasive et ne dit rien de l'or et des bijoux qu'elle a trouvés avec William.

Tous les deux se découvrent. Ils ont beaucoup de choses à se dire et sympathisent. A la fin du repas, ils s'appellent par leurs prénoms. Quand ils se quittent dans le taxi qui a ramené Françoise devant chez elle, Phil lui dit au revoir et l'embrasse sur les deux joues.

Ils se revoient régulièrement dans les semaines qui suivent. Ils vont ensemble au cinéma, une distraction qu'ils apprécient tous les deux. Françoise vante le charme et le talent d'un jeune acteur que Phil ne connaît pas et qui s'appelle Gérard Philippe. Phil adore Micheline Presle et a envie d'emmener Françoise voir tous les film où joue cette actrice. Françoise a fait beaucoup de piano avant de se marier. Ravel et Satie font partie des musiciens qu'elle aime particulièrement et qu'elle fait découvrir à Phil à l'occasion de concerts donnés à la salle Pleyel.

Tout ceci a lieu à l'insu de Maggy occupée à préparer son mariage. Phil ne veut pas que sa mère cherche à l'influencer dans un sens ou dans un autre. Pour l'instant, ses relations avec Françoise sont amicales.

A la fin du mois d'avril, Françoise invite Phil à venir passer une semaine dans sa maison de Morleau, avec ses enfants, pendant le mois de juillet.

A PROPOS DE L'AUTEUR

James de la Boullaye est de formation scientifique. Professeur de Médecine et chercheur, il trouve depuis quelques années, liberté et plaisir dans l'écriture de fictions littéraires.